響け! ユーフォニアムシリーズ

立華高校マーチングバンドへようこそ 前編

武田綾乃

宝島社

目次

おもな登場人物

〔トロンボーン〕

佐々木　梓　一年生。しっかり者でお節介な性格。吹奏楽部に入るために立華に来た。

名瀬　あみか　一年生。初心者。梓のことを慕っている。

戸川　志保　一年生。立華に来て、自分の能力にコンプレックスを感じ始める。

的場　太一　一年生。立華ではレアな男子部員。志保とは同じ中学出身。

瀬崎　未来　三年生。トロンボーンパートのトップ奏者。パートリーダー。

高木　栞　三年生。副パートリーダー。未来にコンプレックスを抱いている。

橋本　杏奈　二年生。梓と同じ北中出身。一年生の指導係。

〔その他〕

西条　花音　一年生。フルート。双子の姉のほうで、明るい性格。

西条　美音　一年生。オーボエ。双子の妹のほうで、冷静な性格。

森岡　翔子　三年生。ホルン。聖女中等学園出身。人望がある部長。

小山　桃花　三年生。ファゴット。ぶりっこな副部長。とってもスパルタ。

神田　南　三年生。パーカッション。鬼と恐れられているドラムメジャー。

熊田　祥江　立華高校吹奏楽部の顧問。
三川　啓二　マーチングの外部指導者。
城谷　慶介　立華高校吹奏楽部の副顧問。
山田　奈菜　立華高校吹奏楽部の副顧問。

〈他校の生徒〉
黄前　久美子　北宇治高校に進学した梓の中学時代の友人。ユーフォニアム担当。
高坂　麗奈　北宇治高校に進学した梓の中学時代の知人。トランペット担当。
柊木　芹菜　北宇治高校に進学した梓の中学時代の友人。帰宅部。

響け！ ユーフォニアムシリーズ

立華高校マーチングバンドへようこそ

前編

プロローグ

夕日が落ちる。目を焼くようなまばゆい赤が、梓《あずさ》の視界を染め上げた。顔を上げると、紺色の空にうっすらと月の白が溶けているのが見える。宇治川《うじがわ》の流れる音が、静寂をかき消すように響いていた。目の前の友人は少し困ったような顔をして、ただ梓のほうを見つめた。茶色を帯びた髪がさらりと揺れる。

「久美子《くみこ》さ、なんで南宇治《みなみうじ》高校に行かんかったん？」

梓の問いに、黄前《おうまえ》久美子は動揺したようにその瞳をチロリと揺らした。彼女の手に握られた、抹茶味のソフトクリーム。溶けかけのそれがぼたりと河川敷に落ちるのを、梓はただ黙って見ていた。

「逆に、なんで梓は私が南宇治に行くと思ったの？」

そう尋ねる久美子の声は、少し強がっているようにも聞こえた。五月にしてはやや肌寒い風が、二人のあいだを通り抜ける。翻ったスカートを押さえもせず、梓は一歩ずつ足を進めた。

「だって、北《きた》中の子らはだいたい南宇治に進学したやん。うち、てっきり久美子も南宇治に行ったんやと思ってた」

足を止めて、梓は久美子のほうを見やる。彼女は少し困ったように眉尻を下げると、その口元をふにゃりと緩めた。昔からの久美子の癖だった。本音を聞き出そうとすると、彼女はいつも笑ってごまかそうとする。

「そりゃあ高校を選ぶ理由なんていっぱいあるよ。学力とか、遠さとか」

「南宇治のほうが近いし、成績もたいして変わらんやん」

「まあ、そうかもしれないけど」

そう言って、彼女はそこで口をつぐんだ。少し言いすぎただろうかと、梓は自身の胸元に視線を落とす。明るめの水色を基調としたブレザー。落ち着いたデザインのプリーツスカート。のぞく白シャツの襟元には、買ったばかりの黒色の紐《ひも》リボンがつけられている。ずっと昔から、梓はこの制服に憧れていた。

「……とくに意味はないんだけど、」

久美子が静かに口を開く。そのまま、彼女は少し気恥ずかしそうに自身の頭をかいた。まるでもろいガラス細工を扱うみたいに、彼女は慎重な口ぶりで本音を告げる。わずかにのぞく赤い舌が、柔らかな声音を紡いだ。

「スタートしたかったの」

「スタート？」

思わず梓は首を傾《かし》げた。その単語が持つ小ざっぱりとした響きが、久美子には似合わないと思ったからだ。久美子が息を吸い込む。その瞳が、一瞬だけ夜の宇治川へと向けられた。薄桃色の唇がきゅっと固く結ばれる。彼女は意を決したように面を上げると、それから一気にまくし立てた。

「ただ、新しく始めたかったの。知り合いがあまりいない高校に行きたかった。だから北宇治《きたうじ》高校に行ったの」

それだけ、と彼女はそこでようやく息を吐いた。自分の告げた言葉が恥ずかしかったのか、久美子は忙《せわ》しなく瞬きを繰り返している。その落ち着きのなさがいかにも彼女らしく、梓は緩やかに相好を崩した。

「ふうん、そっかあ」

つぶやいた声は、少しだけ軽かった。久美子が身にまとうセーラー服の紺色が、梓の視界にちらついた。当たり前の話だけれど、彼女はもう中学生ではなかった。梓と久美子は別々の制服を着て、別々の方向を向いて、だけども同じ音楽でつながっている。その事実がなぜだか妙にこそばゆくて、梓は思わず目をすがめた。

「久美子もちゃんと考えてんねんな」

「考えてるって何よ」

むくれたように唇をとがらせた久美子に、梓は笑いながら応える。

「ごめんごめん、てっきりまた誰かに流されて高校も決めたんかと思ってたから」

だけど、久美子もちゃんと前に進んでてんな。込み上げてきた台詞を、ソフトクリームと一緒に飲み込む。器官を過ぎるその冷たさに、梓はぶるりと身震いした。それをごまかすように、ぐっと腕を空に突き上げる。しなやかに伸びた体が、地面へといびつな影を作った。

「次会うときは、コンクールかな」

「そうだね」

「中学のときは無理やったけど……高校は、行きたいな。全国に」

自身の吐き出した言葉たちは、マグマみたいにどろりとした熱をはらんでいた。足を動かすたびに、地面の感触がローファー越しに確かに伝わってくる。自分はいま、前に進んでいるのだと梓は思った。中学時代のしこりから解放されて、自分もまた久美子のように新しいスタートを切ったのだと。

――梓にとって、私は何？

耳元で蘇《よみがえ》る、冷ややかな声。こちらを糾弾するかのような、烈《はげ》しさを伴ったあの眼差し。記憶の底にべったりと貼りついた少女の面影を振り切るように、梓は力強くその一歩を踏み出した。

久美子が柔らかに微笑する。

「梓なら行けるよ。立華《りっか》だもん」

その声のあまりにまっすぐな響きに、梓はついと自身の口端を持ち上げた。

一　暴走フォワードマーチ

八十人の人間が、同じ角度で、同じタイミングで、まったく同じ一歩を踏み出す。足を動かす。ただそれだけの単純な行為も、ぴたりとそろえてやればとんでもない迫力が生まれる。興奮を抑え切れず、梓は椅子から身を乗り出した。あと一年。あと一年たてば、自分もあのなかに交じることができるのだ。パンフレットを握り締め、梓は大きく息を吸い込む。腹筋に力を入れ、浮いた足をふらふらと揺らす。それでも感情をこらえきれず、梓は口元をぎゅっと横一線に結んだ。そうでもしないと、にやつくのを抑えられなかった。

ワンピース型の衣装が翻る。鮮やかな空色が会場いっぱいに広がり、女子特有の華やかな歓声があちこちで上がった。金色の楽器が一斉に同じ方向を向く。水色のフラッグを手にした少女たちが、軽快なリズムでステップを踏む。マーチングタムがけたたましくうなりを上げ、馴染みのメロディーを紡ぎ出す。――来るぞ。会場全体の期待感が一瞬にして膨れ上がった。興奮した観客たちの漏らす息が、わっと会場内に響き渡る。意図的に割られた音が、ベルから一斉に弾《はじ》き出された。吹き鳴らされるメロディーは、あまりに聞き慣れたあの楽曲——シング・シング・シング、立華高校の十八番だ。

少女たちは笑顔のまま、飛んだり跳ねたりを繰り返す。ダンスのような激しい振付けをこなしているというのに、その笑顔は決して崩れない。スカートからのぞく太ももの肌色、膝下まで伸びたソックスの黒色。彼女たちが動くたびに、その激しいコントラストが観客の視覚を圧倒する。目まぐるしく展開する構成。一糸乱れぬフォーメーション。強豪校と呼ばれるにふさわしい、高難度の演技構成。それを微塵《みじん》も感じさせぬほど、彼女たちはあまりにやすやすとその高いハードルを飛び越えていく。

「さすが水色の悪魔」

ぼそりとつぶやかれた声は、いったい誰のものだったのか。ハイッ、という声とともに、生徒たちが動きを止める。それに呼応したように、観客から惜しみない拍手と称賛の声が送られた。梓もまた、手が痛くなるほどに何度も拍手を繰り返す。演奏を生で見て、梓は再度確信した。

——やっぱり、立華は最高だ。

母親が作ってくれた玉子焼きは、いつもより少しだけしょっぱかった。三時間目と四時間目のあいだに与えられた、たった十分の休み時間。ほかの生徒たちが退屈しのぎに雑談を交わすのを横目に、梓は手慣れた動きで弁当箱の中身を手際よく胃のなかへ詰めていく。たれのかかったミートボールも、レンジでチンしただけのナポリタンも、梓の手にかかればあっという間に片づいてしまう。

「……ふう、」

鮭《さけ》フレークによってピンクに色づけされた白米をかき込み、梓はそこでようやく息を吐いた。高校に入学してすぐのころはこの早弁生活にもなかなか馴《な》染《じ》めずにいたが、さすがに二カ月近くもたつと当たり前のように一人前の弁当をたいらげられるようになっていた。

「あー、もうお腹いっぱい！」

隣をちらりと見れば、先ほどまで自分と同じように一心不乱にパンをむさぼっていた少女が、無邪気な顔でそうつぶやいた。彼女の名前は名瀬《なせ》あみか。梓と同じ吹奏楽部に所属している一年生で、なおかつ梓と同じトロンボーンパートを担当している。彼女は梓の視線に気づいたのか、そのくりりとした瞳をこちらに向けた。短く切りそろえられた前髪が、振り向く動きに合わせて微《かす》かに揺れる。

「ねえねえ、梓ちゃん」

「ん？」

「今日の練習、私は何したらいいかな？」

そう言って、あみかは小さく首を傾げた。ふわふわとした長い髪が彼女の頬をくすぐっている。梓は自身の手元にある弁当箱を一瞥《いちべつ》し、それから言った。

「昼練のときに考えとくわ。あとで伝えるな」

「わかった。梓ちゃんいつもありがとう」

その唇がニッと笑みの形にゆがむ。うっすらと色づく彼女の左側の頬には、ぽつんと控えめにほくろがついていた。指先についたクリームパンの屑《くず》を舐《な》め取り、あみかは無邪気に目を細める。

「私ね、最近やっと練習が楽しくなってきたんだ。トロンボーンのポジションもばっちり覚えたんだよ」

そう告げるあみかのバッグには、ストラップがついている。水色の紐からぶら下がったそれは、彼女の担当楽器の形をしていた。

トロンボーン。ふたつの長いU字型の管をつなぎ合わせるという、特徴的な構造をした金管楽器だ。通常はその一部分であるスライドを伸縮させて音を変える。トロンボーンのなかにもいろいろと種類があるのだが、梓が使用しているのはテナーバストロンボーンだ。ほかにも高音域に強いテナートロンボーンや、低音域のバストロンボーンなどがあり、部員たちはそれぞれ自身に与えられた役割に合った楽器を用いている。いま目の前でニコニコと笑っているあみかもまた、梓と同じくテナーバストロンボーン担当だった。

「おーい、授業始めんぞー。さっさと弁当しまえー」

休み時間の終わりを告げる無機質なチャイムの音が響く。それが鳴ったと同時に、数学教師が教室へと入ってくる。昼食を口のなかに流し込んでいた吹奏楽部員たちが、慌てたように机の上から食べ物を片づけていく。梓もまた空になった弁当箱を巾着袋のなかへと閉まった。赤い生地の端では数匹のウサギが楽しげに飛び跳ねている。それをスクールバッグに詰め込んでいるあいだも、隣の席のあみかは何もせずにニコニコと教師のほうを向いていた。

「あみか、授業の用意は？」

「ああ、忘れてた」

ひそやかに梓がささやくと、やっとのことであみかは動き出した。わたわたと机のなかに手を突っ込むあみかに、梓は呆《あき》れたような笑みを浮かべた。

名瀬あみかと佐々木《ささき》梓の出会いは、いまから二カ月ほど遡る。北中で吹奏楽部に所属していた梓は、吹奏楽部推薦で立華高校に進学することとなった。梓にとって——

いや、吹奏楽をしている中学生にとって、この高校は特別な存在だった。

立華高校は京都市にある私立高校である。バレーボールやサッカーの強豪校としてよく知られているが、吹奏楽部の強豪としても非常に有名な高校だ。そのため、この学校の吹奏楽部に入りたいという理由で京都に引っ越してくる生徒も多い。百人を超える部員たちのなかに、関西弁以外の方言を使う生徒がいるのはこのためだ。そして名瀬あみかもまた、東京からやってきた生徒のうちの一人であった。

「私ね、楽器とかやったことないの！」

新入部員歓迎会で、あみかと梓は偶然、隣の席となった。クラスが同じということもあり、梓が話しかけてみると、あみかは満面の笑みでそう言い放った。

「へえ？　じゃあ、なんでうちの部に入部しようと思ったん？」

「なんとなく！　でもね、テレビで練習してるとこ見て、ちょっとびっくりしたんだ。私、やってけるかなって」

「テレビって、あの日曜のやつ？」

「そう、それ！　すごかったよね、カッコよかった！」

ぱちんと両手を重ね合わせ、あみかはうれしそうにその口角を持ち上げた。胸元まで伸びるふわふわの長い髪はゆるりと弧を描いており、彼女の少女っぽさをよりいっそう強調していた。無意識のうちに、梓は高い位置で結ってある自身の黒髪に指を滑らせる。硬い感触が、皮膚の表面をつるりとなでた。

「うちもそれ見た。マーコンのとことか、もうマジカッコよかったやんな」

　マーコンというのは、全日本マーチングコンテストの略称だ。一九八八年に全日本吹奏楽連盟創立五十周年を記念して神戸ポートアイランドホールで開かれた「第1回全日本マーチングフェスティバル」が前身で、その後、第十七回目から名称が「全日本マーチングコンテスト」となった。その仕組みは全日本吹奏楽コンクールと同様で、地区大会や都道府県大会を勝ち抜き、さらに支部大会で代表に選ばれると、全国大会に出場することができるというものになっている。

「私ね、マーチングってあんまりよくわかんないんだけど、座って吹くやつとは何がどう違うの？」

　そう言って首を傾げる少女の問いに、梓は思案するように腕を組んだ。音楽室に視線を走らせると、その壁にはおびただしい数の賞状が並んでいる。全日本吹奏楽コンクール。全日本マーチングコンテスト。京都府大会。関西大会。全国大会。そこにあるのが当然とばかりに並んでいる華やかな文字列に、梓は自身の胸の奥がずぐりとうずくのを感じた。これが、強豪校。全国大会という言葉が夢ではない学校の日常なのだ。

「マーチングっていうのは、めちゃくちゃ簡単に言うと動きながら演奏する形態のことやなあ。ほら、オーケストラとか聞きに行ったらみんな座って演奏してるやん？　そうやなくて、歩きながら演奏するのがマーチングって感じ」

「ほえー。じゃあ、マーチングしない学校はテレビでの立華みたいに動きながら演奏しないの？」

「しないしない。っていうか、マーチングする学校でもあそこまで動くことはないで。正直、立華ってめっちゃ変わり種というか、個性派やから。あんなふうに飛び跳ねながら演奏する学校なんて、全国探してもほかにはないよ」

「えっ、そうなんだ！　知らなかったよ」

ぱっちりとした二重瞼《まぶた》が驚いたように大きく見開かれる。楽器経験のない人間から漏れる素直な言葉に、梓は思わず苦笑した。背もたれに体重をかけると、薄い木の板の下から金属がギイとうめいた。モスグリーンのカーテンが春風で翻り、隙間から差し込む日光があみかの横顔を優しく照らす。

「梓ちゃん、なんでも知ってるんだね。私ね、初心者だったからすごい不安だったんだけど、梓ちゃんと一緒なら頑張れそうな気がする」

はにかむように笑う彼女の唇の隙間から、わずかに白い歯がのぞく。その柔らかな声音が梓の自尊心をさわさわとくすぐった。屈託のない笑顔に釣られるように、梓もまた唇を綻ばす。カッと頬に走った熱は、照れくささの表れだった。

「そう言ってもらえるとなんかうれしいわ」

そう梓が頭をかいたところで、音楽室の扉がガラリと動いた。緩み切っていた室内の空気が、一瞬にして緊張をはらんだものへと変化する。三十三人分の新入部員の目が、一斉に音楽室の前方へ向けられた。その視線を一身に浴びているのは、幹部と呼ばれる三人の先輩部員だった。

「おはよう」

最初に口を開いたのは、中央に立つ女子生徒だった。その口から発せられた声に、皆が一様に「おはようございます」と挨拶を返す。すらりと伸びた背は梓よりも数センチ高いといったところだろうか。長い黒髪をお団子にしてひとつにまとめている彼女の姿は、一見すると運動部員のようにも見えた。『一音入魂』と刻まれたTシャツの袖をまくり、彼女は教室中を見回すと、ニカッと人懐っこい笑みを浮かべた。

「立華高校吹奏楽部三十六代目部長、森岡翔子《もりおかしょうこ》です。練習で一緒になった一年生は私の顔も知ってるかと思うけど、ほかの子らは初めましてやんな？　この先、なんべんもこの顔を見ることになると思うんで、しっかり私の顔を覚えといてください。私がみんなに求めるのはただひとつ！　ホウレンソウ、つまりは報告、連絡、相談をちゃんと先輩にすることです。正直、立華の練習はめちゃくちゃ厳しいです。でも、引っかかりをひとつひとつ越えていけば、必ずついてこられると思います。去年入部した子らの脱落者はゼロだったので、今年もそれを目指しましょう」

そう言って、翔子はその場で一礼した。周囲の部員たちがそれに応じるように拍手を送る。隣にいたあみかが、ほっとしたような声を漏らした。

「優しそうな部長さんだね」

その言葉に、梓は「うーん」と言葉を濁した。吹奏楽推薦だった梓は、高校の入学式が行われる前から部の練習に参加していた。当然、翔子の人となりも知っている。彼女は聖女《せいじょ》中等学園という京都の強豪校出身のホルン奏者で、梓と同じく吹奏楽推薦で入部してきたらしい。さっぱりとした性格ながら他者への配慮もできる人物で、相当な人格者であることは間違いなかった。しかしそれを優しいというありきたりな言葉で形容していいものか、梓にはいまだ判断できなかった。

拍手の音が鳴りやむと、翔子の左隣に立っていた部員が一歩前へと踏み出した。ボリュームのある髪を高い位置でふたつくくりにしている彼女は、先ほどの翔子とは対照的に華やかな容姿をしている。

「副部長の小山桃花《こやまももか》です。ファゴット担当で、マーチングのときはカラーガードやってます。最初に言っておくと、桃花は下手なくせに努力しないやつが大嫌いです。これから先、たぶん皆さんはいっぱい泣きます。こんな部活に入らなきゃよかったって思うこともあるかもしれません。でも、それでも最後まで続けたら、いままで味わったことのないような、スゴイものが待ってます。それを味わうまでは、歯を食いしばってでも必死でついてきてください」

頭を下げた桃花に拍手しながら、梓は乾いた唇の端を舐めた。小山桃花。立華高校に入学するためにわざわざ関東から母親と引っ越してきた三年生。勝気な性格で、言動もかなり過激なことで知られる。カラーガードのリーダーでもあり、その指導はスパルタらしい。

怖そうな人だなあ、とあみかが小さい声で言う。その予想、大当たりやで、と梓は内心でつぶやいた。

最後に前に進み出たのは、部長の右隣に立っていた少女だった。彼女が正面に立った途端、教室は痛いほどの静寂に包まれた。切れ長の瞳が、不安に揺れる一年生の表情を捉える。長い黒髪を耳にかけ、彼女は無表情のまま口を開いた。

「ドラムメジャー三年、神田南《かんだみなみ》。パーカッション担当です」

ツンととがった唇から、冷淡な声音が吐き出される。空気を震わせるその低音に、新入部員たちは皆一様にビクリと身を震わせた。

「マーチングの指導は、私と二年生のＤＭ《ドラムメジャー》の二人を中心に行います。現在、立華高校の部員数は皆さんを含め百三名です。そのなかでマーチングコンテストに出場できるのは八十名、つまりはレギュラーから落ちる人間がいるということです」

淡々と紡がれる言葉に、梓はごくりと唾を飲んだ。入部して早々に突きつけられるにしては、なかなかへビーな現実だ。

「最初に言っておきますが、うちの高校ではレギュラーメンバーを固定しません。京都府大会でマーチングに出場したとしても、控えメンバーのほうがいいと判断されれば、次の大会ではメンバーを変更します。私たちが目指しているのは、マーチングコンテストの全国大会金賞です。そのためには、ベストメンバーで大会に挑む必要があります。くだらない言い争いや個人の感情で時間を無駄にするわけにはいきません。そのことを肝に銘じておいてください」

「はい！」

南の言葉に、部員たちが一斉に返事する。腹から勢いよく飛び出した息が、熱を持ったまま室内に渦巻いている。その反応に満足したのか、南は無言でうなずいた。皆がメッセージ入りのTシャツを着ているなか、彼女のものだけはシンプルな黒一色のデザインだった。薄い布地が南のスレンダーな体の輪郭を縁取っている。弧を描くくびれは細く、その襟ぐりからはくっきりと鎖骨がのぞいている。

彼女が神田南か、と梓は眼を細めた。鬼のドラムメジャーと陰でささやかれる、この部の要。涼やかなその目元からは一切思考が読み取れない。

さすが強豪校と言うべきか、幹部と呼ばれる三人がそろう絵面は圧巻だった。梓の通っていた北中も確かに強豪校ではあったのだけれど、同世代の少女たちにここまで威圧感を覚えたことは一度たりともない。くぐってきた場数の差か、それとも単に個人が持つ性質なのか。どちらにしても、彼女たちが近寄りがたい先輩であることに変わりはなかった。

部長である翔子が一歩足を踏み出す。年季の入った上履きには可愛らしい丸文字で彼女の名が刻まれている。その端に書かれたト音記号が、かろうじて年相応の無邪気さを演出していた。

翔子が言う。

「それでは、部内ミーティングを始めます」

昼休みを告げるチャイム音を耳にした途端、回想にふけっていた梓は、はたと我に返った。ほかの生徒たちが弁当箱を机に並べるなか、吹奏楽部員たちは一斉に席を立つとそのまま教室を飛び出していった。筆箱を引き出しに突っ込むと、梓もまた急いで立ち上がる。その隣ではあみかが眠そうに瞼をこすっていた。だらりと伸びた彼女の腕を引っ張り、梓は消えていった部員たちの背中を追う。

「うぇー、さっきの授業全然聞いてなかった」

「うちもまったく耳に入ってなかった。っていうか、ぼけーっとしてた」

「梓ちゃん、眠そうだったもんね。あ、もしかして寝てたんじゃないの？　だめだよ、授業中に寝ちゃ」

「いやいや、あみかには言われたくないわ。さっきまでいびきかいてたし」

「ウソ、ほんとに？」

「嘘《うそ》やで」

さらりと告げると、あみかはむくれたように頬を膨らませた。廊下の壁には美術部によって描かれたポスターがべたべたと貼られている。『走るの厳禁！』。黄色のゴシック体を視界に捉え、梓とあみかは歩きと走りの中間のような動きで音楽室へと向かっていた。

「よっす、お二人さん。今日も相変わらず元気ですなあ」

「っていうか、梓もあみかも元気すぎなんですけど。六組まで声聞こえてたよ」

後方から聞こえる溌剌《はつらつ》とした声に、梓は素早く振り返る。そこにいたのは、最近では吹奏楽部名物となりつつある双子の西条《さいじよう》姉妹だった。黒髪ボブヘアというそろいの髪型をしている彼女たちは、わざわざそろいのカーディガンを身にまとい、そろいの靴下まで履いている。一卵性の双子である二人を見分けるのは、最初のころは至難の技であったのだが、親しくなったいまでは顔を見ればどうにか区別できるようになった。

「おはよう花音《かのん》ちゃん、美音《みおん》ちゃん」

もう昼すぎだというのに、あみかがにこやかに朝の挨拶を二人に告げる。

「グッドモーニング、あみか」

そう元気よく返したほうが姉の西条花音で、

「おはようって……もうこんにちはの時間じゃない？」

と、冷静に突っ込みを入れているのが妹の西条美音である。

見分ける方法としては、やや釣り目がちなのが花音、垂れ目っぽいのが美音と覚えるのがいいだろう。二人はもともと埼玉の強豪校にいたのだが、立華の吹奏楽部に入るためにわざわざ京都まで引っ越してきた。フルート担当の花音もオーボエ担当の美音も、ともにパレードなどではカラーガードという役割を受け持っている。

カラーガード、通称ガードは、マーチングにおいてフラッグなどの道具を用いて視覚的な表現を行うパートのことだ。立華高校ではほかの楽器とかけ持ちでガードを担当する部員がおり、本番のステージに合わせて自身の役割を使い分けている。

「あ、翔子部長だ」

ぽつりと落とされた美音の言葉を合図に、四人はその場に硬直した。美音の言うとおり、廊下の向こう側から制服姿の翔子が楽譜ファイルを片手にこちらへと歩いてきた。四人は六十度の角度で頭を下げると、そろって同じ言葉を発した。

「こんにちは」

「うん、こんにちはー。昼練頑張ろなー」

　頭上から部長の軽やかな声が降り注ぐ。遠くなる足音を確認し、そこでようやく梓たちは顔を上げた。隣のあみかがほっとしたように息を吐く。

「ふひー、先輩への挨拶って慣れないなー」

「いやいや、ゆっくりしてる場合ちゃうよ。はよいかんと昼休みが終わんで」

　立ち止まるあみかの腕を、梓はいつものように力強く引っ張る。その姿が可笑しかったのか、花音と美音は顔を見合わせて笑った。

「梓って本当、世話焼きだよね」

「お母さんみたい」

「うちが世話焼きなんじゃなくて、あみかが世話を焼かせるの。なんか危なっかしいっていうか、ぼけーっとしてるから心配になっちゃうねんなあ」

　人差し指が無意識のうちに自身の顎をなでる。唇をとがらせる梓に、あみかはくふと照れたように口元を両手で覆った。

「いつもすまないね、梓お母さん」

「アンタも乗らんでよろしい」

「あてっ」

頭を軽く叩《たた》くと、あみかは大仰に身をのけ反らせた。ふわふわとした彼女のねこっ毛が、梓の手のひらを柔らかにくすぐった。

この学校に入学してからそろそろ二カ月がたつが、梓が昼休みに席で昼食をとった回数は数えるほどしかない。その理由はとても単純なものだった。


「動き合わせて」

「はい！」

「そこ、歩幅ずれてる。ゴメハ守って」

「はい！」

「腕、落ちてる。楽器なしでこれやったら、楽器持ったら歩けへんで」

「はい！」

「じゃあもう一回」

「はい！」


先輩である杏奈《あんな》の鋭い叱責に、一年生部員たちは毎回同じ返事を繰り返す。校舎裏に引かれた線は、等間隔に目印がつけられている。五メートル八歩、いわゆるゴメハに慣れるためのものである。

立華高校の吹奏楽部員にとって、昼休みは部活の練習時間の一部だった。三十分の昼休みをフルに活用するため、部員たちは四限が始まる前に弁当を食べ終えるようにしている。そしてチャイムが鳴ると同時に教室を駆け出し、運動着に着替えてから各々の練習場所へと向かうのだ。

「一《ワン》、二《ツー》、三《スリー》、四《フォー》、」

杏奈の声に合わせ、部員たちが動き出す。合わせた両手を口元まで持ち上げる。背筋を伸ばし、上半身を正面に向けたまま、部員たちは等間隔で足だけを進行方向に向けて歩いていく。

マーチングにおいて、歩幅というのはとても重要である。百人を超える吹奏楽部員たちは、当然その体型もバラバラだ。例えば、梓の両隣には二人のトロンボーンパートの一年生部員がいる。戸川志保《とがわしほ》と的場太一《まとばたいち》だ。西《にし》中出身の志保は中学時代から吹奏楽部に所属しており、身長は一六五センチ。一方、同じく西中出身でこれまた吹奏楽経験者の太一の身長は一五八センチで、本人いわく、それがかなりのコンプレックスであるらしい。そこに加え、一五七センチの梓、一五二センチのあみかが一線に並べば、その頭の位置は凸凹なものになる。足の長さがバラバラな面々が気ままに歩けば、当然動きも不ぞろいなものになってしまうだろう。それを避けるために設定されているのが、この五メートル八歩というルールだった。

五メートル八歩、つまりは一歩六二・五センチ。マーチングを始める際に身体に徹底的に叩き込まれる基本事項だ。踵《かかと》を先につけ、そのままロールするように爪先で地を蹴る。上半身をぶれさせない、美しい歩き方。他者の目にさらされていることを意識しながら自身の細部の動きを管理するのは、新入部員にとってはひどく難度が高かった。見る間に精神が摩耗していき、知らず知らずのうちに気の緩みが動きに出る。先輩がそうした部分を見逃してくれるはずもなく、練習中には何度も鋭い叱責の声が飛んだ。

「はい、五分前。昼練はここで終わりです。お疲れ様でした」

「ありがとうございました」

指導係の杏奈の言葉に、一年生たちはそろって礼をする。滴る汗を、梓は手の甲で拭い取った。夏はまだ先だというのに、ずいぶんと暑く感じる。

「さっき食ったトンカツがリバースしそう。めっちゃ腹痛い」

右側の腹部を押さえながら、太一がその場に座り込む。彼が身に着けている赤色のジャージは、卒業した兄のものらしい。それを一瞥し、梓は自身の緑色のジャージを指先でつまむ。立華高校には指定のジャージがあり、いまの一年生は緑、二年生は青、三年生は赤に色分けされている。上下のジャージには律儀にそれぞれの名前の刺繍《ししゅう》が入っており、貸し借りをするとすぐバレてしまう。

「えー、こんなとこで吐かんといてよ？　吐くならトイレでよろしく」

梓の言葉に、太一はげんなりと顔をゆがめる。汗まみれのシャツの襟元からは、少年から青年への過渡期特有の、線の細い首筋がのぞいていた。小柄な彼の体格は少女のように華奢《きゃしゃ》だった。どうやら本人もそのことを気にしているらしい。

「佐々木ってさあ、俺にだけ手厳しない？」

その言葉に、隣にいた志保が呆れたようにため息をついた。

「厳しくされるようなことばっかりやってるから、梓もそんな感じになるんやろ」

「はあ？　俺、なんかやってる？」

「練習中に手ぇ抜いてるやん。言っとくけど、こっちにはバレとるからな」

「だって、練習めっちゃきついねんもん。適度に手抜きしていかんと、俺みたいなやつはもたんわ」

「うっわ、開き直っとる。ありえへん」

いつものように始まった二人の言い争いに、梓とあみかは思わず顔を見合わせた。同じ中学出身の二人は、入部した時点で互いに顔見知りの関係だった。

「だいたいさ、しんどいのはみんな同じやねんから」

志保は息を切らしたまま、ノンフレームの眼鏡の端をくいと指先で持ち上げた。彼女の細い黒髪は、中央部分でぴっちりとふたつに分けて縛られている。几帳面《きちょうめん》な分け目が、いかにも優等生の志保らしい。

「まああ、ちゃんとやれてるからいいやん。俺、要領いいほうやし、問題ないわ」

へらりと笑いながら告げられた台詞に、あみかがうなずく。

「確かに、的場くんってなんでもパパーッてこなすタイプだよね」

「できるから余計憎たらしいんやろうなあ。できんかったらぼろくそに言ってやれんのに」

志保が唇をとがらせる。へへ、と得意げに笑う太一の肩を、二年生の杏奈が軽く叩いた。

「あんま調子乗ったあかんよ？　そういうの、ほかの先輩には見抜かれちゃうから」

「あ、スイマセン」

「わかればよろしい」

同学年には威勢のいい太一も、先輩相手となると途端に殊勝な態度をとる。部内の深いところにまで染みついている、体育会系にも似た空気が彼をそうさせるのかもしれない。

トロンボーンパートには、現在十三人の生徒がいる。三年生が四人、二年生が五人、そしていまこの場にいるメンバー、一年生が四人である。橋本《はしもと》杏奈は二年生で、トロンボーンパートのなかで一年生の指導係を担当していた。ぱつんと横一線に切りそろえられた黒髪には、本物そっくりな形をした目玉焼きの髪飾りがつけられている。彼女の食品サンプル好きは中学時代にまで遡るが、その当時つけていたアクセサリーといえばせいぜいキャンディを模したヘアゴム程度で、ここまで精巧な作りをしたものではなかった。

　梓は目の前に立つ人物の横顔をそっと盗み見る。杏奈は梓と同じ北中出身で、中学時代も同じパートの先輩として何度も世話になっていた。梓の記憶のなかの彼女は、あどけなさの残る少女の顔をしており、鼻筋の通った滑らかな輪郭線は、その優しげな内面を色濃く映し出していた。杏奈が中学を卒業してからまだ一年しかたっていないが、きゅっと引き締まった頬や強い意志を感じさせる双眸《そうぼう》には、以前のあの気弱な少女の面影は残されていなかった。立華高校での一年が目の前の先輩をどのようにして変えたのか、梓はただ推測を巡らせるしかない。

「あ、そろそろ時間的にやばいで」

　腕時計に視線を落とし、志保が焦ったように告げた。壁にかかった時計の長針がゆるりと音もなく動いている。そろそろ、五時間目が始まる。汗まみれの体操服から着替えるべく、部員たちは誰ともなく校舎裏から駆け出した。

「お、今日は音楽室やん。ラッキー」

　上機嫌につぶやく梓の隣で、あみかがバタバタと楽譜ファイルのなかから基礎練習の紙をかき集めている。

放課後になって最初に行うことが、黒板に貼られた場所表のチェックだった。音楽室、中庭、二階廊下……など、練習場所が書かれた台紙の上に、各パートの名前が書かれたボードが留められている。担当の部員によって動かされたそれを見ることで、日替わりで変わるパート練習の場所をいち早く把握することができるのだ。

立華高校では、吹奏楽部が練習できる場所が限られている。グラウンドはサッカー部や陸上部が使用していることが多いし、体育館ではバレーボール部やバスケットボール部が練習に励んでいる。教室は補習授業を行う生徒に占領されているので、吹奏楽部員たちはその邪魔にならないように配慮して練習場所を決めるしかないのであった。

「梓ちゃん、今日私は何したらいいと思う?」

毎日の恒例となったあみかの問いかけに、梓は鞄《かばん》から自身の手帳を取り出した。ざっとスケジュール表に目を通すと、イベントの多さにまず驚く。立華高校はほぼ毎週のようになんらかのイベントに参加しており、その忙しさは中学時代の比ではなかった。地元で毎年行われるサンライズフェスティバルもつい先日終わったところだというのに、その翌日にはすでにほかのイベント用の新譜が生徒に配布されていた。

「あー、中学の子らが来る三週間後のイベントって、シングやるんやろ? あみか、確かまだポジション位置不安定やったよな？　今日は最初にロングトーンやって、そっから正確なポジションが取れるよう練習しよ。で、最後にシング合わせて……って感じかな」

「うん、わかった！」

　梓の指示に、あみかは素直にうなずいた。二人のやり取りを聞いていた指導係の杏奈が、感心したようにほろりと口元を綻ばせた。

「梓がいれば、あみかは百人力やね」

「そうなんです！」

　力強く言い切られ、梓は思わず赤面する。

「いやいや、そんなことないですよ」

「でも、梓がいてくれて私もめっちゃ助かってるよ。ほら、あみかってうちの部じゃ珍しく初心者やし。ほんまは先輩がちゃんと教えなきゃいけないんやろうけど、私じゃまだまだ力不足やからなあ。その点、梓は中学時代からずっと上手やから先生役としてもばっちりだし、安心してあみかのお世話を任せてられるねん」

「いやいや、うちなんてまだまだですよ」

「謙遜しちゃって。ほかの先輩も言ってはったよ。『うかうかしてると梓にAの枠取られんぞ～』って」

冗談めかして告げられたその声音の端々には、チクチクとした緊張感が潜んでいる。梓はニコリと愛想のいい笑みを作り上げると、大仰に手を振ってみせた。

「まぁまた、先輩にそんなこと言われたら照れちゃいますよ。うち、自分がまだまだだってわかってますから、先輩に勝てるようバリバリ頑張ろうって思ってます」

「そうやね……打倒未来《みらい》先輩が目標かな？」

未来先輩。その名が彼女の唇から発せられた瞬間、梓の脳髄に刺激が走った。すらりとした後ろ姿が、瞼の裏に浮かんでは消える。

梓は息を吸った。そして、いまから告げる言葉が本心であると相手に悟られないことを祈った。口角を持ち上げ、梓は冗談めいた声音で言う。

「その心意気でやったろうとは思ってます」

「お、いいね。私もそのくらいの気持ちでやらへんと」

ぽすんと梓の背を優しく叩き、杏奈は傍らをすり抜けるようにして楽器室へと向かった。先ほどの言葉を、彼女は冗談として受け取ったのか、はたまた本気にしたのか。それらを確かめる術を、いまの梓は持っていなかった。三年生の先輩たちはまだ授業中なのか、音楽室に現れる気配はない。

「すごいね梓ちゃん。先輩たちも梓ちゃんのことすごいって思ってるんだって。あみかも、梓ちゃんが未来先輩の次に上手だと思う。うちのトロンボーンで二番目に上手なの、絶対梓ちゃんだよ」

ぎゅっとあみかが梓の手首を握る。あみかの手は梓のそれと比べ、柔らかく丸っこい。まるで幼児のようなふっくらとした指が、梓の乾いた皮膚をするりとなでた。

「はは。うれしいけど、ほかの先輩の前ではあんまりそういうこと言わんといてな？」

「なんで？」

「なんでも！　わかった？」

言い含めるようにあみかの目をのぞき込むと、彼女は唇を横に結んだままコクリと素直にうなずいた。そのシャツの襟元には、学校指定の紐状の黒いリボンが揺れている。なんだか首輪みたい、と梓は思った。

音楽室の隣に併設されている楽器室へと足を踏み入れると、つんと埃《ほこり》っぽいにおいが鼻先を掠《かす》めていった。クリーム色のスチールラックに所狭しと並んでいるのは、すべて楽器ケースだった。いちばん手前の棚から、梓は自身の楽器ケースを取り出す。銀艶のある黒色のハードケースは、トロンボーンに合わせて長方形の形をしている。銀色の蝶番《ちょうつがい》が蛍光灯の光を受けて揺らめいた。そこに指で触れると、波状の指紋がべたりと貼りつく。

　梓の楽器ケースの隣には、すでにぽっかりと隙間ができている。太一と志保のものだ。二人はもう楽器を出して練習を始めているのだろう。

「梓ちゃんのそれ、カッコいいねぇ。マイ楽器なんでしょう？」

　興味津々と言わんばかりに、あみかがこちらの手元をのぞき込んでいる。カーブを描くベルの表面に、引き伸ばされたあみかの顔が映し出された。

「うん、中学のときに買ったの。あみかはいつ楽器買うん？」

「来週買いに行くよ。やーっと買ってもらえることになったんだ。未来先輩がね、お勧めの楽器も選んでくれたの。でも、トロンボーンって高いんだね。お母さんがびっくりしてた」

「高いよ。楽器は全部高い。でも、それだけの値打ちがあるから」

　楽器ケースの蓋を完全に開くと、眠っている金色が大きく顔をのぞかせた。梓は指先でそれを掘り起こすと、ベル管とスライド管の留め金を留めて楽器を組み立てた。銀色のマウスピースをそこに差し込むと、トロンボーンの完成だ。

　音楽室に戻り、梓はマウスピース越しに楽器のなかに息を吹き込む。唇からびゅっと勢いよく飛び出した空気が管を素早く通り抜け、ベルからくぐもった音を発した。右肘を伸ばし、スライドをゆるりと滑らせる。音もなく伸びるその感触は、梓の手によく馴染んだ。

背筋をピンとまっすぐに伸ばし、壁の一点を見つめる。そこに空気の塊を飛ばすように、梓は鋭く息を入れる。楽器の表面がびりびりと震え、朝顔型のベルからは朗らかな音が響いた。一音一音をたどるように、梓はゆっくりとロングトーンを繰り返す。その傍らではあみかが譜面台を組み立てていた。ピンク色の巾着からごつごつとした黒の塊が現れる。たどたどしい指使いでねじを緩め、あみかは四本の脚を広げると台を木製の床に置いた。そこに楽譜ファイルを並べ、あみかはようやく音出しを始める。

その真剣な横顔を一瞥し、梓はふと自身のまっさらな譜面を見つめる。脳裏をよぎったのは、一カ月前の志保からの問いかけだった。

「初心者って、どう思う？」

空がひどく青い日だった。桜の木にはまだかろうじて春の名残が残っており、その根元には変色した薄桃色の花びらがうっすらと層のように積もっていた。四月はすでに終わりを迎えつつあり、じわりじわりとサンフェスの本番が近づいていた。

空き教室の端っこで、志保が窓枠にもたれかかっている。その日の部内練習は終わっており、梓がやるべきことといえば楽器を片づけに行ったあみかと合流し、帰路につくことだけだった。

厚みのあるレンズ越しに、志保がこちらを見た。肩まで伸びた黒髪はふたつに束ねられており、その額にはうっすらと汗がにじんでいた。手入れのされていない眉がきりりと吊《つ》り上がっている。何か大事な話をしたいときの、いつもの志保の顔だった。

「あみかのこと？」

そう尋ねると、志保は少しばつの悪そうな顔をした。筋ばった指先が、深緑色のジャージをなぞる。手の汗をこすりつけるように、梓はTシャツの裾をつかむと、ぱたぱたと前後に動かした。

「そう、あみかのこと」

縦に小さく揺れる彼女の顎は、ほかの子のものよりも少しだけ小さい。乾燥しているのが気になるのか、志保は口端を舌で舐めた。

「最初に言っておくと、私はあの子の面倒みてる余裕ない。自分のことだけでいっぱいいっぱいやから。自己中って思われるかもしれんけど、でも、私にはいまあの子のフォローをしてるだけの余裕がないねん」

「自己中とは思わへんよ。立華、練習きついし」

志保の自虐を否定してやれば、彼女はあからさまにほっとした様子で小さく息を吐いた。

「西中はさ、マーチングやらんかってんか。やから、この学校に来てから毎日ほんまにわからんこと多いねん。あみかは私のことも頼ろうとしてくれんねんけど、正直それがしんどい。ほかのパートはさ、初心者おらんやん。やからほかの子らの会話聞いたあとにあみかに基本的なこと教えてると、なんか、焦っちゃうねんな。私、こんなことしてる場合やないのにって思っちゃう」

立華高校の吹奏楽部は全国的に有名な強豪なだけあり、その入部希望者の大半が経験者だった。初心者の生徒が入部することもあるが、学年に一人いるかいないか程度である。吹奏楽経験のないあみかのフォローをすることが、生真面目な志保にとっては負担になっていたのだろうか。

目を閉じる。息を吸い込み、志保に気遣わせないよう、梓はニコリと笑顔を浮かべた。

「わかった。じゃあ、これからはうちがあみかの面倒、ぜんぶみるよ。うちさ、べつにそういうの嫌やないから。全然平気」

「ほんまに?」

「うん。やから、志保は気にせんと自分の練習に集中してくれたらいいから。あみかのことは大丈夫!　うちが一人前の吹奏楽部員に育ててみせるし」

ね、と梓は志保の目を見つめる。軽さを装ったその台詞に、志保の喉がぐっと低く鳴った。一瞬、彼女の表情が苦しげにゆがむ。その瞳をよぎる、高潔すぎるがゆえの自己嫌悪。彼女は多分、初心者であるあみかをないがしろにしてしまう自分のことが嫌いなのだ。その潔癖なまでの誠実さを愚かに思う反面、梓は志保のそういった部分に密かに好感を抱いていた。

「……ごめん」

志保の乾いた唇から、うめくような声が漏れる。そんな顔をさせたかったわけではないのに。相手に悟られぬよう、梓は己のフォローの下手さを呪った。

「こんにちは」

ざわめきに混じってささやかれた声が、梓の耳へと流れ込む。過去の記憶を強引に打ち切り顔を上げると、授業を終えた三年生たちが音楽室へと駆け込んでくるところだった。水色のブレザーの波が一斉に押し寄せてくる光景に、梓は思わずスライドを動かす手を止める。

「こんにちはー」

後輩の挨拶に、先輩たちが機械的な返事を寄越す。そのなかに見知った顔を見つけ、梓は無意識のうちに背をまっすぐに正していた。

緩く伸ばした黒髪の隙間から、真っ白な耳がのぞいている。うなじを隠すほどしかない黒髪は重力に従いストンと下に落ちていた。分けられた前髪の下にあるのは、アーモンド形のシャープな眼。瀬崎《せざき》未来だ、と梓が認識する前に、周囲から挨拶の声が彼女へと投げかけられた。艶のある薄い唇が、少し照れたように笑みを作る。そのしなやかな指先が、意味もなく黒髪の先端をつかんだ。傷ひとつない人差し指に、くるりと髪が巻きつけられる。それが音もなくまっすぐに落ちていくさまを、梓はただ、見ていた。

「練習頑張ってる?」

頭上から降ってきたのは、三年生らしい落ち着いた声音だった。立華高校が誇る、トロンボーンパートリーダー。未来先輩、と梓は音もなくつぶやく。その名を舌に乗せた途端、なぜだかひどく気恥ずかしい心地になった。

「あ、はい。頑張ってます」

やっとのことで、それだけを返す。何が可笑しいのか、未来はくすりと笑みをこぼした。

「あみかも結構上達してるみたいでよかった。梓センセイのおかげかな?」

「いえ、あみか本人の努力の結果ですよ。ついこのあいだまで初心者だったとは思えないですよね」

「相変わらず謙虚やなあ。褒め言葉ぐらい、素直に受け取っておけばいいのに」

「あ、はい。すみません」

焦って声がうわずった。いつもはうるさいくらいに回る自身の舌も、この先輩の前となると途端に萎縮してしまう。未来から漂う爽やかな香りが、梓の首筋に絡みつく。唾を飲み込んだ拍子に、ぐっと梓の喉が鳴った。

「それにしても、梓は相変わらず上手やね」

未来の背後からそう言って顔を出したのは、副パートリーダーの高木《たかぎ》栞《しおり》だった。彼女は上品に口元を手で覆うと、うふふと笑い声を上げた。その長い前髪は額の上でまとめられ、ポンパドールにされている。胸元まである髪の先端は、うっすらと茶色を帯びていた。

「いやいや、私なんて全然ですよ」

相手を不快にさせないラインを探りながら、梓は否定の言葉を口にする。未来と栞。トロンボーンパートの三年生二人組は、普段から一緒に行動していた。

「またまたー、謙遜しちゃって」

栞が手をひらひらと上下させる。近所のおばさんのようなその仕草に、梓は少しだけ親しみやすさを覚えた。細められた眼は優しく、彼女の性根のよさがうかがい知れる。

ふと、未来が口を開いた。

「そういえば、一年生に連絡があります」

一瞬にして引き締められた未来の横顔に、ほかの一年生たちが息を呑《の》む。下ろされたスライドの先端部分が、フローリングの床にぴたりと密着していた。この黒のパーツのことを、石つきゴムという。スライド先端にある真鍮《しんちゅう》の突起を、床や地面に置いた際の衝撃から守るために存在する。

「サンフェスが終わったばかりで疲れてるとは思うけど、次の次の本番の話です。来月、北中とハッピーコンサートをやりますが、そのときに一年生のシングを初お披露目します。明日からシングのステップ練習を始めるので、着替えを必ず持ってくるように」

「はい！」

シング。その単語が出た途端、一年生部員たちの表情は一気に華やいだものとなった。ステップ練習ということは、演奏会ではステージドリルをするのか。口元がにやつくのを抑えられず、梓はくふっと弾けるような笑い声を上げた。

『シング・シング・シング』とは、一九三〇年代初めから一九四〇年代にかけて一時代を築き上げたベニー・グッドマン楽団のヒット曲の題である。スウィング・ジャズを代表する名曲で、映画『スウィングガールズ』にも登場する。

立華高校では毎年この『シング・シング・シング』をマーチングコンテストで演奏している。激しい振り付けや躍動感のある動きは明らかに他校とは一線を画しており、立華高校の名を全国に轟《とどろ》かせる契機となった。この『シング・シング・シング』をやりたいがために立華高校に入学してくる部員も多い。

「ねえねえ、ハッピーコンサートって?」

先輩に聞こえないための配慮なのか、あみかが声を抑えて尋ねてくる。梓は彼女のほうに顔を近づけると、その耳元にささやいた。

「立華で定期的にやってるコンサートのことやで。地元の中学校の子たちを招待して、一緒に演奏すんの。中学の子らにとっては、生で立華の演奏が見られるし、高校生と一緒の舞台に立つことで学ぶことも多い。逆に立華からすると、これをきっかけに将来うちの部に優秀な子が入ってくるかもしれんやん? だからまあ、お互いウィンウィンな関係のイベントって感じやなあ」

梓も北中に通っていたときに、このコンサートに招待されたことがある。立華の体育館いっぱいにパイプ椅子が並べられ、そこに保護者や関係者が観客として招かれる。ステージドリルと呼ばれる舞台上でのマーチングパフォーマンスを間近で目にしたとき、梓は興奮しすぎたせいで、その日はなかなか寝つくことができなかった。

未来が腕を組む。その視線が、一瞬だけあみかの譜面へと向けられた。値踏みするように目を細め、未来は業務的な口調で告げる。

「この前シングの譜面が配布されたと思うけど、本番では動いて演奏します。楽譜を見て吹けるのは当たり前、暗譜して動きながら演奏するのが前提です。個人がどこまで吹けるか確認したいので、来週の木曜までにパートリーダーの私のもとにテストに来ること。わかりましたか」

「はい！」

皆が返事したことを確認し、未来はふと息を吐いた。その目が、梓を捉える。未来は悪戯《いたずら》っぽく口端を釣り上げると、爽やかに言い放った。

「期待してんで、梓」

どっと身体中の血液が沸き立つのを感じる。興奮と気恥ずかしさで、頬にカッと熱が集まった。期待されている。あの未来先輩が、自分だけにメッセージをくれている。

「ありがとうございます」

応えた声は、震えていなかっただろうか。トクトクと、心臓が体内で蚤《のみ》のように跳ねていた。楽器を支える指に、無意識のうちに力が入る。

「それじゃあ、練習頑張ってな」

白魚のような未来の手が、梓の肩をするりとなでる。その傍らで、ひらりと栞が手を振ったのが見えた。

三年生が立ち去ったのを確認し、隣に座っていた志保が安堵《あんど》したように息を吐く。太一が火照《ほて》った自身の顔を冷ますように、ぱたぱたと手を動かした。

「あの二人に話しかけられると、毎回めちゃくちゃ緊張する。怖い」

「わかるわー」

太一の言葉に同意するように、志保が首を縦に振る。女子に比べて少しばかり骨っぽい太一の指が、その表面をなでるように楽器の支柱に触れている。

「えー、そうかなあ？　ほかの先輩と変わらないけど」

足を突き出すように伸ばし、あみかが言った。いったいどんな座り方をすればそうなるのか、彼女のスカートのプリーツはぐちゃりと乱れていた。

志保がフンと鼻を鳴らして言う。

「まあ、あみかはあの人らに気に入られてるしな」

「そんなことないよ」

「初心者ってことで結構目にかけてもらってるやん。あーあ、うらやまし」

皮肉交じりの志保の台詞に、あみかがうろたえたように視線をさまよわせる。水面下で行われるマウントの取り合い。相手は自分より上か下か。気安くして許されるラインはどこまでか。人間関係とはこうした判断の積み重ねであり、そしてその判断の結果、志保はあみかのことを自分よりも下に見ていた。

「初心者ってのは関係ないって。あみかの場合、初心者とか関係なく天然やから心配されてるんでしょ。いつスライド落っことすかわからへんし」

見兼ねた梓が助け船を出してやる。そのときのことを思い出したのか、太一がククと喉を鳴らした。

「そういや、最初のときやばかったよな。名瀬が顔真っ青にしてさ、楽器壊しちゃいましたって言ってるからびっくりしたわ」

「スライドが外れただけやのに、めっちゃ焦ってたな。腕を伸ばしすぎちゃったせいで壊れたのかなって半泣きでさ」

「だって、すぽーんって抜けたからびっくりしたんだもん」

唇をとがらせるあみかに、志保と太一が再び笑い声を上げた。空気が和らいだことを確認し、梓は静かに目を伏せる。

どういう学生時代を過ごしてきたのか、あみかには社交術というものがさっぱり備わっていなかった。軽くいなせばいい冗談も、悪意をはらんだ皮肉も、彼女はまっすぐに受け止めてしまう。周囲の人間が真綿に包むようにして厳重に隠している自意識を、あみかは平然と剥《む》き出しのままで持ち歩く。武装もせずに、無防備な状態で学校という戦場を突き進もうとする彼女に、梓はつい手を差し出してしまうのだった。

立華高校の校舎から正門までは、なだらかな坂が続いている。アスファルトでコーティングされた斜面を下ると、そのまま大通りに面した道へとつながる。買ったばかりのスニーカーは梓には少しだけ大きくて、歩くたびに踵の部分がぷかぷかと浮いていた。

「シングのステップ練習って、どんな感じなのかなあ」

　隣を歩くあみかの頭は、梓よりも五センチほど低い場所にある。小さな足を懸命に動かす彼女は、歩くペースを落としてくれとは絶対に口にしない。息を切らしてでも、必死に梓の隣に並ぼうとする。だから、これは梓の勝手な自己満足。あみかの歩幅に合わせ、梓は普段よりずっと遅いペースで歩みを進める。スニーカーの靴底が、ぺたぺたと間の抜けた音を立てた。

「さあ。どんなふうに練習するんやろ」

「私、ついてけるかな」

　梓はハッとしてあみかのほうを見やる。無意識下での不安の吐露だったのか、あみかは硬い表情のまま焦ったように自身の口元を手で覆った。

「ごめん、いまのなしね」

　手のひら越しに、あみかのか細い声が届く。平日の練習を終え、生徒たちが帰路につくのはたいてい夜の七時を過ぎたころだった。空に浮かぶ月は細く、闇を裂く月光は灯《あか》りにするには心許ない。

「大丈夫やって」

　年季の入ったガードレールに、鞄の端が軽くこすれた。薄っぺらな梓の声が、夜の空へ吸い込まれる。空気はうっすらと熱を含んでおり、夏の到来を予感させた。

「最初のころに比べてあみかもうまくなったし、もしできひんかったとしてもうちが練習付き合ってあげるから」

「……梓ちゃんはすごいよね」

「えー、何いきなり。お世辞言ったってこんなもんしかあげれへんで」

梓はポケットの中身をかき回すと、指先でチョコレートをふたつつまみ上げた。そのうちのひとつを差し出すと、あみかは素直に喜びの声を上げた。

「わーい、きなこ味だ」

「最近のお気に入りやねん。この、餅入ってるとこがよくない？」

「いい、いい。私もお餅好き」

包装を剥がし、あみかはチョコを口に放り込む。もぐもぐと素直に咀嚼《そしやく》する彼女を見ていると、梓はなんだか不安になってきた。

「あみかさ、知らん人からお菓子もらっても食べたらあかんで？」

「食べないよ。梓ちゃん、私をいくつだと思ってるの」

「だって、なんか心配になるんやもん」

「梓ちゃんからもらったチョコだから食べたんだよ」

「ならええけどさ」

反論する言葉も見つからず、梓はそのまま口をつぐんだ。等間隔に並ぶ街灯が、二人の足元を照らしている。アスファルトに浮かぶ影は異様に大きい。ぼんやりとした黒の塊が、梓の靴底から伸びている。

「ふふ、梓ちゃんは心配性だね」

背後から迫る車のスポットライトが、あみかの影だけをかき消した。まばゆいばかりの白い光が、ガードレールを挟んだ向かい側を瞬きする間に過ぎていく。

梓は大仰な仕草で肩をすくめた。

「うちが心配性なんじゃなくて、相手があみかやから心配しちゃうの。なんか、あみかって、見知らぬ人からもらった木の実とか食べて食中毒になりそうやもん」

「えー、さすがに木の実は食べないって」

「いや、わからんやん。だってあみかやし」

「梓ちゃんのなかで、私ってどんなことになってるの」

頬を膨らますあみかに、梓は笑い声を上げる。手のなかにある溶けかけのチョコレートが、夜風に紛れて甘ったるい香りを振りまいていた。

梓の家は京阪黄檗《けいはんおうばく》駅から少し歩いたところにある。付近には黄檗山萬福寺《まんぷくじ》があり、梓も幼いころは親に普茶《ふちゃ》料理を食べに連れていかれたことがある。その建造物は重要文化財となっており、はるばる離れたところからこの地を訪れる観光客も多い。萬福寺でとくに有名なのは、斎堂の前に吊るされた長い魚の形をした開梆《かいぱん》である。開梆とは時を知らせる法具のことで、木魚の原型とされている。珠をくわえた魚の姿は幼い梓にとってずいぶんと衝撃的だったらしい。寺に行ったのはかなり昔のことなのに、あの木製の魚の姿だけは鮮明に梓の脳裏に焼きついていた。

萬福寺へと続く道を途中で逸れ、梓は住宅街に足を踏み入れる。最近できたばかりの新興住宅地であるせいか、並ぶ家はどれも新築ばかりだ。濃いピンク色に塗装された建設途中の家を発見し、梓は少し呆然《ぼうぜん》とする。なんだかおとぎ話の世界みたいだなあ、なんて馬鹿なことを考えた。

「ただいまー」

玄関の扉を開けるが、返ってくる声はなかった。ダイニングへと続く廊下は静寂に満ちており、そのドアの向こう側は真っ暗だった。壁に手を這《は》わせ、梓は灯りのスイッチを入れた。硬い感触のあと、シャンデリアを模した複数の電球がその光を取り戻した。その奥から、飼い犬のウナギが勢いよく駆けてくる。マルチーズであるウナギは、祖父母の家から母が預かっているものだった。ちなみに名前は祖母の好物が由来である。

家中の電気をつけて回り、ようやく梓は居間のリビングへと腰かけた。冷蔵庫には母親が作った夕食が入っており、そこには手書きのメモも添えられていた。

『今日はハンバーグとポテトサラダです。ご飯は洗ってあるので、適当なタイミングで炊いてください。　母より』

書かれた文面に目を通し、梓は無言のままテレビの電源を入れる。薄型の画面に映し出される、鮮やかな色をしたスタジオセット。作りものめいた笑い声がスピーカーから垂れ流されたことに、梓は少しほっとした。画面には一切目もくれず、梓はいそいそと炊飯器のスイッチを入れる。なんの興味も湧かないテレビ番組も、静寂を紛らわすBGMとしては役立った。

梓の母親はバリバリのキャリアウーマンだ。朝早くから夜遅くまで、彼女は人生の大半の時間を仕事に捧《ささ》げている。赤い口紅を引き、スーツ姿で毎日のように働いている母のことを、梓はちゃんと尊敬している。

梓に父はいない。本来ならば父と位置づけされていたであろう男は、梓がまだ幼稚園に通っていたころに母と離婚した。縁を切っているため、梓はその男の顔をよく覚えていなかった。

片親の家庭ではあったけれど、梓が経済面で苦労したことは一度もない。このマイホームだって母親の収入で建てたものだし、楽器だって母親が買い与えてくれた。現状の生活に欠けているものなど、何ひとつない。だから梓は母親に不満を言わない。

不満なんて、あるはずがない。

「あー、めっちゃうまそう」

脱いだ制服をハンガーに吊るし、梓は部屋着へ速やかに着替える。電子レンジで加熱したハンバーグからは、じゅうじゅうと音を立てて肉汁があふれている。部屋に充満する香ばしい匂いに、梓の腹がぐうと鳴った。ご飯、サラダ、コンソメスープ、ハンバーグ。それぞれの皿をトレイにのせ、リビングのテーブルへと運ぶ。テレビ画面のなかでは、ドレスをまとった女優が自身の恋愛観を話していた。こんなバラエティ番組に出ているなんて、映画の番宣だろうか。ポテトサラダを咀嚼しながら、梓は長方形の画面を凝視する。ウナギは梓の隣で静かに丸まっていた。

「相変わらず美人やな、この人」

昔から、梓にはテレビと話す癖がある。もちろん本当に会話をしているわけではない。ただ無意識のうちに番組に突っ込みを入れてしまうのだ。

幼いころから梓はよく舌が回る子だった。話すことが大好きで、口を閉じたままじっとしているということがどうにもできない。一人でいるときだって、やいやいと声を出してしまう。自分でも恥ずかしいとは思っているのだが、幼少からの癖は一朝一夕で直るものではなかった。

視線を上げる。視界に入ってくるのは、カーテンレールの上にずらりと並ぶ、たくさんの集合写真。小学生のころに所属していた金管バンド、中学生のころに入っていた吹奏楽部。さまざまな本番で撮影した記念写真を、母親は毎回こうして白い額縁に入れて並べていた。

いちばん左端に置かれているのは、梓が小学四年生のころの写真だった。赤いブレザーに白のスカート。小学生らしく屈託のない笑みを浮かべている梓は、その手にいまと変わらない金色のトロンボーンを抱えていた。

「……ついにここまで来たんかあ」

両手を投げ出し、梓はそのままソファーへと寝転がる。立華高校に入学することは、幼いころからの梓の夢だった。マーチング大会で彼らの演奏を見たあの日から、梓はずっとこの吹奏楽部に入ることを夢見ていた。

いまでも忘れない。初めて立華高校の練習に参加したあの日、顧問は不安げな顔をした新入部員にこう告げたのだ。

「立華やないと行けへん場所に、私がアンタらを連れてったるわ」

立華高校の休日練習は、朝の八時集合となっている。梓はほかの生徒よりも早く学校に向かうため、たいてい七時前に家を出る。途中の駅であみかと合流し、二人は並んで校門をくぐった。校庭ではすでにサッカー部が練習を始めており、男子特有の野太い声が辺りに飛び交っていた。

「おっはよー」

音楽室からぴょこんと顔をのぞかせたのは、西条姉妹の姉のほう、花音だった。その背後で妹の美音は澄ました顔でオーボエを吹いている。

梓は鞄を適当な座席に置くと、勢いよく顔だけを花音のほうに向けた。

「おはよう。なあなあ、聞いた？　今日からシングのステップ練習始めるらしいやん。うちさ、もう楽しみすぎて昨日ぜんぜん寝れへんかってんけど。もうヤバない？　テンション上がりすぎて死にそう」

「今日の梓、ちょっとうざいね」

構えていた楽器を下ろし、美音が呆れたように言う。

「だってさあー、うちシングしたくてこの学校来たんやもん。ちょっとぐらいはしゃいでもええやんかー」

「そうだそうだー、はしゃいでもいいじゃないかー」

こちらに同調するように腕を突き上げている花音だが、その口ぶりは完全に梓をからかっていた。あみかが首を傾げる。

「花音ちゃんと美音ちゃんも、シングがやりたくてこの学校に来たの？」

「そりゃそうよ」

「花音ったら相当うるさかったんだよ。テレビ見てたら突然騒ぎ出してね。この学校に進学する！　っていきなり言ってきたんだから」

「二人とも東京に住んでたんだよね？　すごいね、この学校に入るために京都まで引っ越してくるなんて」

あみかの言葉に、花音は平然と答える。

「だって、立華の演奏は立華でしかできないんだもん。来るしかないでしょ」

「花音のこういうとこね、家族からするとチョー迷惑だから」

「えー、美音だって立華に行きたいって言ったじゃん」

「そりゃまあ、言ったけど。まさか家族総出で引っ越しするとは思わなかったの」

「お父さんの勤務地希望が無事通ってよかったよね。京都に転勤できてなかったら、いまごろお父さんだけ東京で暮らすハメになってたよ」

ハッハッハと花音が豪快に笑っているが、実際そうなっていたら笑いごとでは済まなかったような気がする。楽観的な姉の言動に、美音は呆れたようにため息をついた。そのほっそりとした指が、自身の黒髪を梳《す》いている。

「まあでも、私らなんかは学校の近くに引っ越してるから、通うのに関しては楽だよね。キツイのは栞先輩とかでしょ。あの人、兵庫から通ってるらしいじゃん」

トロンボーンの副パートリーダーである栞は、兵庫県の名門中学から立華高校にやってきた。同じく三年生の未来の家は学校から徒歩圏内の場所にあるので、二人が休日に遊ぶときは中間地点である大阪で落ち合うことになっているらしい。

花音が驚いたように眼を見開いた。

「え、そうなの？　私だったら絶対ムリ」

「奈良とか滋賀から来てる子もおるしなあ。平日の朝練のときとか何時起きなんやろ。めっちゃしんどそう」

「まあ、しんどい思いするのを覚悟してうちの高校に来たんだろうけどさ」

ふっと、美音が自身の爪に息を吹きかけた。手入れの行き届いた彼女の爪は、何も塗っていないのにピカピカと輝いている。花音と美音は二人とも同じ形の手をしているが、その指はすらりと長かった。ピアノを弾くのに向いている手だ。

「花音と美音の中学はさ、どういうとこやったん？」

急な梓の問いかけに、美音がぱちりと目を見開いた。

「急にどうしたの？」

「いや、なんか気になったから」

傍らにいた花音が元気よく片手を上げる。

「ハイハイハイ！　梓には私が教えてあげるね。あのね、私らが行ってた学校はズバリ、まあまあの強豪校！　……って、感じだったよ。全国には行けなかったけど、地元じゃ有名だったんだから」

「そうなんや。じゃあまあ、うちの中学と似たような感じかな」

「それじゃ、私たち仲間だね。……私ね、今度こそ全国行きたいって思ってるんだ。だから、立華を選んだの。いちばんカッコよかったから！」

花音がフフと不敵に笑う。

「だからね、私も今日が待ち遠しかったよ。シングの練習は、ワクワク半分恐ろしさ半分って感じ。ふー、武者震いが止まらねーぜ」

「何キャラなのそれ……」

キザっぽい仕草で髪をかき上げる花音に、美音が冷めた視線を送る。その口元が微かに緩んでいることに、梓だけが気づいていた。

立華の休日練習は、部内ミーティングから始まる。黒板の前に立っているのは、部長の翔子、副部長の桃花、そしてドラムメジャーの南の三人だ。幹部と呼ばれる役職につく三人と各パートのリーダーたちによる会議にて、その日の練習メニューが決められる。

「今日の練習メニューです」

白いチョークをつかみ、翔子がスラスラと文字を書き込む。

5/21

8;15〜9;00	個人練習(自由)
9;00〜10;00	基礎合奏(音楽室)
10;00〜12;00	1年生・ステップ練習(第2視聴覚室) 2年生+3年生・パート練習
12;00〜13;00	昼休み
13;00〜18;15	1年生・ステップ練習(第2視聴覚室) マーチング構成・会議(13;00 書道室) 幹事+パーリー・会議(14;00 美術室) 2年生+3年生・パート練習
18;15〜18;30	終わりの会

こうしたスケジュールは、各パートリーダーが自分たちのパートに所属する部員たちの様子を見ながら決めている。顧問が口出ししてくることもあまりないため、新入部員の育成からスケジュール管理に至るまで、大半のことを先輩部員が行うのだ。

予定を書き終えた翔子が、パンパンと軽く手を叩く。その拍子に、床には白い粉が舞った。

「一年生は今日からシングのステップに入ります。初日はとにかく振りを覚えるのに精一杯になると思うけど、忘れんようにちゃんとメモを取ること。南が指導するので、その指示に従ってください」

「はい！」

「昼からは、役職持ちの子は規定の時間に会議に向かってください。ステップ練習に参加しない先輩部員は、次のコンサートでやる曲の練習をしておくように。二、三年だけでやる『バラ肉』はとくに力入れてください。明日の午後から熊田《くまだ》先生が来てくれはるので、その際に二、三年で合奏練習やります。一年生は明日もシングのステップ練習なので、着替えを忘れんように。細かいことはまた、終わりの会で言います」

「はい！」

「それでは解散」

翔子の指示に従い、部員たちが一斉に動き出す。梓も自身の席に戻ろうとしたところ、背後からシャツの裾を引っ張られた。振り返ると、なんとも神妙な面持ちをしたあみかがこちらを見上げている。

「『バラ肉』って、何？　先輩たち、料理するの？」

彼女の顔は大真面目で、それが冗談でないことは明らかだった。梓も努めて冷静に答えようとは試みたのだけれど、結局はこらえ切れずに噴き出してしまった。あみかが唇をとがらせる。

「ひどーい、なんで笑うの」

「いや、やっぱないわ。料理はない」

「なくないよ。普通バラ肉って聞いたらお肉だって思うじゃん」

「うん、まあ、それはしゃあないけど。なんかあみかがあんまりにも深刻な顔で聞いてくるから、ちょっとツボった」

胸に手を当て、梓は呼吸を整える。そのあいだ、あみかはいかにも不服そうな顔をしたまま、じっとこちらの言葉を待っていた。ちょっとだけ申し訳なくなり、梓はわざとらしく咳払《せきばら》いをする。

「――オッホン。バラ肉っていうのは、『序曲「バラの謝肉祭」』って曲の通称名のこと。イタリアの音楽家オリヴァドーティが作ったスクールバンド向けの序曲で、吹奏楽の定番曲やな」

「ほえー。それじゃあ、次のハッピーコンサートでは先輩たちがその曲を吹くんだ」

「そういうこと」

納得したようにあみかがうなずく。彼女が着ている深緑色のジャージの裾はまくられており、その足首からはピンクと黄色のミサンガがのぞいている。あみかはこうしたものを作るのが好きらしく、よく手芸屋で糸を買っては友人たちに手渡していた。

「はいはい！　じゃあついでに、気になってたけどいまさら聞けなかったことを聞いてもいい？」

「ん？　何かわかんないことあった？」

「あのね、前から思ってたんだけど……ドラムメジャーって、何？」

「おお、マジでいまさらやな」

首を傾げたあみかに、梓はつい苦笑する。ずり落ちそうになったTシャツの袖を肩までまくり、梓は答える。

「ドラムメジャーっていうのは、簡単に言うとマーチングバンドの指揮者の呼び名やな。パレードのときとか、南先輩が先頭歩いてたやん。ああいう役割の人のことを普通はドラムメジャーって呼ぶかな。ま、うちの高校の場合はそれだけやないけど」

「確か二年生にもドラムメジャーがいるよね」

「うん。立華やと、一年生の秋ごろに先輩からドラムメジャーが指名される。で、二年生のときは三年生の補佐をして、三年生になったときにようやくドラムメジャーとして舞台に立つって感じやな。うちのドラムメジャーの場合は、マーチングのときの指導もその仕事のうちに含まれてる」

「ってことは、マーチング練習始まったら南先輩にいっぱい怒られちゃう感じ？」

「まあ、そうなるやろうな。南先輩って、鬼のＤＭって恐れられてるから」

「ひえ〜、怒られないよう頑張らないと」

あみかがぶるぶると身を震わせる。その視線が不意に、壁にかかる二枚の賞状へ向けられた。全日本マーチングコンテスト、金賞。京都府吹奏楽コンクール、金賞。並んだ二枚の賞状は、どちらも去年のものだった。片方は全国大会のもの、そしてもう片方は京都大会のものだ。

「立華って、マーチングと座奏で結構差があるんだね。コンクールのほうは去年関西行けてないんだっけ」

「まあ仕方ないかな。うちの学校、一年中マーチングやってるし」

「マーチングとコンクールって、やっぱり別物なの？　両方とも上手い学校はないのかな」

「——あるよ」

ぬっと、突然後方から声が飛び出してきた。ぎょっとして振り返ると、部長である翔子が二人のあいだに立っていた。三年生のジャージは指定では赤色のはずなのに、翔子がはいているズボンは梓たちと同じ深緑色をしている。さらに、その太ももの付け根辺りには、鈴木《すずき》という名が白い糸で刺繍されていた。ちなみに翔子の苗字は森岡なので、このジャージがまったく別人のものであることは明らかだ。

「あわわ、翔子部長！」

あみかが焦ったように自身の口元を手で覆う。梓は驚きのあまり一瞬息を呑んだが、それを悟られぬようにぴんと背筋を伸ばした。そのまま六十度の角度で頭を下げる。

「お疲れ様です」

あみかが慌てたように梓に続いて頭を下げた。お疲れー、などと翔子は気安げな口調で話しかけてくれているが、梓もあみかも緊張を解きはしなかった。翔子は腰に手を当てると、やや前のめりな体勢になり、あみかと目を合わせた。

「どう？　あみかはちゃんと部活についていけてる？」

「あ、はい。なんとか頑張れてます」

コクコクとあみかが首だけを必死に上下に振る。

「よかったわ。初心者の子が途中で抜けちゃうことほど悲しいことはないから。やっぱりね、音楽って楽しいなって思えるとこまではやったほうがええと思うし」

そう言って、翔子が口端をニッと持ち上げる。その隙間から、綺麗《きれい》に整った白い歯がのぞいた。

「で、二人はなんやおもしろそうな話してたやん？　あみかは強豪校のこと興味あんの？」

「あ、興味あるっていうか……コンクールとマーチングの両方で強い学校って、どんなとこなのかなーって」

「まあ確かに、いままで吹奏楽やってへんかったらわからんよね。知っといて損はないやろうし、いちおう簡単に教えといたげる」

そう言って、翔子は二人を手招きすると黒板の近くまでやってきた。やや短めの白いチョークをつかみ、彼女は手慣れた調子で説明を始める。

「吹奏楽コンクールっていうのは、座奏での演奏を競うものやね。都道府県大会、支部大会、全国大会……って流れで進んでく。ま、人数の多い都道府県の場合は県大会前に地区大会ってのもあるんやけど、京都の場合は府大会スタート。関西で強いのはやっぱ大阪。奈良とか兵庫にも強い学校はあるけど、まあ大阪はマジで強豪校がひしめいてる。とくに三強って呼ばれてるのが、明静工科《みょうじょうこうか》高校、大阪東照《おおさかとうしょう》高校、秀塔大《しゅうとうだい》学《がく》附属高校の三つやな。ここらへんは去年全国大会で金賞取ってるレベルやから、まあ普通に競っても勝ち目はないかな。今年もこの三校が関西代表になると思う」

翔子の指先がするすると滑らかに動き、緑色の黒板に白いピラミッドを描く。吹奏楽コンクールに参加する高校は三千団体を超すが、そのなかで全国大会に出場できる高校はたった二十九校しかない。各大会を勝ち進み、全国の舞台への切符をつかむのは非常に狭き門なのだ。

「で、うちが力を入れてやってるのはこっち。マーチングのほう。時期は夏ごろに始まって……まあ、だいたいコンクールの関西大会が終わったあとぐらいにマーチングの京都大会が始まると思っといて。基本的にはコンクールとシステムは一緒やねんけど、参加校自体はこっちのほうが少ないな。なんせマーチングって衣装やら練習場やらのせいでお金も手間もかかるし、やらへん学校も多いねん」

でも、見ててめっちゃ楽しいでしょ？　と翔子は誇らしげに笑った。

「マーチングでも大阪東照と明工はマジ強いよ。とくに明工はラスボスって感じ。毎年コンクールもマーチングも全国で金取ってる。大阪勢はほかにも強い学校がぎょうさんあって、もう勘弁してくれよーって思う。あとは兵庫も意外に強豪ぞろいやね。とくに滝上《たきがみ》第三高校ってとこがめっちゃ強い。ま、現在の関西の勢力図はこのようなことになっております。……わかった？」

「あ、はい。すっごくよくわかりました」

「それはよかった」

あみかの言葉に、翔子は目を弧に細めた。あみかは今年の新入部員のなかで、唯一の初心者だった。そのせいなのか、入部当初から翔子はあみかにずいぶんと目をかけてくれている。

「六月入ったら、うちらはもうあみかを初心者としては扱わへん。ほかの子らと同じように扱う。できひんことがあれば怒るし、初心者やからって目をつむってたことも、これからはどんどん指摘すると思う。これから先、ほかの子らについていけへんくてしんどいこともあるやろうけど、そこを乗り越えればめっちゃ音楽がおもろいって思えるようになるから。練習頑張ってな」

「はい！」

「梓も、あみかの面倒みながらは大変や思うけど、いろいろフォローしたってな」

「はい、わかりました」

　翔子はニカッと笑うと、梓の肩を優しく叩く。その手が近づいた瞬間に、ふわりと檸檬《れもん》の香りがした。翔子は腕時計を一瞥し、それから慌てたように踵《きびす》を返す。

「引き止めてごめんな。それじゃあ、うちはもう行くから」

　去っていく部長の後ろ姿に、二人は小さく頭を下げる。やはり部長という役職は多忙なのだろう、歩き出した翔子はすぐさまほかの部員に呼び止められていた。

「やっぱり翔子部長ってすごいね」

　自身の頬を両手で挟んだまま、あみかがうっとりとつぶやく。

「ほんま、どの先輩もカッコいいわ」

ぽろりと口から漏れた言葉は、間違いなく梓の本音だった。

第二視聴覚室は音楽室から少し離れたところにある。立華の校舎の中央部分は吹き抜け構造となっており、出入り口や少し小さめな広場も二階からだと一望できる。廊下ではバレーボール部がペアを組んで筋トレをしている最中で、その邪魔にならぬよう、部員たちは隙間をすり抜けながら目的の教室へと向かう。

西校舎と東校舎の渡り廊下を抜けると、特殊教室の並ぶ通路へつながる。科学準備室、家庭科室などに並んでその一角に存在しているのが、第二視聴覚室だった。

教室に入るなり、部員たちは速やかに机を片づけ始める。邪魔な座席をすべて奥へと追いやり、皆が動けるスペースを確保する。梓は室内での運動用の白のスニーカーに履き替えると、体をほぐすように軽く屈伸をした。梓がいま着ている黒のTシャツは中学時代の文化祭で作ったもので、『一生青春！』なんてこっぱずかしい文字がカラフルな色で刻まれていた。

「はい、じゃあ練習始めます」

ずらりと並ぶ部員たちの正面に立ったのは、ドラムメジャーの南だった。部長である翔子とは対照的に、彼女はあまり笑顔を見せない。クールビューティーなどという呼び名もかつてはあったようだが、彼女が三年生になって以降はすっかり鬼のＤＭという呼称のほうが定着してしまっていた。

「シングの振り付けは代々受け継がれてきたものです。先輩部員の方が考えてくださったものが、いまにまで伝わっています。そのため、ステップの種類も多くあります。次回のステージドリルも、夏のマーチングも、要はここで教えるステップと全体での動きとの組み合わせで構成されます。いまサボっているとあとで泣きを見ることになるので、浮ついた気持ちで取り組まないようにしてください」

「はい！」

「それではまず、基本からです」

最初に南が見本を示し、そのあと一年生部員が同じ動きを追従する。最初の二時間は基本これの繰り返しで、部員たちは必死になって手帳へと動きを書き込んでいる。

立華が「水色の悪魔」と呼ばれる所以は、この振り付けの激しさだった。楽器を吹きながら激しい振り付けをこなすことの困難さは、吹奏楽経験者でなくとも想像できるものだろう。

「とにかく体幹、上半身が重要です。身体が揺れていると楽器は吹けません」

この南の言葉こそが、立華の華やかなステップパフォーマンスの神髄だった。一見すると大きく体を揺らしているように見える振り付けも、その実、動いているのは下半身だけである。上半身をぴたりと固定したまま、下半身だけを激しく動かす。足を大きく振り上げても、腰から上は決して動かさない。

「一《ワン》、二《ツー》、三《スリー》、四《フォー》」

南がカウントを口にしながら、何度も振り付けを繰り返す。後ろから見ていても、その上半身が同じ位置に固定されているのがわかる。後ろでゼイゼイと息を切らす後輩をよそに、南は汗すらかいていなかった。

「動きが遅い。もう一回」

「はい！」

両手を組み合わせるように構え、自分の口元付近に持っていく。楽器を構えている姿を意識して、両肘を外側へと張る。天井から糸で引っ張られるような感覚で背筋を伸ばし、その体勢を維持することを心がける。

部員たちが一斉に手本の動きに追従する。足を蹴り出すたびに、ザッザッと衣ずれの音が響く。踵が床を蹴る音、足が空気を裂く音。それらはひとつの塊となり、まるで生き物みたいに轟々《ごうごう》とうなり声を上げた。

カッコいい。そう、素直に思った。空気の動きを肌で感じる。皆の呼吸の音がそろい、奇妙な一体感を生み出す。室内に充満する空気は熱を帯びており、額から流れる汗が梓の顎を伝って落ちた。

「はい。午前練習はここまで」

「ありがとうございました」

南の言葉を合図に、午前中のステップ練習は終わりを告げた。三十人を超える生徒たちが一斉に頭を下げる。南は足元に置かれたペットボトルを拾い上げると、一気にそれを飲み干した。窓から差し込む光を反射し、なかの液体がゆらりときらめいている。南は唇を手の甲で拭うと、それから澄ました顔で言った。

「昼からはもっとキツくなるので覚悟しておいてください。食べすぎると運動しにくくなるので、適量で我慢することをお勧めします。それでは」

そう言って、南は颯爽《さっそう》と教室を出ていった。動きに合わせ、長い黒髪が翻る。

「おいおい、ドラマのワンシーンかよぉ」

そう隣で茶化すようにつぶやいたのは花音だった。よほど汗をかいたのか、濡《ぬ》れたTシャツが彼女の肌に貼りついている。

「お疲れ。結構きつかったね」

「楽器持ってあの動きするんでしょ？　私、やれっかなぁー」

「南先輩、めっちゃ余裕そうやったよな。やっぱ慣れるとあの域に到達でききんのやろか。あー、普段使わん筋肉使ったせいで身体がやばい。明日筋肉痛になってそう」

「これが立華の洗礼ってやつですな、フォッフォッフォッフォ」

いったい何から目線なのか、花音が愉快げに身を揺らす。その背後に視線を移すと、美音とあみかが互いに背中合わせになりストレッチしているところだった。

「イタタタ、美音ちゃん、痛いって」

「えっ。あみか、身体硬くない？」

「硬くないよ。美音ちゃんの身体が柔らかいだけだってば」

きょとんとした様子で首を傾げる美音であるが、その背中のしなり具合は確かに常識の範囲を超えていた。なんだこれ、

「中国雑技団かよ」

胸中でつぶやいたはずの言葉が、なぜか隣から聞こえてきた。見やると、汗だくの太一が呆れた様子で二人を見ている。Tシャツの裾をつかみ、彼は乱雑な動きで自身の汗を拭いていた。めくれたTシャツからは少し日に焼けた肌がのぞいている。その腹は女子のものかと思うほど細く、くびれなんてものまでできている。おいおい、マジかよ、と梓は無意識のうちに自身の腹をさすっていた。

太一の声に反応してか、ほかの一年生部員たちもわらわらと美音のもとに集まり始める。

「うわあ、美音すごいね」

「クラゲみたい」

周囲から漏れる素直な感想に、花音が自慢げにその口角を持ち上げる。

「私と美音は小さいころに体操クラブに通ってたから、柔軟性だけは自信あるんだ。あんまり怪我とかしたことない」

「へえ、西条姉妹は運動神経えええんやな」

感心したように太一がつぶやく。皆の注目が美音に集まっているあいだに、教室の隅ではこっそりと志保が前屈をしていた。爪先に向かって必死に腕を伸ばしているが、残念ながらまったく届く気配はない。どうやら彼女はかなり身体が硬いらしい。

「梓ちゃんは身体柔らかい？」

いつの間にか、あみかが隣までやってきていた。いつもは肩に流しているウェービーな髪も、運動の邪魔にならぬよう、いまはふたつに束ねられていた。

「えー、普通やなあ。そんな硬くもないし、柔らかくもない」

「四月の最初の体力テストのとき、長座体前屈ってやったでしょ？　私ね、アレは昔からすっごい苦手だったの。全然手がつかなくて」

「あー、確かに苦手な子も多いなあ」

「けどね、毎日お風呂上がりにストレッチするようにしたら、ちょっとずつできるようになったんだ。いまはもう爪先まで手がつくよ」

ほら、と彼女はその場で前屈してみせる。薄桃色の爪の先が、ちょんと床に触れた。

「前までね、ふくらはぎぐらいしか届かなかったの。なんでも続けてたらちょっとずつよくなっていくんだね」

ふふ、とあみかはうれしそうに笑う。褒めて。そう言外に訴えられているような気がして、梓はその頭をくしゃくしゃとなでてやった。

休日練習の昼食は学年ごとに分かれてとるのがこの部の慣習となっていた。三年生は音楽室、二年生は美術室、一年生は書道室で、皆で輪になってご飯を食べる。書道室は第二視聴覚室からはやや離れた場所にあるので、当然一年生部員たちはそこまで移動することになる。廊下に出た部員たちはそれぞれ仲のいい面子と雑談を交わしながら、西校舎までの道のりをたどっていた。

「あ、熊田先生」

誰かが漏らしたつぶやきに、雑談の声がぴたりとやんだ。向こう側からこちらに歩いてくる人影に、部員たちが一斉に動き出す。

「こんにちは」

吐き出された声が廊下に反響する。その声に反応してか、相手は進めていた足をそこでようやく止めた。

「はい、こんにちは。一年生部員勢ぞろいやね。頑張ってる?」

その言葉に、部員たちはそろそろと頭を上げる。眼前に立っている人物は朗らかな笑みを浮かべ、こちらの返答をいまかいまかと待っている。彼女の名は熊田祥江《さちえ》。この立華高校吹奏楽部の名物顧問であった。

立華高校には吹奏楽部の顧問が三人いる。メインの指導を行う熊田先生、B部門の指導を行っている城谷《しろたに》先生、そして新任である山田《やまだ》先生だ。山田先生は普段、事務などの面で吹奏楽部の活動の補佐をしてくれている。

熊田先生は今年で五十二歳となるベテラン音楽教師だ。三人の息子がいるが、全員成人済みらしい。私に似てイケメンやねん、というのが彼女の口癖である。

ふっくらしている体型は、先生の好物に起因している。黄檗駅前にある幸富堂《こうふどう》は老舗《しにせ》の和菓子屋として有名であるが、噂《うわさ》によると熊田先生はそこの栗《くり》まんじゅうが大好物らしい。なんと一日に三つは食べるそうで、年齢を重ねるごとにその腹周りの肉は増えているようだ。

「今日はなんの練習してんの？　みんな体操服ってことは、マーチング？」

先生の目が、部員の顔を一人一人映していく。あ、目が合った。そう思った瞬間、梓はごくんと唾を飲んだ。沈黙に耐え切れず、梓は口を開く。

「今日からシングのステップを習い始めたところです。南先輩に教えていただいています」

「あ、そうなん？　どう？　めっちゃきつかったやろ。あれ、慣れるまではほんま大変やねんなあ。私なんかようせんわ」

はっは、と熊田先生が豪快に身を揺する。彼女の笑い方はさっぱりとしていて気持ちがいい。

「まあでも、シングの本番一回やってみ？　めっちゃゾクゾクするやろうから」

先生の乾いた手が、梓の背を軽く叩く。ありがとうございます、と梓はとっさに頭を下げた。


梓が立華に入学した際にもっとも驚いたのが、顧問の部活への関与の少なさだった。熊田先生は、合奏練習や本番前以外はあまり部に顔を出さない。たいていは職員室で仕事をしており、指示を受ける部員がそこへ足を運ぶ。中学時代の部活では顧問が事細かにやることを指示していた記憶があるのだが、高校に入学して以降、顧問から直接的に練習予定について話を聞いたことはほとんどなかった。

立華の吹奏楽部は組織的に動く。それぞれに割り振られた役職をまっとうすることで、部内が円滑に運営される。生徒たちは指示を待つのではなく、試行錯誤を繰り返しながら自分たちで進もうとする。熊田先生のおもな役割というのは、そんな部員たちのフォローだった。脱線しそうになっているとき、大人の助けが必要なとき、子供だけではがんじ絡めになって身動きが取れなくなってしまったとき。そういったときに先生はそっと部員たちに手を差し出す。

「熊田先生、また太ったんじゃない？」

一年生たちは大きな円を描くように、全員でひとつの輪を作って座る。弁当箱を広げながらボソリとつぶやいた美音の言葉に、そうかもー、なんて声が周囲から返ってくる。

書道室にはステンレス製の机がいくつか並んでおり、その上には書類やら段ボール箱やらが積まれている。音楽室に隣接していることから楽器室の一部のような扱いを受け始め、いまではすっかり部室のひとつという認識が定着していた。

「あー、休みが欲しい」

右隣に座っていた志保が、心底深刻そうな表情で言葉を漏らす。彼女の水色のランチョンマットの手前には、殺菌済みの白いおしぼりが置かれている。その弁当箱の中身はいつも色鮮やかで、梓は無意識のうちに自身の手元に視線を落とした。母親が作り置きしてくれた惣菜《そうざい》を詰め込んだ梓の弁当は、どことなく茶色っぽい色味のものが多かった。

「なんで？」

生姜《しょうが》焼きを口に運びながら、梓は首を傾げる。動いた拍子にひとつに束ねた自身の髪がふらりと揺れる感触がした。志保は綺麗に巻かれた玉子焼きを箸の先端でつつきながら、ため息混じりに答えた。

「だってさあ、入部してから一回も休みないやん。毎日毎日マーチングの練習って、正直めっちゃきついよ。やってられへんって」

「どこも強いとこはこんなもんやって」

「それはわかってんねんけどなあ。たまには愚痴りたくもなる」

そう苦笑し、彼女は指先で自身の前髪を耳にかけた。志保の右手の中指にはぷっくりと赤く腫れたペンダコがある。限界ぎりぎりまで切られた爪は深爪気味だった。見ているだけで痛そうだ。伸びる爪がじりじりと肉をえぐるさまを想像して、梓はぶるりと身を震わせる。

「あみかはどう？　ついてけそう？」

左隣に座っていたあみかへ問いかけると、彼女はうーんと腕を組んだ。あみかの前に広がっているのは、コンビニエンスストアの菓子パンだった。クリームパン、チョコレートデニッシュ、イチゴ蒸しパン。甘いものが好きな彼女の食生活は、かなり乱れているようだった。

「今日はすっごく大変だった。私、どんくさいから振り付けとか覚えるの苦手なんだ」

「まあ確かに、アレは普通に経験者でも厳しいと思うわ」

　梓の言葉に、志保が大きくうなずく。

「普通にマーチングやってる子らもヒイヒイ言うとったしな、やっぱ立華の振り付けは別格やわ」

「ダンスみたいだもんね」

「私、楽器持ったままあんなんできるやろか。マジ自信ないわ」

　はあ、と志保が大きくため息をつく。今日の志保はため息ばかりだ。よっぽどステップ練習が憂鬱《ゆううつ》らしい。

「でもさ、うちはうれしいな。ステップやれるの、ほんま楽しみやったから」

「そりゃ梓はそうやろな」

「志保は違うん？」

　その問いに、志保の喉がゴクリと上下したのが見えた。やや小さめな瞳がちらりと動き、美味しそうにクリームパンを頬張るあみかを捉える。何かをこらえるように、志保は唇を噛み締めた。強く握り締められたプラスチック製の箸が、小刻みに震えている。

　ふつりと、その唇が綻ぶ。志保はまなじりに皺《しわ》を寄せて笑った。

「梓はさ、ほんま吹奏楽好きよな」

「うん、めっちゃ好き」

即答する梓に、志保が目を細める。几帳面に切りそろえられた爪が、ふと梓の視界に入った。白い部分が残るのを許さない、神経質な志保の爪。

「そういうとこな、ちょっとうらやましいわ」

落とされた声の端々には、少しばかりの憧憬がにじんでいる。反応に困り、梓はへらりと愛想のいい笑みを浮かべた。

「えー、うちなんかうらやましがってどうすんの」

冗談めかした台詞に、硬くなっていた志保の表情が和らぐのが見えた。ふっと脱力したように、志保が小さく息を吐きながら言った。

「うらやましいって思ってるよ。ほんまに、何もかも」


昼からの練習は、ドラムメジャーの南の忠告どおり、満腹状態の部員には地獄のような時間となった。激しい運動のせいか、とにかく脇腹が痛い。ぐつぐつと胃を圧迫するような腹の痛みに、梓は思わず顔をしかめた。

「戸川、遅い。足ずれてる」

「はい」

振り付けを確認しているあいだも、南による指導の声が飛び交う。名指しで指摘された志保は慌てたように返事しているが、おそらくあれが彼女の精一杯だろう。練習についていけない部員たちは一人や二人ではなく、遅れを見せた途端に南からビシビシと指導された。

「本番は楽器持って吹くねんで。そんなんでええと思ってんの？」

「背筋はまっすぐ。上半身揺らさない」

「ちゃんと腹から声出して。もうバテてんの？」

「名瀬、遅れてる。ちゃんと足動かして」

矢継ぎ早に飛ぶ南の叱責に、部員たちは震え上がる。一《いち》、二《に》、三《さん》、四《し》というコールを口に出しながら、部員たちは何度も同じ動きを反復した。

未経験者のあみかは名指しで指摘されることもとくに多く、泣きそうになりながら練習に励んでいた。

「音は誰が吹いてるかバレへんけど、ステップでミスったら速攻でお客さんにバレるから。自分のミスが他人の足まで引っ張るってことは頭に入れといて」

南の言葉どおり、マーチングでのミスは観客にバレやすい。視覚的な動きのズレは発見されやすいからだ。さらに統率が乱れてしまい、美しさも損なわれる。一人一人が吹けるのは当たり前。動けるのも当たり前。それらはあくまでも前提条件であり、マーチングで高みを目指すということは、それらを複数の人間で同時にこなさなければならないということなのだ。

「じゃあ次、楽器持ってやります」

「はい！」

ドラムメジャーの指示に、部員たちはキビキビと動く。端に置いていた楽器を手に、先ほどと同じ隊列に並ぶ。ユーフォニアムやスーザフォンのような巨大な楽器を担当する部員たちは、明らかにつらそうな顔をしていた。

「一《ワン》、二《ツー》、三《スリー》、四《フォー》、」

短く、切れのいい南のカウントに合わせ、部員たちは先ほどと同じステップを一斉に再現しようとする。が、楽器の重みにより重心がずれ、なかなかテンポどおりに足を動かせない。身体が上下するたびに左肩に乗せた楽器が皮膚へと食い込む。トロンボーンでこのつらさなのだから、巨大な楽器の面々の負担は相当なものだろう。

カウントが終わった途端に、部員たちはどっとその場に座り込んだ。足が負荷に耐えられないのだ。

目を細め、南が淡々と告げる。

「座っていいって誰が言った？」

ひぃっ、と周囲から息を呑む音が聞こえた。慌てたように部員たちが立ち上がる。

梓は肩にかけたタオルで額を拭った。さっきから汗が止まらない。Tシャツはすでにびしょ濡れで、雨に打たれたあとのようだった。

「こんなんでへばっててどうすんの。本番は楽器吹きながらやるんやで？」

「すみません」

「踊りながら吹けへん人は、ハピコンの本番は吹かずに出てもらうんで」

さりげなく告げられたその台詞に、梓は自身の背筋がぞっと粟立《あわだ》つのを感じた。

動けない人間に、演奏する余裕はない。下手な音を撒き散らかされるよりは、無音でステップだけを踏んでもらったほうが被害が少ない。だから、吹けないやつには吹かせない。それは至極当然のことで、いままでの梓ならなんの違和感もなく受け入れていたはずの言葉だった。なのに、なぜかいまはその言葉が心底恐ろしく感じる。

「じゃあ、もう一回通します」

「はい！」

南は決して声を荒らげない。淡々と、しかし厳しい口調で彼女は指示を出していく。ひっきりなしに額を伝う汗を乱暴な手つきで拭い、梓は腹から声を出す。

「一《いち》、二《に》、三《さん》、四《し》」

カウントに合わせ、梓は必死に身体を動かす。マウスピースに口をつけ、本当に吹きながら演奏できそうか、自身の脳で予測してみる。唇に当たる冷たい感触はつねに不安定に揺れており、とてもじゃないが吹ける状態ではない。

「──あ、」

スコン、と疑問の答えが落ちてくる。震える足を押さえ、梓は大きく深呼吸した。

なんだ、自分はただ、吹きながら動けるようになれるのかが不安だっただけなのか。強豪校に来たことで初めてぶつかった、自分の能力よりも高い壁。それをちゃんと打ち破れるのか、無意識のうちに恐れていただけなのだ。

南を見る。カウントのためにドラムスティックを長時間打ち鳴らし続けている彼女の手には、一切のブレがない。迷いもない。

「じゃ、もう一回」

そう、南は言った。


「ありがとうございました！」

ミーティングを終え、部員たちが一斉に頭を下げる。長い一日が終わり、部員たちはようやく練習から解放された。一年生たちは明らかにげっそりとしており、ステップ練習のハードさがうかがい知れる。

「あはは、ステップだけで死んでたら夏乗り切れへんで」

「これからが地獄やぞー」

トロンボーンパートの先輩たちが楽しげな笑い声を上げる。それが冗談なのか本気なのか判断できず、梓は神妙な顔でただうなずく。

「どう？　念願のシングは？」

　パートリーダーである未来が梓のほうへと腕を回した。汗臭いのが恥ずかしくて、梓は思わずその身体をそっと押し返す。

「先輩、いまちょっと汗まみれなんで」

「えー、そんなんいまさらやん」

　未来は可笑しそうに肩をすくめた。Tシャツの下のジャージはなぜか渋い青色をしている。二年生用の学校指定のジャージだ。かなり年季の入ったそれには、白い糸で山田《やまだ》と刺繍が入っていた。

「これ、先輩からもらってん」

　視線に気づいたのか、未来がジャージの端をつまみ上げながら言う。

「ウチの吹部って、代々先輩から後輩にジャージやら制服やらをあげんのが伝統やねんか。ほら、ほかの子らも学年と違う色のジャージ着てるときあるやん？　あれはたいてい先輩からもらったヤツ。これは二年前に卒業しはった人のジャージやから、結構ボロボロやねん」

「あぁ、ほかの先輩らが違う名前のジャージ着てはったんって、そういう理由なんですね」

「そうそう。ややこしくてしゃあないよな」

未来の指がするりと刺繍の凹凸をなぞる。その中性的な横顔に、梓の心臓はトクンと跳ねた。外気に剥き出しになった耳は薄く、その皮膚は少しばかり日に焼けている。

「でもま、こうして受け継いできた伝統ですから、ここで途切れさせるわけにはいかへんのよね」

そう言って、未来はニカッと歯を見せて笑った。その無邪気な表情は、どことなく少年のようにも見えた。


時計の針は八をちょうど越えたところだった。すっかり静かになった第二視聴覚室で、梓はトロンボーンを吹き鳴らしている。今日のステップ練習がハードだったためか、一年生部員は練習が終わった途端に軒並み帰っていった。

あみかに一緒に帰ろうと誘われたけれど、どうにもそんな気分にはなれなくて、梓はこうして一人音楽室に残って練習していた。ほかにも何人かの部員たちが梓と同じように残って練習しており、すっかり暗くなった校舎からはまばらに楽器の音が聞こえていた。

「……確か、こう」

昼に南に言われた言葉を脳内で反芻《はんすう》しながら、梓はステップ練習を繰り返す。求められた要求に自分が応えられないことが、耐えられなかった。楽器を構えたまま足を動かす。口のなかでカウントをつぶやきながら、太ももを大きく振り上げる。それに慣れてきたら、ゆっくりとしたテンポで通してみる。何度も何度も同じことの繰り返し。身体が違和感なく動くようになるまで、梓は一人で練習をし続けた。

梓にとって、立華でシングを吹くことは憧れだった。この場所を選んだのはほかでもない自分で、だからこそ梓は妥協を許すことができなかった。目を伏せると、入学前のミーティングを思い出す。あの日、梓は確かに自分でこの道を選んだのだ。

＊

吹奏楽推薦で立華に進むことが決まった生徒たちは、ほかの生徒たちが入学するよりも早い時期から部活の練習に参加していた。三月中旬はまだ少し肌寒く、桜もほとんど咲いていなかった。学校指定のジャージを身にまとった梓は、緊張を隠せないまま集合場所である書道室の扉を叩いた。室内にいるのはすべて吹奏楽推薦で立華にやってきた生徒たちで、そのなかには花音と美音の姿もあった。そろいの髪型にそろいの靴下を履いた彼女たちは、十人足らずしかいない教室でひどく目立っていた。

「どうもどうも」

そう言って手を振りながら入室してきたのが、顧問である熊田先生であった。コンサート会場やテレビ画面などで何度も目にしてきた人物がこうして自分の眼前に立っているというのは、なんだか不思議な心地がした。

「どう？　みんな緊張してる？」

先生の問いかけに、コクコクと花音が首を縦に振った。窓の隙間から吹き込んでくる春風のせいなのか、彼女の背後にある深緑色の黒板から、ハラハラとチョークの粉が舞っている。

「いやね、こうやって新入生を見ると毎年テンション上がんのよ。だってさ、みんな吹奏楽部に入ろうと思ってウチんとこの学校に来てくれたわけでしょう？　こんなに将来有望な子らが集まってくれたら、やっぱワクワクするやんか。今年はどんなふうになるんやろっていまから楽しみやわ」

よっこいせ、というかけ声とともに先生が椅子へ腰かける。スポーツブランドのロゴの入った黒のジャージが、彼女の動きに合わせてくしゃりと皺を作った。

「新入部員の子が来たらいっぺん聞いたろうと思ってたことがあるんやけどね。ぶっちゃけみんな、シングってどう思う？」

唐突な問いかけに、生徒たちはざわついた。顧問の意図をつかみ切れず、互いに顔を見合わせる。熊田先生は近所のおばちゃんがするみたいに、女性にしてはやや大きめな手のひらをひらひらと上下させた。

「いやね、ウチ、毎年シングやってんのよ。こう何年も同じ曲やってるとな、ほかの曲やったほうがええんかなとか心配になるわけ。でも、先輩部員たちに聞いても私に気ぃ遣いよるやんか。やから、ピッカピカの一年生諸君に聞いてみようと思って。ほれ、そこのアンタはどう思う？」

「えっ、私ですか」

唐突に指名され、梓は目を見開いた。

「シングってどう思う？　やりたい？」

赤い唇が問いを発する。先生のあっけらかんとした声が梓の耳を通り抜け、管を通じてぐるぐると脳味噌《のうみそ》のなかで渦巻いた。やりたい？　その単純な問いかけに、答えは一瞬にして弾き出された。

無意識のうちに、梓は立ち上がった。ガタンと椅子が動く音が響く。

「やりたいです！　私、シングやるために立華に来ました！」

梓の勢いに続くように、ほかの生徒からも口々に同じ意見が発せられる。

「私もシングやりたいです」

「私も」

部員たちの反応に満足したのか、熊田先生はコロコロと愉快そうに喉を鳴らして笑った。

「そんなふうにみんな思ってるんやったら、やっぱここでシングをやめるわけにはいかへんね」

よっこいせ、と先生は先ほどと同じ言葉をつぶやきながら立ち上がる。

「ねえねえ、いつまで立ってるの？」

ぐいと横から美音にシャツを引っ張られ、梓はそこで自分が立ったままであることに気がついた。赤面しながら座ると、周囲からクスクスと柔らかな笑い声がこぼれた。

「ありがと」

「どういたしまして」

礼を告げると、美音は口端だけを小さく持ち上げた。長い睫毛《まつげ》に縁取られた彼女の瞳が、ゆるりと正面に向けられる。その視線に釣られるように、梓もまた黒板の前に立つ熊田先生のほうを見た。背筋をぴんとまっすぐに伸ばし、部員たちは顧問からの言葉を待つ。

「みんなね、多分ウチの学校でいろいろ頑張ろうって思ってここに来てくれたんやと思う。でもな、最初に言っておくと、私自身はあんまコンクールとかコンテストとか、そういう賞に絡む話って興味ないねん」

ぶっちゃけさ、と先生は言葉を続けた。

「ウチって強豪やん？　去年もマーコンは全国で金やったしさ。でも、そういうコンテストの結果って、私からするとオマケみたいなもんやねん。努力の副産物って言ってもええわ。ウチはべつに、金賞取るためにマーチングやっとるわけやない」

皺の刻まれた先生の手が、滑らかに宙を滑る。二本のたくましい足で踏ん張るように、彼女はそこに立っている。ゆがみのない背筋、力強い眼差し。五十を過ぎたその肉体は一切の衰えを感じさせない。知らず知らずのうちに、梓はゴクリと唾を飲んだ。

「みんなの三年間を預かるわけでしょう？　それやったら、私はみんなに特別な体験をプレゼントしてやりたい。ウチやないとできひんことを、みんなには味合わせてやりたいねん。やから立華は特別を目指す。結果なんてもんは、そのついでについてくるもんや」

そう自信たっぷりに言い切り、熊田先生は不敵に笑った。

「立華やないと行けへん場所に、私がアンタらを連れてったるわ」

＊

あのときの顧問の言葉は、梓の胸を高鳴らせるものだった。もっと先へ、もっと上へ。抱いた高揚感は梓の身体を突き動かし、その足を止めることを許さない。

「こんな時間まで残ってんの？」

不意に投げかけられた声に、梓はぴたりと動きを止めた。振り返ると、やや大きめな茶色の封筒を抱えた栞が驚いた顔をしてこちらを見ていた。時計を見やると、すでに時刻は九時を過ぎようとしていた。

「うわ、もうこんな時間」

「えらい集中してたみたいやね。めっちゃ汗だくやん」

「あれ、ちゃんと着替えたのにまた汗かいちゃってる」

Tシャツの襟元を引っ張ると、むっと汗の臭いが鼻についた。思わず顔をしかめた梓に、栞がクスクスと可笑しそうに笑う。

「先輩はなんでこんな時間まで？」

「私？　私はほら、マーチング構成やから」

適当な椅子を引き、栞はそこに行儀よく足をそろえて座った。トロンボーンの副パートリーダーである彼女は、どうやらほかにも役職を持っているらしい。

「マーチング構成って、なんです？」

「んー。名前のとおり、マーチングを構成する仕事かな」

「マーチングを構成？」

言っている意味がわからない。脳内を疑問符だらけにする後輩に、先輩は封筒から紙の束を取り出して見せた。白いコピー用紙の表面には、太枠で大きな正方形が書かれており、そのなかには方眼紙のようにマス目が並んでいる。マーチングではお馴染みの、いわゆるコンテというヤツだ。

「梓って、杏奈と同じ北中やんな？」

「そうです。杏奈先輩は一個上の先輩やったんで、中学のときもいろいろと教わってました」

「やったらマーチングも経験あるよな？　このコンテが何かはわかるやろ？」

「あ、はい。フォーメーションの位置を書いてる紙ですよね。マス目の交差部分が実際の会場でポイントが打ってある場所で、この小さな白丸が部員を表してる」

「そうそう。でね、さっきまで私らマーチング構成は、このフォーメーションを考えてたの」

「へ？」

思わず声が裏返ったのは致し方ないだろう。動揺する梓をよそに、栞はつらつらと説明を続ける。

「いやね、立華って毎年生徒がマーチングの振り付けやら構成を考えんのよ。それがもう大変で大変で。合宿中とか夜中までほかのマーチング構成の子らと頑張って会議するのんやけど、なかなか決まらんくて――」

「いやいやいやいや、ちょっと待ってください。フォーメーションを部員自身が考えてるんですか？」

あまりの驚きに、梓は先輩の声を遮った。こちらの反応にピンと来ていないのか、琹がキョトンとした顔で首を傾げる。

「うん？　やからそう言ってるやん」

「信じられないです」

基本的にマーチングのフォーメーションというのは専門家やプロに依頼して作成してもらうことが多い。世の中にはマーチングの指導者が数多く存在しており、彼らに頼んでコンテを切ってもらうことは特段珍しいことではなかった。梓が通っていた北中も、顧問の知り合いの指導者にコンテの作成をお願いしていた。

マーチングにおいて、構成はかなり重要な役割を担う。どれだけ部員たちの能力が高くとも、それを発揮できる構成でなければ意味がない。部員たちの実力を見極め、なおかつテーマとする曲に合った構成を作るというのは、素人には至難の技なのだ。

琹が照れたように頬をかく。

「先輩らの演技とかいろいろ参考にして作ってるけどね。まあでも、考えたあとにちゃんとマーチングの先生のアドバイスはもらってんで。三川《みかわ》先生っていう外部の先生がいはんねんけど、その人に見てもらってる」

「いや、それでも原型は自分たちで考えてるってことですよね。すごいです。ビックリしました」

「まあ私も初めに聞いたときは驚いたよ。しかも考えんのめっちゃ大変やし」

栞の手元にある紙にはいたるところに赤字で書き込みがなされていた。もう少しインパクト！　スーザの移動厳しめ？　などと細かな指摘がされている。どうやらこれが完成品というわけでもないらしい。

「マーチングの練習が始まるころまでにはできてるはずやから、楽しみにしといて。さっき梓が練習してたシングのステップも当然入るし」

「あ、見てましたか」

「うん、ついついね。でも一日目からここまでやれる子はあんまおらんと思う。ほんま梓は努力家やな」

笑顔のまま告げられた台詞に、梓は目を伏せる。

「そうやったらいいんですけど、努力家なわけじゃなくて、ただできひん自分が許せへんだけなんですよ。やれって言われたことは完璧にやりたいというか……」

「じゃ、完璧主義者やねんな、梓は」

「どうなんですかね。自分じゃあんまわからないです」

ただ、期待に応えられない自分が嫌いだ。ほかの子に劣る自分も嫌い。だから梓はがむしゃらに努力するしかない。怠けた瞬間にいろんなものに押し潰されて、そのまま死んじゃうような気がするから。

「未来もね、そういうタイプやねん」

机に置かれた紙の束の端をめくりながら、栞が言う。前髪を上げている彼女の額は、ほかの人に比べて少し狭い。下がり気味の眉は綺麗に整えられており、柔和そうな印象を与える双眸はやや垂れ目がちだった。

「未来先輩も、ですか」

「うん」

栞の指先が紙の端から端を行ったり来たりを繰り返す。桜貝のような爪の表面はわずかにでこぼことしていた。

「うちのパートさ、結構人数多いやん。三年は四人おるし、二年は五人、一年も四人いて、合わせて十三人もいる。そのなかでトップの奏者が誰やって聞いたら、どの部員も全会一致で未来って答えると思うねん」

「確かに、未来先輩は不動のトップって印象ですね」

梓が吹奏楽部に入部したときに、最初に話しかけてくれたのも未来だった。緊張のあまりその内容は覚えていないが、とりとめのないようなことを話した気がする。未来は立華のトロンボーンパートの絶対的エースで、彼女がトップのポジションにいることに対して誰かが不満を言っているのを耳にしたことは、これまで一度たりともない。

「あの子ね、」

そう言って、栞は一度口をつぐんだ。脳味噌の奥から記憶をかき出すみたいに、その瞳が上に動く。整えられた彼女の爪の先が、紙の表面をガリリと削った。

「あの子、初心者やってん。高校から吹奏楽始めて、それでトロンボーンになった」

「えっ、そうなんですか」

「うん。そうやねん」

知らなかったです、と梓は素直に感想を述べた。視線を落とすと、金色のトロンボーンが息苦しそうに自身の手のなかに収まっている。

栞はふと息を漏らす。その唇が、弧にゆがんだ。

「最初は下手やったよ。めっちゃ下手。音も出んくてね、一人で練習させられてた。やけどあの子、めっちゃ負けず嫌いでさ。梓と似たようなこと言って、残ってずっと練習してた。そしたら、気づいたらほかの子らよりも上手くなってた。多分、センスもともとあったんやろうね。いつの間にやら立華のトロンボーンのトップになった」

言葉にするのは簡単だが、それがいかに難しいことかは梓にだって理解できた。経験者ぞろいの立華で初心者がトップに立つまでのぼり詰めるということは、相当の努力が必要だったに違いない。

「同じ学年の子らとかな、あの子がめちゃくちゃ頑張ってたこと知ってるから。やから未来がパートリーダーに指名されたときも、みんな納得した。あぁ、この子ならソロ任せられるなって思った」

栞が数十枚の紙をめくる。そこに描かれていたのはトロンボーンソロのときのフォーメーションだった。部員全体が一人のソリストを囲むように、円に近い形で配置されている。

でも、と栞はささやくような声で言った。自嘲混じりに、彼女は言葉を吐き出す。

「百パー応援できるかって言ったら、やっぱそれは嘘になるわ。私だってソロやりたいって、そう心のどこかで思っちゃう。初心者だっていつまでも初心者なままなわけやないってことぐらい、ちゃんとわかってたのに。私だってサボってたわけじゃなくてずっと努力してた。やのになんで未来みたいになれへんかったんやろ。もっともっとやっておけば、うちだってもっと上手くやれたかもしれんのに。……ってな感じでね、ちょっと後悔もしてんねん」

へへ、と栞が照れたように額をかく。その頬がうっすらと赤いのは、後輩に弱みを吐露したことが恥ずかしかったのかもしれない。梓は楽器を握り締めたまま、じっと栞の顔を凝視した。なんだか足元が揺れるような感覚に襲われる。初心者だって、いつまでも初心者なわけじゃない。その言葉が脳内を巡り、梓の意識を強く打った。

「あの、なんて言っていいかはよくわかんないですけど、でも、私は立華に来てどの先輩もカッコいいなって思えるようになりました。なんか、尊敬できる先輩がいるって、スゴイ幸せなことだなって、そう思ってます。栞先輩のことだってめっちゃ上手やなって思ってるし、だからその、なんというか……めっちゃ応援してます」

見切り発車で開いた口は、案の定まともな結論を導く前に閉じることとなった。梓は軽い会話を盛り上げることは得意としていたが、こうした真面目な雰囲気になるとどうにも口数が減ってしまう。とくに先輩相手となると、いかに相手を不快にさせないかということばかりに気を取られ、精神をやたらとすり減らしてしまうのだ。

「気ぃ遣わせちゃったな、ごめんごめん」

栞が苦笑する。その腰が椅子から離れたのを見て、梓は少しほっとした。

「いえ、全然気なんて遣ってないですよ。むしろ、先輩の話を聞かせていただいてすごくありがたかったです」

「相変わらず、梓はしっかりしてるねぇ」

「いやいや、全然ですよ。全然。もっと頑張らないと」

意気込む梓に、栞が目を伏せる。彼女の口元は笑みを維持したままだったが、その内心までは梓には推し量れなかった。栞は紙の束を机の上でそろえ、丁重な動きでそれを封筒へとしまう。

「まだ練習すんの？」

「あ、はい。もうちょっとだけ」

「練習熱心なのはええけど、あんま無理はせんようにね。明日も練習あるんやから」

「はい。ありがとうございます」

頭を下げると、自身の練習用の白のスニーカーが視界に入る。靴紐は固く結ばれていて、どれだけ激しく動いても途中でほどけそうになかった。

二　追憶トゥーザリア

一年生部員はそれからほとんどの時間をステップ練習に費やした。放課後練習でも、休日練習でも、部員たちは自身の書いたメモとにらめっこしながら、何度も同じ振り付けを繰り返す。ようやく動きに慣れ、脳で意識せずとも勝手に身体が動くようになったころ、梓はなんとか楽器を吹きながらステップを踏むことができるようになっていた。

「えっ、梓ちゃんすごい。もうできるようになったの？」

翌週の月曜日の放課後練習。トロンボーンの一年生部員は中庭付近のピロティの一角に集まり、パート練習に勤《いそ》しんでいた。梓の動きを見ていたあみかが息を漏らす。すごいね、すごいね。屈託なくぶつけられる称賛の言葉に、梓はなんだか気恥ずかしい気持ちになった。

今日の練習では交代でチェックする人間を一人ずつ用意し、個人がどこまでできているかを確認し合うことになっていた。今回、未来から一年生へ与えられた課題は、四人がそろってステップをできるようになるというものだった。

「吹けへんくてもいいから、とにかく動きをそろえられるレベルになって。できるようになったら私のとこにテストしに来てください」

立華ではこうして定期的に先輩部員から課題が出される。それは個人を対象にする場合もあるし、今回のように集団で行わなければならないこともある。それらをクリアしていくことで、本番に出るに相応しい実力が身についていくのだ。

梓はトロンボーンを構えると、マウスピースに向かって思い切り息を吹き込んだ。象の鳴き声のような迫力のあるグリッサンド。次の本番で吹く曲の一カ所を気まぐれに吹くと、あみかが感心したようにパチパチと手を叩いた。

トロンボーンはスライドを動かすことにより楽器の管の長さを変え、音の高さを調節する。一音一音を区切らずに流れるように音の高さを上下させるこのグリッサンドという演奏技法は、トロンボーンの持つ魅力のひとつだった。

「はー、休憩時間まで吹いてるとか、体力ありすぎ」

コンクリート製の地面に座り込み、志保がげんなりした顔で言う。その隣ではタオルを頭からかぶった太一がTシャツの裾をバサバサと動かし、なんとか服のなかに風を取り込もうとしていた。

「あっつー」

目を細めたまま、太一がつぶやく。

階段には中身を凍らせたペットボトルが並んでいる。ステップ練習が本格的に始まってからというもの、梓のお茶を飲む量はずいぶんと増えた。夏休みに入り本格的にマーチングの練習が始まれば、もっと水分補給が必要となるらしい。

ハッピーコンサートは六月のなかごろだ。それまでの休日も何度か本番が入っており、部員たちが心休まることは一度たりともなかった。

「今度さー、あがた祭りあるやん」

ジャージの裾をまくりながら志保が言う。あがた祭り？　とあみかが首を傾げた。

梓は楽器を下ろすと、小さく首をすくめた。

「地元でやってるお祭りのこと。毎年六月五日にやるんやけど、暗夜の奇祭なんて呼ばれてる。真夜中に神輿《みこし》を走らせるんやけど、そんときに家とかの灯りを消すのが伝統やねん。やからそんなふうに呼ばれてる。地元の子らは結構よく行くなあ」

「へえ、なんか楽しそうだね」

あみかが目を輝かせた。その正面で、太一が首を横に振る。

「いやいやいや、そんなもん祭りなんか行けるわけないやん。その日も練習あるし、次の日も朝練あるから夜更かしも無理やし」

「そっかー、部活あるんだもんね。なんだ、残念」

「人形焼き食べたかったわあ。あー、休みが恋しい」

心底残念そうな口ぶりで志保は言った。その目元は少しやつれており、普段の練習の疲れが抜け切っていないように見える。

座り込んでいた太一が、中庭に立つ時計を見やる。額から流れる汗を乱暴な手つきで拭い、彼は言った。

「そろそろ練習始めへんとな」

「はーい」

その言葉に従い、志保とあみかはケースに入れていた楽器を手に取る。トロンボーンは独特な構造をしているせいで、床に直で置くとスライドに負荷がかかってしまう。スタンドがあればこうした楽器の傷みを心配する必要はなくなるのだが、各々のスタンドを用意するほどの予算はないため、部員たちは楽器ケースのなかに置いたり、毛布を準備しておいてその上に置いたりしている。

「じゃ、今回は佐々木がチェックやって。お前が俺らのなかでいちばんできてるから」

「わかった」

太一の言葉に、梓は開かれたままの楽器ケースに楽器をしまった。そのあいだに、三人は一定の間隔を開けつつ、一列に並んだ。こうして見ると、やはり太一の背はほかの男子学生に比べてずいぶんと低い。一六〇センチ足らずの彼の背丈は、梓や未来とたいして変わらないくらいだった。

「吹かんでいいんで、とりあえず歌いながらステップ部分って感じかな。一回確認したいんで、とりあえずそこお願い」

「りょーかい」

　先輩のいるときとは違い、親しい一年生同士での練習では言葉遣いもずいぶんと気安いものとなる。普段の練習でのピリピリと焼けるような緊張感も梓は嫌いではないけれど、やはりそればかりが続くと精神的に疲弊してしまう。一年生だけでの練習ではそうした異様な緊迫感がないぶんリラックスして臨むことができるけれど、監視の目がないことでだらけてしまうことがたびたびあった。

「じゃ、いきまーす。一《ワン》、二《ツー》、一《ワン》、二《ツー》、三《スリー》、四《フォー》」

　手を叩きながら、梓がカウントを口に出す。それに合わせ、あみかたちは『シング・シング・シング』を口ずさみながらステップを踏む。

　もともと運動神経がいいだけあって、太一はすでにほとんどの振り付けをマスターしていた。要領がいいと自分で豪語しているだけのことはある。テンポを速くしても軽々とステップをこなしているところを見るに、すぐに吹きながら動けるようになりそうだ。

好調な太一とは対照的に、動きにもたつきが見られるのがあみかと志保だった。そもそも、この二人は運動神経がとても悪い。楽器を吹く吹かない以前の問題で、テンポどおりに自分の身体をさばくことが難しいようだった。

「志保、あみか、遅れてる」

足を振り上げる部分から、すでに二人はもたついていた。ゆっくりとしたテンポでもやらせてみたのだが、足を上げる高さが不充分だったりと、課題は盛りだくさんだった。

「あー、こりゃやばいわ」

太一がガシガシと髪をかき回す。彼の困ったときの癖だった。梓は腕を組みながら、先ほどの二人の動きを脳内で再現する。

「根本的に、二人とも動きが間に合ってないねんか。そのうえ、足を上げる高さも不充分。筋肉とかが足りひんのかもしれん。とにかく自分の身体をコントロールできるようにならんと厳しいと思う」

「コイツらこのままやと、俺ら南先輩に殺されんのちゃう？」

「南先輩の前に、未来先輩に殺されるって」

真顔でこちらを叱責する先輩たちの姿を想像し、梓と太一は震え上がった。パートのメンバーは一蓮托生《いちれんたくしょう》、誰かができないとなると連帯責任を負わされるのは当然のことだった。

「とりあえずさあ、俺と佐々木で見本見せるから、お前らいっぺんそれ見とけ。佐々木が吹きながらやってくれるから」

太一の言葉に従い、梓は楽器を構える。動いた拍子に唇の位置がブレないよう、いつもよりきつめにマウスピースに唇を押しつける。志保が手を叩き、カウントを口にする。それに合わせるように、二人は寸分狂わぬタイミングで足を振り上げた。ザッ、と衣ずれの音がそろう。ベルから吐き出されるメロディーが、ピロティに充満する空気をまっすぐに切り裂いた。

足を上げるタイミング、腰を落とすタイミング。細かな部分がぴたりとそろうと、演技の完成度はより高くなる。マーチングコンテストでは、こうした動きの精密さも当然評価の対象となる。

「だいたいこんな感じやな」

指定された箇所を吹き切り、梓はふうと息を吐いた。その隣では太一が息を切らしている。さすがに連続での動きはこたえたのだろう。楽器ケースにトロンボーンを戻し、梓たちは二人と向き合う。志保は真剣な面持ちでこちらの演奏を見ていたが、やがて不可解そうな様子で問いを口にした。

「まあ、太一は置いとくとして、梓ってなんでそんな上達早いん？」

「なんで俺のことは置いとくねん」

「いや、アンタに聞いてもろくな答え返ってこうへんし。だいたい、アンタ梓よりは下手やし」

「でもお前よりは上手いで」

「動きだけな。動きだけ。演奏はこっちが勝ってるから」

二人の口論を、あみかはニコニコと見守っている。仲がいいなあとでも思っているのだろう。

梓は悩んだ末、素直な感情を口にした。

「べつに自分では上達早いとは思わへんなあ。普通に練習してるだけやし」

「えー、天才なん？」

「天才なわけないやん。天才っていうか、センスあんのは普通に的場のほうやと思う。うちはただ練習しただけやし」

梓が本音を口にした途端、太一はだらしなくその口元をにやけさせた。

「やったぜ。俺、佐々木に天才認定されちゃったよ」

「あ、調子に乗られるとムカつく。やっぱいまのなし」

「取り消しとか無効に決まっとるやろ。ほかのやつらに自慢したろ、佐々木梓に褒められたって」

「なんやの自慢って。だいたい、うちに褒められたとか自慢にもならんやろ」

「なるんやなー、それが」

太一の台詞を補足するように、志保が口を開く。

「梓って、ほかの子らからも一目置かれてるしなあ。演奏上手いし」

「先輩らも梓ちゃんはすごいってよく言ってるよ。今年のソロは未来先輩か梓ちゃんかどっちかなって話してるとこ、結構聞くもん」

興奮したように、あみかがコクコクと首を上下に振る。こうした称賛の言葉を聞くたびに、梓は自身の身体がどんどんと小さくなっていくような錯覚を覚えた。自分の努力が評価されるのは確かにうれしい。しかし、過剰な称賛は確実に敵を生み出してしまう。上手く対応できなければ、周囲から反感を買うことにもなりかねない。

梓は冗談めかした口調で言う。

「えー、あんま褒めんといて。うち、めっちゃ調子乗るタイプやから」

ははは、と周囲から笑い声が上がり、そのうち話題は別のものへと移っていく。周囲の注目が自分から逸れたことに、梓は安堵の息を吐いた。

「ってか、そんなことよりもお前ら二人のことや。マジでこのままやと未来先輩に怒られんぞ」

唐突に矛先を向けられ、志保とあみかはしゅんと肩を落とした。二人並んで落胆していたところで時間が無駄に消費されるだけで、上達するわけではない。梓は腰に手を当てると、太一へと向き直った。

「しゃあない、交代で指導しよう。的場も練習終わってからできるだけ残って」

「えー」

「じゃあ朝練より早く来る?」

「いや、そういう問題とちゃう。ただでさえ部活だらけの一日やのに、そこからさらに練習するのかと思うと憂鬱でさあ」

「いいやん。上手くなるんやから平気やろ」

一瞬、太一の目が見開かれる。中途半端に開かれたその唇の隙間から、ハーと呆れたような声が漏れた。

「佐々木のそういうとこ、マジでえげつないなと思うわ」

「うち、なんか変なこと言った?」

「いや、お前にとってはそれが普通のことなんやろうなって思っただけ」

太一がその場で屈伸する。同じ姿勢を続けていたからか、ボキボキと関節から鈍い音が聞こえた。緑色のジャージに深く皺が寄る。彼の靴底から校庭のほうに向かって、まっすぐ影が伸びていた。

「わかった。しゃあないし、俺も協力する。でも、朝練より先に来んのはさすがにつらいから、居残り練習手伝うので勘弁してくれ」

「じゃあ今日から残って特訓やね。とにかく未来先輩にＯＫもらえるよう頑張ろう」

拳を握り締め、梓は二人のほうを見やる。あみかはうれしそうに破顔すると、梓へと抱きついた。

「わー、梓ちゃんありがとう！　私、頑張るね」

その後ろで、志保が苦々しい面持ちでうつむいている。ありがとう。そう、彼女は確かに言ってくれたけれど、その表情はずいぶんと浮かないものだった。


それから数日のあいだ、四人は放課後の練習が終わったあとも残ってステップの練習をした。ほかのパートの部員たちも課題は同じらしく、校内のあちこちで一年生部員たちが練習を続ける姿が目撃されていた。

ぺたりと床に座り込み、梓はペットボトルを自分の近くに引き寄せる。昇降口の近くにある吹き抜けの小ホールは、夜中になるとすっかり吹奏楽部員の練習場所と化していた。トロンボーンパートの一年生のほかにも、さまざまなパートの部員たちが入り乱れ、同じ箇所を練習している。その少し離れた場所で、華やかな色をした旗がはためいているのが見えた。旗を取りつけられた銀色のポールを操っているのは、そろいのＴシャツを身にまとった双子の西条姉妹だった。

「あれ、花音ちゃんたち何してるの？」

　あみかが梓の腕を引っ張って尋ねる。花音と美音は壁と平行となるように並び、ぐるぐるとポールを回していた。

「あー、ハピコン用の練習やろなあ。あの二人、次の本番でガードやるから」

「ガードって？　防御すんの？」

　バリアを張るように両手を突き出すあみかに、梓は思わず笑ってしまった。

「いや、ガードっていうのはカラーガードのこと。マーチングとかのときに旗とか帽子とか剣みたいな道具を使って視覚的な表現をするパートのことやな。花音とか美音は木管とかけ持ちでガード担当やで。ほら、サンフェスでも旗振ってたやろ？」

「あー、緊張してたからサンフェスのことあんまよく覚えてなかった。二人ともあんなことしてたんだね」

「そういえば、ガードはマーチングのときにもうちょっと人数追加したいって話を先輩がしてはったな。多分、マーコンが近づいてきたら募集かけるんやと思う」

「へえ……あんなふうに踊れたら、すっごくカッコいいね。花音ちゃんも美音ちゃんもすごいなあ」

　こちらの話などほとんど耳に入っていないのだろう、あみかは食い入るように二人の姿を凝視している。よっぽど興味があるのだろうか。くりりとした大きな瞳には、ひらひらとなびく水色のフラッグが映り込んでいる。興奮しているのか、その頬はうっすらと赤く染まっていた。

「あ、ねえ、ちょっと」

ペットボトルを足元に置こうとしたそのとき、あみかのスニーカーの靴紐がほどけているのが視界に入った。声をかけてみたが、あみかはガードの演技に集中しているのか、一切の反応を示さない。仕方がないので、梓はそっとその足元に手を伸ばすと、蝶々結び《ちょうちょう》をしてやった。

「わ、気づかなかった。梓ちゃんありがとう」

こちらの動きに気づいたあみかが、にっこりと笑みを浮かべる。この笑顔に弱いんだよなあと思いながらも、梓は真面目ぶった口調で言う。

「もう、あみかも子供やないねんから、ちゃんと自分で気づかんとあかんで」

「ゴメン、ゴメン」

ありがとね、とあみかが梓の手を握り締める。彼女の手は、小さくてとても女の子らしい。梓は少しのあいだ、その柔らかくて気持ちのいいふにふにとした感触の余韻に浸っていた。

「未来先輩、いまよろしいでしょうか」

必死の練習を重ね、梓たち一年生は未来のテストを受けることに決めた。足を中庭に運んだとき、先輩たちはパート練習をしている真っ最中だった。平日の放課後練習では、トロンボーンを構えた二年生や三年生が自身の楽譜を確認しながら、次の演奏会に向けて準備している。互いの音が混じり合い、声を出しても楽器の音ですぐにかき消えてしまった。

梓は一度大きく深呼吸すると、意を決して未来のいる場所へと足を踏み出した。

「見てもらいたいところがあるのですが、お時間いただけますでしょうか」

未来はちらりとこちらを見ると、マウスピースから唇を離した。楽器を下ろし、彼女は気を引き締めるようにふるりと頭を振った。横に分けた前髪を指で払い、未来は端的に問いを発する。

「もうええの？」

「はい」

梓はハッキリとうなずいた。そう、と未来が目を細める。

「じゃ、行こうか」

第二視聴覚室前の廊下では、トロンボーンの一年生部員たちがすでに列を作って待っていた。その表情は普段のものよりもずっと硬い。テストのときの先輩は、普段の親しみやすさをかなぐり捨てたように険しい面持ちをしている。緊張をごまかそうと、梓は自身の手のひらをズボンへとこすりつけた。じっとりとかいた汗のせいか、緑色の布地が変色した。

未来がパンと両手を打つ。

「時間ないからさっさと動いて。課題箇所から」

「はい」

「カウントは私がやります。このなかで吹きながら動ける人は？」

その問いに、梓だけが「はい」と手を挙げる。未来はこちらを一瞥すると、そう、と短くつぶやいた。その目が一瞬だけすがめられる。

「とりあえずは全員吹かずにやってみて」

「はい」

「じゃ、スタンバイしてください。キビキビ動く！」

「はい！」

未来の指示を受け、四人は横一列に並ぶ。マウスピースが抜かれた状態なのは、声を出して動く際にマウスピースで口をぶつけないためだ。梓は一度目をつむり、大きく息を吸い込む。緩やかに肺が膨らみ、酸素を体内に取り込んだ。

「一《ワン》、二《ツー》、三《スリー》、四《フォー》、」

未来の手がカウントを刻む。部員たちは『シング・シング・シング』のメロディーを口ずさみながら、これまで練習してきたとおりにステップを踏む。左足、右足。それぞれを軸とし、交互に宙を蹴り上げる。四股を踏むように両足で踏ん張り、片足ずつ体重をかける。体勢は目まぐるしく変化し、見ている観客を飽きさせない。

「はい、ありがとう」

未来の言葉に、四人全員が構えていた楽器を下ろす。傍らにいたあみかの手は、緊張のあまり震えていた。ふ、と太一が息を漏らす。その向こう側から、志保が咳払いする音が聞こえた。

未来が四人の前に立つ。肩幅に開いた彼女の足は細いながらもうっすらと筋肉に覆われている。ハーフパンツからのぞく脚はほっそりとした線を描いており、ふくらはぎから足首にかけてきゅっと引き締まっていた。くるぶしまでしかない黒のソックスが、やや黒ずんだスニーカーの隙間からちらついている。

未来は一度足首をぐるりと回すと、それから四人と向き合った。

「不合格」

短く、しかしはっきりとした声だった。薄い唇が紡いだ言葉に、一年生たちはゴクリと唾を飲んだ。

「あみかと志保、全然動きが間に合ってない。テンポどおりについていくのに必死で、細かい処理もできてない。曲がったまま足を動かしたってダサいでしょ。それじゃすごく不格好。カッコ悪い」

未来の指摘は的確で、練習中に梓たちが不安視していた箇所を正確に見抜いていた。

志保とあみかが露骨に肩を落とし、太一と梓は身じろぎする。

「太一と梓は動けてるから、この調子で練習続けていって。あと太一、アンタほんまは吹きながら動けるやろ」

「え、いや、無理です」

「無理やないやろ。キツくなるのが嫌で、挑戦することから避けてる。アンタのそういうところ、気をつけんとあかんで。能力が高いのは認めるけど、楽なほうに逃げすぎ。そんなんで本番やれると思ってんの？」

「す、すみません」

「できるんやったらちゃんとやって。手ぇ抜くの、ダサいで」

「……はい」

彼の返事は、ふてくされているようにも聞こえた。

「それじゃ梓、吹きながらやってみて」

「は、はい」

「カウントはするから、指定箇所ね」

未来の指示に、梓は慌ててハンカチに包んだマウスピースを取り出す。銀色のパーツを差し込み、ふっと息を管のなかに吹き込んだ。

「準備できた？」

未来が問う。呼吸を整えるように、梓はゆっくりと深呼吸をした。練習用のスニーカーの底は、摩擦のせいですり減っている。大丈夫、うちならやれる。自分にそう言い聞かせ、梓は勢いよく顔を上げた。

「はい、できます」

その返事に、未来は満足げにうなずいた。その艶めいた唇が、愉快げに弧にゆがむ。

「じゃ、いきます。一《ワン》、二《ツー》、一《ワン》、二《ツー》、三《スリー》、四《フォー》」

カウントの音に合わせ、梓は大きく息を吸った。ベルから飛び出すうなるようなサウンドが、ビリビリと大気を震わせた。ほかのメンバーの視線を感じる。未来が刻む一定のリズムが、薄い空気の膜を隔ててぼんやりと聞こえてくる。緊張しているせいだろうか。指の感覚が曖昧で、自分が何をしているのかわからなくなる。それなのに、身体は勝手に練習どおりの動きを再現しており、スライドを操作する手の動きにも一切のよどみがない。

「はい、お疲れ」

パン、と未来が手を打ち鳴らす。梓は足を止めると、すぐさま構えていた楽器を下ろした。酸欠だろうか、なんだか頭がぐらぐらする。脳の芯は熱を帯びていて、興奮はいまだ冷めない。はっは、と犬のように浅い呼吸を繰り返し、梓はようやく未来の顔を正面から捉えることに成功した。

「よくできてたよ」

そう言って、未来は一度口をつぐんだ。きゅっと一線に結ばれた唇が、何かを言いたげにもごもごと動く。いつだって前を向くその瞳が、迷いを見せるようにちらりとあみかのほうを向いた。未来は自身の頬に手を当て思案するように黙り込んでいたが、やがて悩みを打ち消すようにふるりと乱暴に頭を振った。

「いや、なんでもない。うん。梓はこのままでいいや」

ぽん、と軽く肩を叩かれる。褒められた、そう認識していいのだろうか。梓は手の甲で唇を拭うと、楽器を手にしたまま頭を下げた。高い位置で結ったポニーテールが動きに合わせてグンと揺れる。

「ありがとうございます」

「でも、動きながらの演奏はまだまだやな。もっと安定して吹けるようにならんとあかんわ。とくにスウィング部分はもっとうまくやれると思う」

「はい」

「あと、梓は確かに上手いけど、マーチングは自分だけできてもあかんから。自分のことばっかしてんと、志保とかあみかができてるかもちゃんとチェックして。これは太一もな。できる子ができひん子を助けてやらんと、いつまでたっても全体のレベルが上がっていかんから。もし教えきれんとこあったら、自分で全部解決しようとせんと先輩に相談に来ること。時間があれば手伝ったるから。……わかった？」

「はい」

四人はそろって返事する。未来は眉間に皺を寄せたまま、ジャージのポケットから折り畳まれたざらばん紙を取り出した。その月のスケジュールが記されている、立華高校の練習表だ。

「あー、じゃあ再テストは土日挟んだ次の月曜までってことにします。とにかく志保とあみかは、ほかの二人の足を引っ張らんように頑張ること。太一は次のテストのときには吹きながらやってもらうし。梓は三人が挫折せんよう支えたって」

「はい！」

「それじゃあ、私は練習に戻ります。各自、与えられた課題を次までにクリアできるようにしておいてください」

最後に業務的な指示を残し、未来はそのままもとの練習場所へと戻っていった。短髪の後ろ姿が完全にいなくなったのを確認した瞬間、一年生部員たちはへなへなとその場に座り込む。はあー、とわざとらしく大きなため息をつき、太一は廊下に転がった。汚いな、と志保が眉をひそめる。

「再テストかよお。テンション下がるわあ」

　駄々をこねるように、太一がじたばたと足を動かす。反応するのも面倒なので、梓はそれを無視してケースに楽器を置いた。天に腕を突き出すようにして伸びをすれば、思考はいくぶんかクリアになる。そのまま身体を右に傾けると、くびれ部分の筋肉がぴんと引っ張られるのがわかった。

「ごめんね、的場くん」

　あみかが眉尻を下げる。彼女の目の表面には、薄い水の膜が張っていた。揺らめく水面が光を反射し、その瞳をきらめかせる。繊細な造りをした彼女の指先が、息苦しそうにその胸元を押さえている。唇からこぼれた息は、少しばかり湿っていた。

「なんか、足引っ張っちゃって。私、全然できてないね。迷惑ばっかりかけてる」

　いまにも泣きそうなあみかに焦ったのか、太一は慌てたように身を起こした。廊下の埃が付着したようで、黒のTシャツの背中にはところどころ白の汚れが目立っている。

　窓の向こうはすでに薄暗く、夕日はとっくの昔にその姿を消していた。歪《いびつ》な形をした半月は雲の向こう側に隠れてしまい、眼下に広がっているのは人工的な光ばかりだった。

「いやまあ、名瀬はしゃあないやろ。初心者やしな」

太一がフォローするように言葉を紡ぐ。ほんとごめんね、とあみかがうつむいた。

前髪に隠れ、その表情はよく見えない。

「ってか、名瀬より問題は戸川やろ。普段俺に偉そうなこと言ってるくせにさ、ここまでできひんとやばいやろ」

まずい、と梓は直感的に感じた。太一の言葉は、プライドの高い志保の地雷を的確に踏み抜いている。いやでも、と梓がフォローしようとしたが、太一はそれに気づかないようだった。いつもの冗談の延長のつもりで、彼は言う。

「お前さ、経験者のくせに、このままじゃ初心者の名瀬に負けるんちゃう？」

ひゅっ、と志保が息を呑む音が聞こえた。レンズ越しにその瞳が大きく見開かれるのが見える。彼女の顔は青白く、その肩はわずかに震えていた。自身のTシャツの裾をつかんでいた腕が、だらりと不自然に脱力する。志保は何も言わない。唇を噛み締め、ただその場にたたずんでいる。

「的場、言いすぎやって」

「なんでやねん、ほんまのことやん。だいたいさ、戸川はそういうとこあるよな。くそ真面目なわりに全然できひんっていうかさぁ。実力伴ってから言えよって感じ」

「注意されんのはアンタがサボってるからやん。八つ当たりせんといて」

「はあ？　なんで俺が怒られるわけ？」

梓がさりげなくたしなめるが、当の本人は志保の変化に毛ほども気づかないようだった。あみかにばかり意識が向いているからかもしれない。梓は小さく舌打ちすると、志保をこの場から連れ出そうとした。

「志保、とりあえず一回二人で練習してみる？　ほら、やっぱマンツーマンで練習したほうがいいかもしれへんし。的場はそこであみかのステップ見てやってよ」

ね、と梓は志保の肩に手をかける。志保は黙ったまま、ただ小さくうなずいた。そのまま志保とともに立ち去ろうとした梓の背に、切迫した声がかかる。

「待って、」

振り返ると、あみかが必死な面持ちでこちらに手を伸ばしていた。その小さな手が、梓のシャツの裾をつかむ。クン、と後方から引っ張られ、梓は思わず足を止める。

「どうしたん？」

こちらの問いに、あみかは何も言わなかった。彼女の手にこもる力が、よりいっそう強いものとなる。振り返るが、下を向いているあみかの顔は髪に隠れてほとんど見えない。

「……あみか？」

名を呼ぶと、ぐすんと鼻をすする音が聞こえた。まさか、泣いているのだろうか。

慌てて振り返ろうとした梓の背に、あみかが額を強く押しつける。すがるようにシャツに指を引っかけ、彼女はささやくような声でつぶやいた。

「待って。私を捨てないで」

「何言うてんの」

その大げさな言い方に梓は思わず苦笑したが、あみかからの返事はなかった。太一が呆れた様子であみかを見やる。

「いやいや。捨てるとか、何、昼ドラみたいなこと言うてんの。いまそんな大げさな話やなかったやろ」

その台詞に、あみかは駄々っ子のように梓の腰に抱きつくと、だって、と愚図った。

「志保ちゃんに梓ちゃんが取られちゃうって思ったんだもん。そしたら、ヤだなって」

「いやいや、そんな深刻な話ちゃうし。だいたいさー、その反応、俺に失礼ちゃう？俺に教えられれんのは嫌なんかよ」

すねるような太一の言葉に、あみかが慌てたように顔を上げた。彼女は鼻をすると、目元をごしごしとこする。

「あ、ごめんね。そうだよね、的場くんに失礼になっちゃったね」

「いやまあ、べつにええけどな」

　二人のやり取りに、緊張の糸がふつりと切れた。梓は自身の頭をかくと、それからあみかの腕を大仰な動きで引き剥がす。振り返り、正面から彼女と向き合うと、あみかはおたおたと焦ったように身じろぎした。梓はその目をのぞき込むようにして顔を近づけ、言い含めるように告げる。

「捨てるとか、そういう話ちゃうやんか。いきなり変なこと言うからびっくりしたわ」

「うん、ごめんね梓ちゃん。言い方間違えちゃった」

　えへへ、とあみかが気恥ずかしそうに笑う。釣られるように、梓もまた自身の口元を綻ばせた。その背後で、少しほっとしたように太一が肩をすくめる。どうやらあみかの異変に気を揉《も》んでいたようだ。

「ねえ、」

　不意に、それまで黙っていた志保が口を開いた。その声はひどく淡々としていて、いつもの彼女らしくなかった。あみかから視線を引き剥がし、梓は志保のほうを見やる。普段は几帳面に分けられている彼女の前髪も、このときばかりは乱れていた。右足の爪先部分を、志保は自身の左足で踏みつける。親指を外の世界から隠すように、その拳は固く握り締められていた。

「私、辞めたい」

志保の透明な眼鏡のレンズに、長く続く廊下の風景が映り込んでいる。これまで何度も一緒に練習してきた場所だ。ケースに並べられた、四本のトロンボーン。並んだペットボトル。当たり前となっている光景のなかで、無表情の志保の存在ばかりが異質だった。

「何をだよ」

太一の声が、しんとした静寂の上を滑っていく。志保は唇を強く引き結ぶと、その端を舌でチロリと舐めた。眼鏡のフレームを指先で持ち上げ、彼女はまっすぐにあみかを見る。その眼差しの鋭さに、あみかがビクリと肩を震わせた。

志保が口を開く。

「部活辞めたいって言ってんの！　このドアホ！」

そう大声で叫び、彼女はわっと駆け出した。その手が不意に伸ばされ、梓の腕を強く引っ張る。

「梓、来て」

「は？」

突然のことについていけず、梓は間の抜けた声を上げた。しかし志保はこちらの腕を引っ張ることをやめない。呆然とする太一とあみかの視線が、梓の背中を追いかける。

「あ、二人は練習してて」

腕を引っ張られながら、梓はなんとか二人にそれだけを告げる。その間も志保の歩みは止まることなく、四人の距離は見る間に離れていってしまった。すっかり静かになった廊下を通り抜け、志保は無人の教室に潜り込んだ。電気をつけないまま、彼女は奥へ奥へと入っていく。扉の隙間からは白い光が差し込んでおり、闇が充満した教室にひと筋の糸を垂らしていた。

先輩の教室に許可なく入っていいものか。二年三組と書かれたプレートに、梓はぎくりと心臓を跳ねさせる。黒板には補習授業の名残があり、梓がまだ習っていない数学の公式がいくつも並んでいた。すでに下校時刻は過ぎているため、残っている生徒の姿はない。吹奏楽部は特別に居残り練習が許されており、もう夜だというのに校舎のなかからはあちこちで楽器によって紡がれた旋律が聞こえていた。

「志保、大丈夫？」

問いかけが、夜の空気に溶けていった。瞬きを何度か繰り返していると、徐々に目が暗闇に慣れていく。目を凝らしてみれば、机と壁のあいだに身を隠すように小さく丸まっている志保の姿を発見した。藍色に塗り潰された世界で、ツンと上向きにとがった志保の唇が小さく動くのがわかる。梓は何も言わず、彼女の隣に腰かけた。

「ごめん」

そう、志保は言った。何が、と梓は問うた。

「なんか、巻き込んで」

気まずそうにそう言って、彼女は自身の腕に顔をうずめる。三角座りをしたその体《たい》躯《く》は、普段よりもずっと小さく見えた。

「ほんまに部活辞めるん？」

梓の問いに、志保はじたばたと爪先だけを動かした。

「あー」

意味をなさない不明瞭な声を発し、志保は顔だけをこちらに向けた。彼女の前髪はぐしゃぐしゃで、その目元は赤く腫れ上がっている。梓の視線をどういう意味で受け取ったのか、志保はそっと眼鏡を外す。遮るもののない彼女の顔を見るのはひどく新鮮で、梓はついまじまじと目の前の少女の顔を凝視した。

「眼鏡ってさ、便利やけどうっとうしいよな」

志保が苦笑しながらフレームを机の上にのせる。そのツルが表面にぶつかり、こつんと軽やかな音を立てた。

「梓はさ、コンタクト？」

「あ、うん。家では眼鏡してる」

「へえ、そうなんや」

「うん」

なんとはなしに気まずくて、梓はそっと目を伏せる。カタン、カタン。志保が足の裏で床を叩いた。窓の外にある外灯が、わずかな光をこちらに届ける。うすぼんやりとした青白い空気が、狭い教室を夜色に染め上げた。

「私、めっちゃダサいよな」

そう自嘲じみたつぶやきを落とし、志保は「あーあ」と大げさにため息をついてみせた。その細い足をだらんと伸ばし、彼女は疲れ果てたように壁へともたれかかる。

「なんで？」

「八つ当たりしちゃったから」

八つ当たり、と梓は口のなかで彼女の言葉を反芻する。志保は両手で顔を覆うと、あー、と再びうめき声を上げた。

「梓相手やし、めっちゃ正直なこと言っていい？」

「え、何？　わざわざ聞かれると怖いんやけど」

「べつに、そんなたいしたことちゃうねんけどな、」

両手を膝の上に行儀よく置くと、志保はカラカラと力なく笑った。まるでなんでもないような口ぶりで、彼女は言う。

「私、あみかのこと好きになれへん」

沈黙が落ちる。三角座りをするように、梓は自身の太ももを引き寄せる。膝小僧に顎をのせ、梓は目を伏せた。

「知ってたよ」

「そっか」

「うん」

そっか、と志保はもう一度噛み締めるようにつぶやいた。なんだか居心地が悪くて、梓はもぞもぞと姿勢を直す。臀部《でんぶ》に肉が少ないせいか、骨が皮膚を突き破りそうな気がする。痛みを和らげるように、梓は右手を自身の尻の下に敷いた。ごりごりとした骨の感触が、ちょっとだけ気持ち悪い。

「あかんよなーとは思うの。あみかって普通にいい子やし、仲良くしようといろいろ気を遣ってくれるし。そういう子を邪険に扱うのって、ほんま悪いなってわかってんの。でも、あかんねん。どうしても好きになれへん。私、あの子のこと嫌いになりたいわけちゃうのに」

まくし立てられた言葉を、梓は否定しなかった。あみかのようなタイプが万人に好かれないことは、初めからわかっていたからだ。

「あみかのどこが嫌なの？」

「弱さを売りにするところ」

甘え上手やん、あの子。そう言って、志保は同意を求めるようにこちらを見た。

「まあ、確かにね。なんていうか、うちが面倒みてやらないと！　って他人に思わせるタイプやな。よくも悪くも素直というか、」

「私はさ、それが無理やねんなァ。素直になれへんねん。他人を頼るのが苦手やし、偉そうなことばっか言っちゃう。あみかみたいに甘えられる子のほうが可愛いってのは、頭ではわかってんねん。でも、無理やねんなあ。どうあがいても無理」

その気持ちは梓にもわかるような気がした。梓は他人を頼るのが苦手だ。頼られるのは好きだけれど、その逆は難しい。

ふふ、と志保が自嘲じみた笑みをこぼす。ちらりと持ち上がった唇の隙間から、少しとがった犬歯がのぞく。

「でも、いちばん嫌なのは、そんなあの子に負けそうになってる自分やねん」

彼女の指が、つーっと自身の太ももをなぞる。切りすぎた志保の爪には白い部分がひとつもない。あれだけ切っていたら、身体にだって悪いだろうに。志保は爪が伸びるのを待たない。余計なものが伸びる前に、すべて切り落としてしまう。

「私さあ、ずーっと昔から立華に憧れててん。シングやりたくてこの学校に来た。いま思うと恥ずかしい話やけど、私、自分は上手いと思ってた。中学のころね、私パートリーダーやっててん。的場がセカンドで、私がファースト。ソロだって全部私がやった。中学時代の部活じゃ、間違いなく私がいちばん上手かった。だから、私思ってたの。立華は確かにみんな上手い。でも、そのなかでも私は上手い側の人間や、って」

「うちも志保は上手いと思うよ。マーチングはちょっとアレやけど、座奏のときとかは全然上手いやん」

「でも、アンタには及ばんやろ？　梓はさ、未来先輩以外の人を自分より上手いとは思ってない」

「それはまあ……」

　正直に言うと、梓は未来にだって負けたくない。トロンボーンという分野において、どんな子にだって勝ちたいと思う。だけどその感情を積極的に他者に見せようとはしない。強すぎる自負心は、ときに対人関係を悪化させる。吹奏楽部が団体で活動する部活動である以上、周囲を不快にさせて得することなどひとつもない。

「私、梓にも嫉妬してる。なんでもできて、友達も多くて。私にないものいっぱい持ってる。的場にだって、ムカついてる。私のほうが絶対練習してんのに、これまで馬鹿にしてたアイツのほうがどんどん先に進んじゃって、テキトーにやってるくせに要領よくて。……この学校に来てから、ほかの子に嫉妬ばかりしてる。私、自分がこんな嫌なやつって知りたくなかった。音楽やってるだけで楽しかったはずやのに。このままやったら吹奏楽のこと嫌いになっちゃいそうで、私、怖いねん」

「……だから、部活辞めたいって言ったん？」

「うん。アホみたいやろ」

志保は笑った。その肩が、小さく震える。Tシャツ越しにでも、その体躯の薄さははっきりとわかった。志保は束ねた髪からヘアゴムを抜き取ると、ふるふると頭を左右に振った。ボリュームのある黒髪が翻り、梓の頬にまで風圧が届いた。

「いや、わかるよ。自分が惨《みじ》めになっちゃうこと、うちもあるから」

「梓でも？」

「志保はうちをなんやと思ってんの」

ははは、と上げた笑い声はずいぶんと乾いていた。志保の髪は結び癖がついており、下ろしているときも真ん中で綺麗に分かれている。彼女は少しごわついた髪に、自身の指を滑らせた。指と指のあいだに、抜けた数本の髪が挟まっている。

梓は足をぐっと伸ばすと、そのまま前に身体を倒した。いわゆる長座体前屈というやつだ。梓は身体が柔らかいので、余裕を持って足の爪先を手でつかむことができる。しかし、志保はそれができない。彼女は、身体が硬いから。

体勢を戻し、梓は膝の上に手をそろえて置く。瞼を閉じると、その裏には多くの思い出たちがよぎった。忌々《いまいま》しい過去。忘れたい記憶。そういったものを、梓は極力思い出さないようにしている。嫌なことは全部忘れて、前だけを向くほうが生きやすいと知っているから。しかし、いまはそうした苦い思い出を彼女と共有したほうがいいと思った。自分の弱みとされる部分を、彼女に見せるべきなのではないか。そうしなければ、きっと彼女は引き止められない。そう、梓は直感的に悟っていた。

逡巡《しゅんじゅん》し、梓は口を開く。ふと脳裏をよぎったのは、サンフェスのときに偶然再会した中学時代の友人の顔だった。黄前久美子。お人よしなせいでよく騒動に巻き込まれる、北宇治高校のユーフォニアム奏者。中学のころも、彼女はユーフォニアムを吹いていた。小学生のころから金管バンドに所属していたというのもあって、梓は入部した段階で彼女に一目置いていた。

「中学のころね、結構ユーフォが上手い子がいてん。いま北宇治に行ってるんやけどね。それでさ、うちの中学ってまあまあ強かったから、オーディションとか結構シビアやってんか。その子はやっぱ上手かったから、先輩差し置いてAのメンバーになっちゃってさ。しかもなんか気弱な性格なせいか舐められやすくて、めっちゃその先輩にいびられる羽目になってたの」

「あー……まあ、そういうことって結構あるよな。やっぱ吹部って女子多いし」

「うちはね、その子と仲良かったから。いっぱい相談とか受けたし、頑張ろうよって励ましたりもしてた。けど、うちはその先輩に直接文句言う勇気はなかった。つらいって言ってるあの子のそばにいることしかできひんかった。だって、怖かったから。

自分にまで被害が来たら嫌やったから。そういう卑怯《ひきょう》な自分が惨めで、めっちゃ嫌いやった」

本当は、正しい自分でありたい。自分が正しいと思うことを選び取り、それを実践できる人間でありたい。しかし、それが理想にしかすぎないことを、梓は身を持って知っていた。

「立華に来て、誰もが上を目指してるんやって気づいた。みんな上手くなりたいって思ってる。けど、卑怯な手を使ってまでポジションを取ろうとしてる人はおらんかった。上手い子はちゃんと上手いって認めてくれる。だから、ほっとした。どの先輩も尊敬できる先輩で、ほんまよかったたって思った」

梓の言葉に、志保はそっと目を逸らした。それを許さないとばかりに、梓は彼女の腕をつかんだ。とっさに身を引こうとした志保の手を、梓は無理やり手前に引いた。顔が近づく。二人の視線が交わる。ぐっと、志保の喉が小さく上下した。眼鏡がないせいか、眉間に皺を寄せるその表情は普段よりもどこか幼い。

「志保だけちゃうよ。こんなに人数おるんやもん、誰だって好きになれへん子はいる。それがあかんとはうちは思わへん。でも、吹奏楽ってみんなでやるもんやから。嫌いとかいう理由で相手を排除するのは、アホなやつがすることやと思う。ええやん、好きやなくたって。仲良しこよしじゃなくたって、同じ目的を持ってる子とならうちは本気で音楽やれると思う。それに、自分より上手い子に嫉妬するのは当たり前やん。でも、それをちゃんと認められるなら、うちはそいつを嫌なやつとは思わへん」

握った手に力を込める。梓の指先が、志保の柔らかな皮膚に沈んだ。

「ほんまにあかんのは、その現実から逃げることちゃうの。負けたくないと思うんやったら、負けへんように頑張るしかない。自分が立ち止まってるあいだに、ほかの子らは上手くなってる。悩んでる暇があるなら、その時間に練習したほうがよっぽどいい」

「私は、」

衝動的に込み上げてきた言葉だったのか、志保はハッとした様子で口を閉じた。続きを告げるのを躊躇《ちゅうちょ》するように、彼女はぎゅっと唇を噛む。その腕をつかんだまま、梓はその瞳をのぞき込む。私は？　そう、梓は冷静に続きを促した。

「……私は、梓みたいに強くなれへん。取り残される自分を直視できるほど、できた人間でもない。プライドが高いって自覚してる。努力するしかないってことも、わかってる。でも、怖いねん。全力でやって、一生懸命やって、それでできひんかったらどうしようって。それを考えたら、動けんくなる」

「じゃあ、できるまで一緒にやろう」

志保が息を吞む。その瞳が、動揺したようにぐらりと揺れた。

「梓はなんで、そんなこと簡単に言えんの。あみかのことだってそう。なんでそんなふうに、人のために尽くせんの。私、アンタのそういうとこ見ると、苦しくなる。アンタがそうやっていい子であればあるほど、自分がどんどん惨めになる」

まくし立てられた言葉は、きっと彼女の本心に違いなかった。苦しげにゆがんだその顔は、涙をこらえているようにも梓には見えた。すりガラス越しに見える廊下の灯りはうすぼんやりとしていて、いくら手を伸ばしてもつかめそうにない。電気を消したままの教室は暗く、光によって引かれた空間の境界線は、世界を明確に区切っている。蛍光灯に煌々《こうこう》と照らし出された廊下を、ほかの部員たちが通り過ぎていく。彼らはこちらに気づかない。光に目を奪われているあいだ、人間は暗闇のなかに何があるかなど気にしようともしないのだ。

「べつに、いい子ちゃうよ」

志保の腕の輪郭を指先でたどりながら、梓は告げる。

「うちはね、自分のためにみんなの手助けをしてんの」

頼られてる自分が好きやねん。そうひと息で言い切り、梓は意識的に人当たりのいい笑みを浮かべた。ふうん、と志保は目を逸らしたままつぶやく。窓から差し込む光が、その横顔をさらりとなでた。肩まで伸びる長い髪は、結び癖が取れていないせいでところどころ跳ねている。そっか、と志保が何やら得心したようにもう一度つぶやいた。彼女は梓の手に視線を落とすと、それから曲がっていた背筋を伸ばした。伏せられていた瞼が、ゆるりと持ち上がる。意思を持った瞳が、梓の嘘くさい笑みを捉えた。その唇が、音もなく綻ぶ。

「私、梓のことちょっとだけわかったような気ぃするわ」

そう微笑む志保は、どこか安堵しているようだった。

梓と志保がもとの練習場所に戻るころには、居残り練習をしている部員の数はずいぶんと少なくなっていた。それでも第二視聴覚室の前の廊下には太一とあみかの姿があり、梓は少しほっとした。太一は志保の顔を見るなり、露骨に後ろめたそうな顔をした。あみかに何か言われたのかもしれない。

「あー……」

太一が頭をかきながら、志保に向かって一歩足を踏み出す。その隣をあっさりと素通りし、志保はあみかのほうへと歩み寄った。無視かよ！　と、太一が叫んでいるが、志保はそれにも反応を示さない。

「ごめんな、あみか。私、どっかでアンタのこと初心者やからって舐めてた」

まさか自分のほうに来るとは思っていなかったのだろう、あみかが慌てたようにわたわたと両手を振る。

「え、あ、べつに全然大丈夫だよ」

志保は一度振り返ると、こちらへとまっすぐな視線を寄越した。彼女の肩越しに、困惑ぎみのあみかの顔が見える。

「なんかさ、梓と話してたら自分がめっちゃちゃしょうもないことにこだわってたんやなって思った。できる誰かと自分を比べて勝手にふてくされてる場合やない。時間は限られてるんやもん、やるしかないよな」

「うん。やるしかないよ」

コクリと、あみかがうれしそうにうなずく。その背後で、ふてくされた顔の太一が不満そうに唇をとがらせた。

「っていうか、なんやねん、お前。辞めるとか言うからヤッベーって思ってたのに。俺の反省を返せや」

「はあ？　辞めるとは言ってへんし。辞めたいって言っただけ」

「屁理屈《へりくつ》かよ」

「ええやん。なんかいま丸く収まった感じやねんから」

「よくないわ。こっちは結構真面目に心配したんやぞ」

「はいはい、そりゃドーモ」

「なんで名瀬と俺でこんな対応違うわけ？　納得できひんねんけど！」

地団駄を踏む太一を小馬鹿にするように、フンと志保が鼻を鳴らす。太一はあみかをうらやんでいるようだけれど、はたから見れば彼のほうがよっぽどいい扱いを受けている。

志保は、あみかを好きではない。それでも、できるだけあみかのことを尊重しようとしてくれている。邪険に扱わず、ちゃんと正面から彼女に向き合おうとしている。志保のそういう律義さを、梓は好ましいと思った。

「あれ、もう仲直りしたん？」

ひょいと壁の向こうから顔を出したのは、二年生の杏奈だった。その頭には、美味しそうな焼きそばが張りついている。もちろん本物ではなく、精巧な造りをしたヘアアクセサリーだ。

「あ、杏奈先輩」

四人は慌てて気をつけの姿勢を取る。杏奈は気恥ずかしそうに会釈しながら、一年生のもとへ駆け寄った。

「なんか揉めてるって噂を聞いてこっち来たんやけど、もう大丈夫な感じ？」

「あ、はい。お手数をおかけしてすいません」

梓が対応している横で、太一が志保の背中を小突き、志保が太一の足を踏む。どうやら争いはまだ続いているようだ。

　杏奈は腕時計に視線を落とすと、頬に手を当て悩ましげな声を上げた。

「なんかね、あみかと志保があんまりステップ練習上手くいってへんって聞いて。ほら、梓も太一も感覚型っていうか、結構スムーズにできちゃうタイプやんか。やから私みたいな、もともとできひんかったやつのほうが教えるのに向いてるかなって思って」

「先輩が教えてくれはるんですか？」

「うん、二人がよければやけど。アドバイスぐらいはできると思う」

　それに、と杏奈が遠慮がちに梓と太一の顔を見やる。

「梓も太一も、ずっと二人を教えるのにかかりきりになってて、自分の練習時間減ってたでしょう？　やから、ちょっとでもその部分の負担を減らせたらなって」

「いや、全然負担じゃなかったですよ。教えてて気づくことも多かったですし」

　反射的に、梓は否定の言葉を口にする。それをあみかたちへの気遣いと受け取ったのか、杏奈がふふと笑みをこぼした。

「とにかく、ここは先輩に任せといて。いちおうシングに関しては二人よりも長くやってるから」

　ね、と杏奈が小首を傾げる。ここまで先輩に言われては、断るなんてできるはずもない。梓と太一は顔を合わせ、それからどちらからともなく頭を下げた。

「それじゃ、コイツらのことよろしく頼みます」

太一の台詞に、志保とあみかが慌てたようにお辞儀する。先ほどまで下ろしていた志保の髪も、いまはいつものようにふたつに束ねられていた。何重にも巻かれた赤のヘアゴムが、硬い黒髪をきつく縛っている。

任せて、と杏奈は笑った。梓は何も言わなかった。


梓たちが帰路につく時間帯はいつも、駅のホームは閑散としている。壁沿いに並ぶベンチに腰かけ、梓は大きく息を吐く。プラスチック製の表面はひやりと冷たく、梓は接触面積を少しでも減らそうと浅く座り直した。隣にいるあみかは疲れ切っているのか、ほとんど動かなかった。

「電車、遅いなあ」

「遅いね」

梓のつぶやきに、あみかが小さく首を縦に振る。そのまま、くあっと彼女は大きく口を開いて欠伸をした。朝から練習していたため眠たいのだろう、その瞼がひっきりなしに落ちている。

やがてアナウンスの音とともに反対側のホームに電車が滑り込んできた。緑を基調とした電車の窓からは、ちらほらと鮮やかな色彩が目についた。髪を結い上げ、浴衣《ゆかた》で華やかに着飾った少女たちが、電車から楽しげに降りていく。その手は水の入った風船やチョコバナナなど、屋台で買ったと思われる品で塞がれていた。

「あー、今日はあがた祭りか」

梓がつぶやく。カラン、コロン。下駄が紡ぐ軽やかな足音に、あみかがハッと目を覚ました。

「お祭りあったんだねー、浴衣可愛いなあ。アレ、うちの高校の子かなあ」

「そうかもなあ。クラスの子らも行くって話してたし」

「あー……私らも部活がなければ行けたんだけどね」

仲睦まじそうに並ぶ少年少女が、腕を組みながら改札を通り抜けていく。おそらく彼のために懸命にセットしたのだろう。リボンの形に結ばれた赤い帯を、梓はぼんやりと目で追った。

「梓ちゃん、彼氏いたことある？」

「何いきなり」

「うーん、なんとなく」

あみかがふらふらと足を揺らす。頬に沿うように伸びる髪を耳にかけ、彼女は顔だけをこちらに向けた。

「そういうあみかは？」

「私？　私はいたことないな。昔からね、男の子が怖いの」

「的場は？」

「うーん、的場くんもちょっと怖い。でも、いまはいい人だなって思うけど」

彼女のローファーの先端が、じりりと地面をこする。電車が近づいてまいります、黄色の点字ブロックまでお下がりください。スピーカーからは聞き慣れた女性の声が流れている。線路の向こう側から烈しい白色の光に照らされ、梓はぎゅっと目をつむった。

「梓ちゃんはどう？　彼氏とかいたことある？」

「ないよ。うち、あんまそういうのに興味ないから」

梓はあみかが好きだ。志保も好き。太一だって好き。だけど恋愛感情というものは、そういう好きとは別の〝好き〟が求められるものらしい。梓にはそれがよく理解できない。わからないから、興味もない。恋愛なんてものをしなくても、毎日は刺激に満ちている。だから、無理にまでそれを追い求めたいと、梓は決して思わない。

立ち上がり、梓は皺の寄ったスカートを手で伸ばす。電車は滑らかな動きでホームまで進むと、そのまま静かに停車した。扉近くに立つ二人は会話を交わすことなく、無言で乗客が下車するのを待っている。くたびれたサラリーマンがホームに降り立ったのを確認し、梓たちはようやく車内へと乗り込んだ。夜の車内に人はあまりおらず、席はほとんど空いていた。二人は中央部分に腰をかけると、ふう、と思わずひと息ついた。

「そっかー、興味ないんだ」

どうやら会話は続いていたらしい。あみかは学校指定の鞄を膝にのせると、さらにその上に自分の両手をそろえて置いた。その指先は、ピアノでも弾くかのようにリズミカルに動き続けている。

「梓ちゃん、吹奏楽に全力注入って感じだもんね」

「うちさ、昔からそうやねん。ひとつやろうって決めたもんがあると、ほかのもんは全部目に入らんくなる」

「梓ちゃんはすごいなあ。そうやって、ずっと楽器やってるんだもん」

「あみかは？　あみかは中学時代、何やってたん？」

電車が止まる。六地蔵《ろくじぞう》駅、という車掌のアナウンスが車内に響く。梓は踵だけを持ち上げ、靴から少し足を出す。電車の動きに合わせて、吊り革が一度大きく揺れた。

「覚えてない」

そう、あみかはあっけらかんと言い放った。

「私、毎日テキトーに生きてたから。だから、これをやったぞって胸を張れることが一個もないの」

「部活は？」

「いちおうは科学部だったんだけど、ね。学校に行って、授業受けて、放課後になったらすぐ帰る。毎日それの繰り返し」

だからいまは充実してるなって思う。そう言って、あみかははにかむように笑った。

「ひとつの目標に向かってガーッて練習するのって、なんか楽しいね」

「そう？」

「うん。いまは毎日楽しい。それに、梓ちゃんもいるし」

純粋無垢《じゅんすいむく》な少女の瞳が、梓の顔を映し出す。まっすぐな好意をぶつけられるのはなんだか少しくすぐったかった。彼女と向き合うのがどうにも気恥ずかしく、梓は足を組み直すと、中吊り広告に視線を送った。淡い色調のポスターのなかでは、いま流行りのアイドルが制服姿で清涼飲料水を飲んでいた。うっすらとかいた汗のせいで、その前髪は額に貼りついている。これが、大人が切り取る青春の姿だ。爽やかで、キラキラしていて、そこにはなんのにごりもない。

「見ててね。いまは全然ダメダメだけど、でも、すぐに上手くなって梓ちゃんを追い越しちゃうから！」

「ハイハイ、めっちゃ期待してるわ」

「あ、本気にしてないでしょ」

ひどいなあ、とあみかが頬を膨らませる。そんなことないよ。そう軽い口調で返しながら、梓はいつかの栞の台詞を思い出していた。

——初心者だっていつまでも初心者なままなわけやないってことぐらい、ちゃんとわかってたのに。

もしあみかが自分よりも上手くなったら。そんな仮定が、梓の思考に滑り込む。もしかしたら下手なのはいまだけで、あみかも未来のようにメキメキとその頭角を現すようになるかもしれない。そのとき、自分はいまと同じようにあみかに接することができるだろうか。

「あ、黄檗だよ」

あみかが窓の外を指差す。梓は鞄の取っ手をつかむと、慌てたように立ち上がった。停車に合わせ、車体が揺れる。目の前には吊り革があったが、梓はそれをつかまずに自分の足だけで踏ん張った。頼るという発想すらなかった。

座ったままのあみかがこちらを見上げる。また明日ね、と彼女はいつものように手を振った。その小さな手のひらで、彼女は何をつかむのだろうか。

電車から降りると、ホームには誰もいなかった。ひとりぼっちのまま、梓はホームの端をゆっくりと歩く。夜には不似合いの白色の光が、ホームにさんさんと降り注いでいた。まるでステージのライトみたいだ。その中央に立ち、梓は自身の手のひらを見下ろす。あみかの手よりも、自分の手はずっと大きい。その単純な事実に、梓は心の底から安堵した。

その翌日から、杏奈が練習を手伝ってくれるようになった。彼女の指導はとても丁寧で、梓や太一が無意識にこなしていた事柄を、志保とあみかにひとつひとつ細かく説明してくれた。

「右足を上げたときに、二人ともぐらついてるやんか。軸足がしっかりしてないまま次の動きに移るからそうなるねん。まず、そもそも足の開き方が狭い。もっと開けて。で、動いたときに二人とも顔が動いちゃってる。そうじゃなくて、目線を固定するの。まっすぐを維持したまま、そう、そのまま足だけを動かす。そしたら上半身が動かないから、不自然にバランスを崩すこともないでしょ？　じゃあ、それ意識してそこだけやってみよ」

杏奈の言葉に従って、二人はひとつひとつのステップの仕方を見直していく。彼女の指導を横目に見ながら、太一が感心したように言葉を漏らす。

「やっぱ先輩、すげーな。俺、あんなふうに教えられへんわ」

「杏奈先輩って、中学のときは説明すんの苦手な印象やったけどな。高校に入って説明能力まで磨かれたんやろか」

「それはありえるな」

神妙な面持ちでうなずく彼の前には、黒の譜面台が立てられている。折り畳み式のそれは入部と同時に購入したものだ。そこに置かれたファイルには、次の演奏会用の楽譜が入っている。

「あれ、そういえばシングの練習はええの？　的場ってば未来先輩に結構キツイこと言われてたやん」

「あー、やらなあかんとは思ってるけど。でもなー、やりたくねーなー。ただでさえステップ練習疲れるのに、吹きながらとか死ぬしかない」

「どうせ夏のころにはみんな動きながら吹かされんだから、さっさと慣れたほうが得やん。ほら、早くやりーな」

「そうせっつくなって。あー、マーコンが怖いわー。演奏会でこのレベルの動きやらされるって、コンテストどうなんねん」

愚痴る太一に、梓は肩をすくめた。ウォーターキィを押し、管にたまった水分を捨てる。中庭のコンクリート製の庭に、ぽたぽたと黒い染みができた。

「うちはめっちゃ楽しみやけどな。ほら、ハピコンのシングって、ステージドリルやんの一年だけやから。うちはさ、未来先輩たちと一緒にマーチングやりたいねん。だから、早くマーコンの練習始めたい」

「お前、どんだけポジティブやねん。俺には南先輩に毎日叱られる光景しか想像できひんわ」

　げんなりとした表情で、太一がため息をつく。どうして努力するのが嫌なんだろう。梓にはその感情が理解できない。練習したら、上手くなる。昨日よりも今日、今日よりも明日。自分が少しずつ伸びていくのを実感するのは、何よりも魅力的でおもしろい。

　太一が楽器を構える。彼の奏でるトロンボーンの音は、梓のものに比べてずいぶんとパワフルだ。ファーストからサードのパートまでなんでも器用にこなせるはずなのに、練習熱心でないところが彼の最大の欠点だった。

「キッツ。めっちゃキツイ」

　ワンフレーズを吹いたところで、太一はマウスピースから口を離す。四苦八苦するそのさまになぜだかほっとして、梓は無意識のうちに笑みをこぼした。

　杏奈の熱心な指導の成果もあり、不格好だったあみかと志保のステップもなんとかさまになるようになった。とくにあみかの成長は著しく、楽器を持ったままでもほかの生徒の動きについていけるようになっていた。

「あみかは呑み込むまでは時間かかるけど、一回理解してしまえばできるようになる子やね。初心者やのに頑張ってると思うよ」

　そう告げる杏奈の台詞に梓はどんな顔をしていいかわからず、ただ無言でうなずいた。志保は相変わらず苦戦しているようだったが、それでもステップそのものに慣れてきたらしく、以前よりはずっと軽快に動けている。

「志保、ここにいたんか」

　トロンボーンの一年生だけで練習していると、唐突に副パートリーダーである栞が声をかけてきた。廊下に固まっていた四人は慌てて楽器を下ろし、先輩へと挨拶を投げかける。

「こんにちは」

「あぁ、うん。こんにちは」

　栞はおざなりな返事を寄越すと、そのままツカツカと志保のほうへ歩み寄った。呼び出される心当たりがないのか、志保が困惑した様子で栞の顔を見上げる。

「なんでしょうか?」

「あのさ、志保っていまセカンドとサードを吹いてるやんか。曲ごとに担当変わる、みたいな」

「あ、はい。そうです」

「それでな、今度の演奏会終わったらずっとバストロ固定でやってほしいねん」

「えっ」

志保が大きく目を見開く。太一と梓は動揺を隠せず、互いに顔を見合わせた。そのあいだに挟まれたあみかだけが、状況をつかめずに首をひねっている。

志保が困惑げに口を開いた。

「バストロですか？」

「うん。いまは三年の凛音《りんね》と二年の杏奈が担当してる。各学年に一人はバストロがいてくれたら助かるし、この面子やったら志保が適任かと思って」

トロンボーンは譜面によって複数のパートに分かれる。たいていはファースト、セカンド、サード、場合によってはさらに多くのパートに分かれ、それらは同じ楽器のなかでもそれぞれ担っている役割が違う。ファーストは高音域、サードは低音域を演奏することが多い。ファーストの場合はメロディーや高音の譜面が多いため、テクニックが重視される。ソロを担当することも多い。セカンドはハーモニーを作るのに重要なパートで、サードは基盤となる音を響かせ音楽全体を支える役割を担う。ファースト、セカンドが譜面上で似た動きをするなか、サードだけはまったく別の仕事をすることも多い。ユーフォニアムやチューバと同じ旋律を担当することもあり、音楽の土台造りに貢献するパートである。

トロンボーンにはいくつかの種類があるが、この学校で使用されているのはテナーバストロンボーンとバストロンボーンだ。

テナートロンボーンはトロンボーンの基本的な形で、管が細いのが特徴だ。高音域を専門にしており、技術と体力が必要な楽器でもある。ここにF管を取りつけたものが、梓たちの使っているテナーバストロンボーンである。

トロンボーンは腕の伸び縮みによりスライドの長さを調節して音を変えるのだが、素早く腕を長く伸ばして適切なポジションまで動かすというのは非常に難しい。さらに小柄な奏者となると、そもそも腕がそのポジションまで届かなかったりする。そうした問題点を解消するために取りつけられているのがレバーで、これを押すことでF管に切り替えることができ、腕を伸ばさなくとも低音域が出せるようになるのだ。

バストロンボーンともなると、このレバーが二個ついていることもある。見た目はテナートロンボーンの管やベルを太くした形をしていて、低音域に非常に強い。マウスピースが大きく深いのも特徴である。

「あの、なんで私なんですか？」

志保が尋ねる。その声の端々には、不満の色がにじんでいた。ファーストが担当する高音域の譜面は華やかでとても目立つ、まさに吹奏楽部の花形だ。逆にサードはあまり目立たず、縁の下の力持ちといったイメージが強い。志保が渋る気持ちも梓には少しばかり理解できた。もしも自分だったら、やはり目立つポジションにつきたいからだ。

　栞が正面から志保に向き合う。その視線に気圧されたように、志保が小さくたじろいだ。テナートロンボーンを強く握ったまま、彼女は後ろめたそうに目を伏せる。栞は言った。

「このなかでいちばん太くて綺麗な音を出せるのは、志保やから」

　ぐっ、と志保の喉が鳴った。内心の動揺を示すように、彼女の瞳がチロチロと揺れる。栞は平静を保ったまま、淡々と説明を続けた。

「低音は演奏の要やし、初心者のあみかには任せられへん。梓は高音が得意やから除外、太一はサードもできるやろうけど演奏にムラがありすぎ。その点、志保は安定して低い音も出せるし、そもそも演奏レベルが高いから安心して任せられる。……とまあ、そういう理由やな」

　やってくれる？　と、栞は尋ねた。その口調は軽く、相手が肯定することを確信しているように梓には見えた。ジャージ越しに、栞の膝がわずかに曲げられたのがわかる。くるりとストレッチするように回された足首は細く、すっぽりと足全体を包むスニーカーは使いすぎたせいでボロボロだ。

　志保が息を吸う。その目が、一瞬だけあみかを捉えた。志保は逡巡するように目をつむり、やがてゆっくりとその瞼を持ち上げた。黒の瞳に、光が差し込む。

「やります」

志保は言った。

「先輩がそう言ってくれるなら、私、頑張れます」

よかった、と栞が微笑む。その柔らかな手で、彼女は志保の肩を叩いた。

「みんなちゃんと見てるから、頑張ってるとこ。やから、腐ったらあかんよ」

かけられた言葉からは、先輩の確かな気遣いが感じられた。ほかの先輩たちが初心者であるあみかを気にかけているのと同じように、栞は志保のことをきちんと見てくれていた。同じ経験者として何か思うところがあったのかもしれない。志保にいま必要なのは、傷ついた自尊心を満たしてくれる言葉だ。そして栞はそれを的確に見抜き、彼女に与えてくれたのだ。

「はい！」

栞の台詞に、志保は大きくうなずく。

そう応じた彼女の表情は、どこか晴れやかだった。

「それでは、再テストを行います」

並んだ四人に真っ向から向き合い、未来は言った。その首には黒のタオルがかけられていた。白のTシャツは透けていて、彼女の控えめな胸を包むスポーツブラの形が浮き出ている。未来はこうした点に非常に無頓着で、よく栞からインナーを着るように説教されていた。

「指定箇所やります。カウントしたらいつものように入ってください」

楽器を構えたまま、梓は大きく息を吸い込む。マウスピースを通じて入り込んだ息がベル内で反響し、びゅうっと大きく音を立てた。未来がスティックを打ち鳴らす。カンカンと響く無機質な音に、梓はぐっと背筋を伸ばした。

「一《ワン》、二《ツー》、一《ワン》、二《ツー》、三《スリー》、四《フォー》」

カウントに合わせ、太一と梓がシングのメロディーを吹き鳴らす。それにハモるように、あみかと志保の歌声が隣から聞こえてきた。腕、足、身体のひとつひとつのパーツがまったく同じタイミングで突き出される。楽しいと思った。足をつけるタイミング、腕を伸ばすタイミング。聴覚的にも視覚的にも、それぞれがぴたりとそろっていることを実感する。

指定された譜面を吹き切り、四人は同じタイミングで気をつけの形を取る。マウスピースを唇に押し当てていたせいで、薄い皮膚がヒリヒリと痛かった。舌の先で、梓は唇を小さく舐める。隣からあみかの激しい呼吸音が聞こえている。はっ、はっ、と短く吐き出される息を押し込めるように、梓は自身の唇を強く結んだ。

未来はスティックを握った手を落とすと、その唇の隙間から深く息を吐き出した。

一年生たちは固唾を呑んで、パートリーダーの一挙一動を見守っている。未来は四人の顔を順に見回し、それから言った。

「合格です」

ほっ、とあちこちで安堵の息が漏れる。よかった、合格だ。緊張の糸がふつりと切れそうになる。その場で崩れ落ちそうになったのをこらえられたのは、日ごろの筋トレのおかげだった。

「見られるかたちになっていたと思います。本番でもそのクオリティーを維持するように」

「はい」

「志保もあみかも短期間で伸びました。太一と梓も、二人のフォローありがとう。次からは一年も先輩らの練習に交じって一緒にやってもらおうと思います。ハピコンが終わったら、そろそろコンクールとマーコンが始まります。今回のテストはキツイと感じたと思うけど、次はその何倍もしんどいです。気を引き締めて頑張りましょう」

「はい！」

未来の言葉に、一年生部員たちが威勢よく返事する。

「じゃ、今日はここまで。お疲れ様でした」

先ほどまでの険しい表情を一変させ、未来はニカッと爽やかな笑みを浮かべる。先輩のこうしたギャップを目の当たりにするたびに、梓は自身の心臓がきゅっと強く握り締められるような感覚がした。真剣な面持ちの未来の横顔は当然凛々《りり》しくてカッコいいけれど、少年のように屈託なく笑いかけてくれる無邪気な笑顔も魅力的だ。どこを探したって、こんなにも素敵な先輩はいないないと思う。

「お疲れ様でした」

頭を下げ、部員たちが口々に同じ言葉を繰り返す。とりあえず、当面の課題はクリアできたようだ。うれしさをこらえ切れず、ニヤニヤとだらしのない笑顔を浮かべているあみかに、梓もつい脱力した。

「はーい、時間ないよー。準備して。ほら、さっさと動く」

「はい！」

部長である翔子の指示に、部員たちは心なしか足取りを早くする。ハッピーコンサート当日、立華高校の第一体育館では多くの一年生部員たちが先輩部員の指示に従い会場設営の準備をしていた。

土足で体育館に入れるよう、まずは厚手のシートを床全面に敷いていく。隙間ができないように空間を埋め、そのあとパイプ椅子を順に並べる。音楽室から楽器を運び出すのも当然一年生の仕事だ。その間、先輩部員たちは今日の演奏会のための練習や設営の指示を行っている。

「ねえねえ、このティンパニについてる変なペダルって何？」

二人でやや小さめのサイズのティンパニを運んでいるときに、あみかが素朴な疑問を口にした。ティンパニとは打楽器の一種で、半球形の胴体に脚がついた大型の太鼓だ。上面には皮が張られており、奏者は二本のマレットを用いて演奏する。通常の太鼓と違い、ティンパニは音程をコントロールすることができるのが特徴で、たいていは四つから五つの異なったティンパニを並べて使用する。

「音程を調整するときに使うやつやな。ほら、金管楽器の場合はチューニング管を抜き差ししてやるやんか。ティンパニの場合はこのペダルを使ってチューニングすんの」

「ほえー、太鼓でもチューニングとかするんだ。知らなかったー」

感心したようにうなずくあみかの隣を、西条姉妹がすり抜ける。

「お二人さん、ファイトー」

そう笑う花音の手には、フラッグが何本も握られている。今日の二人はカラーガードとして本番に臨むらしい。歩くたびに翻るスカートの下からのぞいているのは、残念ながら生足ではなく、ただの黒のジャージだった。

「やっぱ立華の衣装って超カワイイよね。私、もう、大満足！」

そう言って、花音はその場でくるんと一回転してみせた。立華高校のステージ衣装は、身体のラインに沿った形のワンピースだった。その生地の色が空を思わせる鮮やかな水色であることから、「水色の悪魔」などという呼称までつけられている。

立華の衣装のスカートの長さには、非常に厳しい規定がある。座ったときにギリギリ下着が見えないライン、太ももが露わになる短さ、ときちんと決められており、これに黒のハイソックスを身につけ、白のリボンで髪を束ねるというのが立華のスタイルだ。本番以外の場合は、この衣装の下に黒のジャージをはいて行動する。

「可愛いけどさ、やっぱスカート短すぎひん？」

「えー、この長さが絶妙に可愛いんじゃん。本番だってなかに黒パンはいてるんだし、見られても平気でしょ」

「いくら見せパンはいててても、恥ずかしいもんは恥ずかしいって」

「羞恥心を捨てよ！　それがプロというものだぞ！」

ほらー、と花音がスカートの裾を持ち上げると、下にはいていたジャージが見えた。

梓は呆れたように肩をすくめる。

「花音って、ほんまアホやな」

「そんなに褒められたら照れちゃう」

「いや、褒めてへんけどな」

中身のない会話を繰り広げる二人のそばでは、あみかと美音が話し込んでいた。

「ステップできるようになった？」

すました表情のまま、美音があみかに問いかける。演技の邪魔にならないようにだろうか、その前髪は黒のヘアピンで留められている。もともと整った顔立ちをしているだけあり、髪をセットした双子の二人はまるでどこかのアイドルみたいだった。

「うん、できるようになったよ。あのね、梓ちゃんたちがいっぱい練習に付き合ってくれたから」

「そっか、よかったね」

「うん、よかった」

ニコニコと笑い合うあみかと美音の姿に、花音が突然天を仰いで「んんっ」と不明瞭な声を上げる。

「あー、可愛い。ここが天国だと梓クンも思わんかね」

「あ、ごめん。いま花音のリアクションに引いてたところ」

「美音もあみかも可愛いなー。ほんと可愛い。あ、もちろん梓のことも可愛いと思ってるから安心してね。ま、私がいちばん可愛いけど」

「ほんま花音って人の話聞かへんな」

肩をすくめた梓に、花音がケラケラと笑い声を上げる。そんな姉を、背後にいる美音が白い目で見ていた。呆れているのだろう。

「そういやさ、志保がバストロに決まったって聞いたけど」

思い出したように、美音がこちらを振り返る。そうなの？　と花音が驚いたように言った。

「意外だな。あの子ってファーストにこだわってるイメージあったから」

「やたらと梓をライバル視してたよね。コイツマジかってちょっと思ってた」

「確かに。梓のライバルって器じゃないよねー」

二人のあいだでテンポよく交わされる会話に、梓はどう反応していいかわからずただ曖昧な笑みを浮かべた。内心をうかがうように、あみかがちらりとこちらを見る。梓はそれに気づかないふりをして、ティンパニの柱部分を持ち直した。

花音と美音はいまだ二人で盛り上がっている。

「まあでも、ああいうタイプって珍しくはないよね。自分のこと客観視できないっていうか」

「え、それ花音のこと？」

「いやいや、私は冷静に見れてるから。冷静に見て、ああ、自分は才能にあふれてるなって思ってるだけ」

「ナルシストだね」

「違うって。正直者なの」

ふふん、となぜか得意げに花音が笑う。それに釣られるように、梓も笑った。花音のこういうところを、梓は結構気に入っていた。


今日のハッピーコンサートは三部構成になっている。一部は座奏で、馴染みのあるポップスの吹奏楽アレンジを演奏する。二部はステージドリルで、二、三年生の部員たちは休日の演奏会などで最近行っているステージ用のマーチングを行う。一年生だけの『シング・シング・シング』はその合間に行われ、壇上に乗り切れない先輩部員たちは舞台下にセットされた座席で演奏することになっていた。三部では中学生の子たちと合同で演奏し、いつものフィナーレとなる。中学時代の梓が経験したものとまったく同じ構成だ。

「あれ、佐々木やないか」

楽器を運んでいるところで、唐突に声をかけられた。梓が顔を上げると、体育館の入り口前に中学時代の顧問である藤城《ふじしろ》先生が立っていた。梓は慌てて駆け寄ると、勢いよく頭を下げた。

「こんにちは」

立華高校に入学して以降、挨拶の習慣が梓に染みついている。最初のころは体育会系みたいで苦手だなあと思っていたのだが、入部して数カ月もたつと日常の一部として定着するようになっていた。

「佐々木は立華に進学したんやったなあ。そういや昔から立華に行きたいって言うてたん、いま思い出したわ。どうや、練習は？」

「厳しいですけど、なんとかやってます」

「そりゃよかったわ。いまの三年の子にも立華に行きたいって言うてる子おんねんけどな、お前、推薦もらいたかったらもうちょい勉強しなあかんでって言うてるとこや」

はっは、と藤城先生が愉快そうに身を揺する。中学時代の藤城先生は、練習中はとても厳しかったが、全体の印象としては穏やかで親しみやすい人だった。放任主義なあまり部内の人間関係を把握できていないという欠点はあったものの、指導者としては優れた人間であったと梓は記憶している。

「佐々木の代はアレか、高坂《こうさか》とか黄前とか塚本《つかもと》とかがおったな。みんな吹奏楽続けてんのか？」

「三人とも北宇治高校に進学して、吹奏楽を続けてるみたいですよ。この前サンフェスで久美子――あ、黄前さんに会ったんですが、充実しているようでした」

「北宇治は今年から顧問変わったたんやったな」

「はい、滝《たき》先生という方だそうです」

花音たちがイケメンだったと噂していたような気がする。去年までの北宇治高校の演奏とあまりに違っていたので、新しいイケメン顧問の力じゃないかと評判になっていたのだ。

滝先生か、と藤城先生が顎をさすりながらつぶやく。その意味ありげな行動に、梓は首を傾げた。

「ご存じなんですか？」

「いや、懐かしい名前やと思ってな」

どういうことです？　そう尋ねようと梓が口を開く前に、後方からけたたましい話し声が聞こえてきた。

「あっらー、藤城先生やないの。もう来てはったんですか？」

快活に笑いながらやってきたのは、我らが顧問である熊田先生だった。本番用の衣装だろうか、今日の彼女の服装は普段よりも少しだけドレッシーだった。

顧問同士での話だろうと思い、梓は一礼してその場を去る。

「では、お先に失礼します」

「おう、部活頑張れよ」

藤城先生がひらひらと手を振ってくる。中学時代を思い出させるその緩い声音に、梓は力んでいた身体の力が抜けていくのを感じた。

コンサートは『宝島』から始まった。日本のインストバンドであるティー・スクェアの代表曲で、一九八六年の発表以来、吹奏楽でもお馴染みの曲となった。サンバの軽快なリズムで展開するこの楽曲は、ノリやすくて人気が高い。

「はい、というわけでね、始まりましたけども」

座席に座ったままの部員たちの前に立ち、顧問である熊田先生がマイクを手に取る。熊田先生のMCは吹奏楽関係者にはお馴染みで、おしゃべりな名物顧問を楽しみに演奏会を訪れる人も少なくない。

「北中はうちの高校とも近いし、いまここにいる子らのなかにも北中の吹奏楽部出身の子らがぎょうさんおります。見知った先輩の顔、どっかにあるんとちゃうかな。それにしても、今日はえらい美人ばっかで驚きました。北中にこんなに学生さんおったかな？　って思ったら、お母さんたちでびっくりしましたわ」

先生の言葉に、客席にいた保護者たちがどっと笑い声を上げる。ハッピーコンサートの観客は、コンサートに参加する地元の中学生や保護者たちである。北中の制服に身を包み、やや緊張した面持ちでこちらを見つめる吹奏楽部員たちの様子は、梓に自身の中学時代を思い出させた。たいして時間はたっていないはずなのに、紺色のブレザーがずいぶんと懐かしく感じられた。

中学生のころ、梓には友達がたくさんいた。小学生のときも、そしていまも、梓の周りにはたくさんの人間がいて、みんな梓の姿を見つけるとニコニコと笑ってこちらに駆け寄ってきてくれる。梓は人と話すことが好きだ。おしゃべりな性格は、自分を外交的に見せるのにとても役立った。

多くの友人は、多くの情報を梓へともたらした。与えられた断片的な情報を脳裏で結びつけていけば、たいていの人間関係を把握することができる。AはBが好き。CとDは付き合っている。EはFのことが嫌い。学校内のトップシークレットを、梓はいつも他人より多く握っていた。そしてその情報が、さらに多くの人間を梓のもとに呼び寄せた。

学校生活では友人の数がステータスだ。そして梓はいまに至るまで、そのステータスを手放したことは一度もない。クラスにだって、部活にだって、梓には親しい友人がいる。梓は誰とだって仲良くなれる。誰とだって話せる。毎日が充実した学校生活。独りになんて、なったことがない。だから、あの子から浴びせられた言葉は梓に強い衝撃を与えた。

「佐々木さんさ、病気や思うよ」

そう言われたあの日のことを、梓は鮮明に覚えている。あれは中学三年生の春、新学期が始まってすぐのころだった。

その日、梓は吹奏楽部の放課後練習を終え、教室に忘れ物を取りに向かった。帰りの時間を告げるチャイムが鳴ったせいか、校舎にほとんど人影はなかった。梓はトロンボーンの入ったソフトケースを背負ったまま、教室の扉に手をかけた。生ぬるい空気が充満した廊下は、夕日に塗り潰されていた。赤の世界から逃れるように、梓は教室に足を踏み入れた。クリーム色のカーテンが翻った。まるで蛹《さなぎ》が羽化するように、少し透けた布地がぶわりと空間に広がる。そのなかに、彼女はいた。長い黒髪が風に舞う。膝下よりも長いスカートが、その太ももに貼りついている。くるぶしの上までしかない白のソックスとスカートの隙間からは、瑞々しい肌がわずかにのぞいているだけだった。柊木芹菜《ひいらぎせりな》。それが、彼女の名だ。

「あ、」

無意識に漏れた声に反応するかのように、彼女はひどく緩慢な動きでこちらを振り返った。長すぎる前髪は彼女の目元を完全に隠しており、少し不気味な印象を梓に与えた。まとったブレザーは彼女には少し大きく、そこから伸びる手首の細さが彼女の華奢さをよりいっそう強調していた。

梓は芹菜とはあまり親しくなかった。彼女は人間関係の外にいる子だったから。学校という枠組みのなかでは、ときおりこういう子供が発生した。誰かに合わせることができず、人間の群れのなかでぽっかりと浮き出てしまう子供が。

「芹菜じゃん。こんな時間まで何してんの？　もしかして自主勉とかやってた？　うちも勉強しなあかんとは思ってんねんけどさ、部活あるからなかなかできひんねんなあ」

そう声をかけたのに、特別な意味などなかった。ただ彼女はひとりぼっちでかわいそうだったから。だから、梓はほかの子にそうするのと同様に、気安く声をかけたのだ。

「それさ、聞いてどうするわけ？」

数拍の間のあと、芹菜は言った。そう真正面から問われ、梓は困惑した。こんなのは気まずい間を埋めるための世間話だ。べつに、梓だって彼女の私生活などまったく興味がない。

「どうもしいひんよ。なんとなく聞いただけ」

梓がにこりと愛想笑いを浮かべると、芹菜はフンと鼻で笑った。

「よくまあ、そんなべらべらと舌が回んな。どうせ気まずい相手とおるから頑張ってしゃべって間を埋めてるだけなんやろ」

「べつに気まずいとか思ってへんって」

「嘘つき」

こちらのすり寄りを切り捨てるように、芹菜はそうぴしゃりと言い放った。

「佐々木さんみたいな人、見てて苛々《いらいら》する。上から目線で話しかけてきて、自分が受け入れられるのが当然みたいに思ってる。ねえ、私みたいなやつに話しかけて何がしたいわけ？　お前みたいなクズに話しかけてやるなんて、私はなんて優しい子なんだろうって、そうやっていい人な自分に酔いたいだけでしょ」

まくし立てられた台詞を咀嚼し、頑張って呑み込もうとしたけれど、結局拒否反応が出た。

「何、その言い方。うち、そんなん考えたことないって。卑屈すぎちゃう？」

「嘘ばっかり」

「芹菜さ、もうちょっと相手のこと考えてしゃべったほうがいいと思うよ？　そんな性格やと友達できひんやろ」

そう冗談めかした口調で告げながら、梓はそれとなく自分の机に歩み寄った。そのなかをあさり、宿題で使う英語ノートを発掘する。桃色のノートの表紙には、友人らの書き込みがなされていた。カラーペンで堂々と描かれている猫、端に記されたハート。下手くそと可愛いの狭間に位置する、いくつもの落書きたち。こうしたくだらないものの積み重ねが、思い出と呼ばれるものになるのだろう。梓は指の腹で、そのつるりとした表面をなでた。

「佐々木さんさ、病気や思うよ」

芹菜は言った。その声は平坦《へいたん》で、なんの感情も映してはいなかった。スクールバッグのファスナーを開き、梓はそのなかにノートを乱雑に突っ込む。振り返ると、芹菜が一歩だけこちらに歩み寄った。

「何が？」

「そうやって、誰とでも仲良くなろうとするの。自分が不利な立場にならんように、みんなに八方美人して。嫌われたくない病にかかってる」

その冷え切った声からは、相手をおとしめようとかなじろうとか、そういった感情は読み取れなかった。ただ淡々と、彼女は他者の内面を暴こうとしている。無意識に、梓は一歩後ずさりした。こういう子は苦手だ。表面上の付き合いができなくて、他者に深い結びつきを求めてくる。

梓はバッグを肩にかけ、無理やりに口角を持ち上げた。

「それの何があかんの？　だって、友達おらんよりいたほうがええやん。学校でひとりぼっちって、めっちゃ寂しない？　やっぱさ、せっかくの学校生活やねんから楽しんだほうがええやん」

「べつに、あかんとは言ってないけど」

ただ、と彼女はそこで一度言葉を切った。窓の隙間から、夕焼けの空気をたっぷりと吸った春風が吹き込んでくる。カーテンがばさりと揺れた。生温かい風が芹菜の横顔を優しくなでる。長い前髪が翻り、そこからふたつの眼が現れた。睫毛に縁取られた、黒目がちの双眸。そこに映り込む鮮やかな紅に、梓は無意識のうちに息を呑んだ。芹菜がこちらを見ている。梓を、まっすぐに見つめている。ツンと上を向いたその小さな唇が、嘲笑するように静かにゆがんだ。

「佐々木さん、全然楽しそうには見えへんけど」

侮慢をはらんだ彼女の声に、カッと頬に熱が走った。こんなふうに直接的に他者から悪意をぶつけられたのは、これが初めてのことだった。剣の切っ先にも似た言葉たちが、梓の心臓を戯れにツンと突く。普段ならば冷静に回転するはずの脳味噌も、このときばかりはカラカラと空回りするばかり。梓は短く息を吐く。大人の対応をするのが得策なはずだった。気にしていないふりをして、いつものように受け流せばよかった。なのに、いまの梓にはそれができない。背負ったトロンボーンが、やけに重い。

「それ、アンタには言われたくない」

やっとのことでそれだけを告げ、梓は逃げるように教室をあとにした。芹菜の鋭い視線が梓の背中を追い続けているような気がして、梓は昇降口に続く階段を一目散に駆け下りた。最悪な気分だった。

「梓、遅かったね。なんかあったの？」

下駄箱の死角から、なんとも間の抜けた声がかけられる。梓と同じく吹奏楽部に所属している、黄前久美子だ。彼女は梓の顔を見るなり、うろたえたような声を上げた。

「どうしたの？　顔やばいよ」

あわあわと慌てる友人の顔を見ていたら、少しずつ落ち着きが戻ってきた。呼吸を整え、梓は苦笑じみた笑みを浮かべる。

「いや、ちょっと嫌いな子がいて、テンション駄々下がり。でもまあ、久美子の顔見てたらちょっとマシになってきたわ」

下駄箱からローファーを取り出す。上履きから靴を履き替えている梓の背後で、久美子が「へえ」と短く声を漏らす。

「珍しいね、梓が『嫌い』って言うなんて。初めて聞いたかも」

「それくらい嫌なやつやったの。あー、最悪。ノートなんて忘れへんかったらよかった！」

もう、と地団駄を踏む梓に、久美子は可笑しそうに目を細めた。やや癖のある彼女の髪は、その肩の上でくるんと弧を描いている。梓は自身の髪に手を伸ばし、ひとつに結った髪の束に指を滑らせた。硬い感触が、指の股をすり抜ける。

……あの子の髪は柔らかそうだった。無意識に連想したのは、先ほどの芹菜の髪だった。風に乗って軽やかに舞う、やや量の多い彼女の黒髪。そこまで考えて、梓はとっさに顔をしかめた。どうして自分はあんな子のことを考えてしまっているのだろう。自分の脳のメカニズムを呪ったこの瞬間から、梓は柊木芹菜の存在を意識するようになったのだった。

「はい、じゃあ次はお待ちかねのあの曲です。じつを言うと、今日が一年生らのシング初お披露目です。心配なんか、今日のコンサートは一年の保護者さんもいっぱい来てくれてはりますね。二年生、三年生の先輩らも下段で演奏のサポートしてくれてますんで、みんな応援してやってください。それじゃ、どうぞ。『シング・シング・シング』です」

熊田先生の言葉とともに、ドラムがリズムを刻み出す。回想にふけっていた梓は、自身の気を引き締めるように、ぎゅっと手を強く握った。キャーと黄色い歓声を上げ、部員たちは手を振りながら互いに笑顔で動き出す。カラーガードの面々が客席前に横一列に並ぶと、ひらりと水色のフラッグを振る。金管楽器の担当者たちは一斉に楽器を構え、その場でくるりと一回転した。フルートやクラリネットのメンバーがまるで魔法のステッキのように楽器を手にステップを踏むなか、梓は足を肩幅に広げ、大きく息を吸い込む。スーザフォンの巨大な白い体がちらちらと視界に入る。うなるような低音の流れに合流するように、トランペットとトロンボーンのファンキーな音色が勢いよく吐き出された。そして、あの馴染みのメロディーが流れ出す。何度も練習した振り付けは身体に染みついており、何も考えずともリズムに勝手に反応した。右足、左足で交互に宙を蹴り出す。両足をクロスさせ、曲に合わせて動きを止める。静止と躍動。緩急の差が激しいステップを笑顔のまま軽々と踏むこの姿こそが、立華が「水色の悪魔」と呼ばれる所以であった。

フォーメーションは目まぐるしく変わり、部員たちは互いの身体がぶつからないように注意を払いながら行動する。トロンボーンはスライドが長いため、他者の頭に楽器がぶつからないようにとくに気をつけねばならなかった。横のライン、縦のライン。それらを乱さないように意識しつつ、床に打たれたポイントを目印に部員たちは列を組む。

最初にトランペット、次にホルン。華々しいメロディーが、楽器を越えてつながっていく。梓は身体を左右にひねり、スライドを交互に揺らす。長い楽器は横向きの動きがよく映える。金色のベル同士が会話するように、顔を見合わせながら部員たちは気ままを装ってスウィングする。隣に並ぶあみかと目が合う。動きばかりに気を取られていたあみかが、その瞬間、安堵したようにへにゃりとまなじりを下げた。マウスピースに唇を押しつけたまま、梓もにこりと目だけで笑顔を返してやった。

音楽は楽しい。言葉がなくたって、つながっているような感じがするから。パーカッションの音だけが、舞台上に響いている。部員たちは横一線に列を作ると、終盤に向けて歩みを進める。まったく同じタイミングで、部員たちが楽器を構える。金色のベルが一斉に上を向く。大勢の人間の動きがぴたりとそろうその瞬間が、最高に気持ちいい。

ステージの端で、ドラムメジャーの南が真剣な面持ちで指揮を振っている。それを横目で確認しながら、梓はまっすぐに息を吹き込む。太ももを大きく振り上げ、右、左と激しく揺する。小さな歩幅で前進し、隊列を整えているあいだに、途中でステージ上から消えていたガードの面々が別のフラッグを手に正面へと再び現れる。花音たちが濃い青と黒の旗を笑顔のまま大きく回転させた。前方と、後方。舞台のあちこちで布地が広がるさまは圧巻だった。曲は転調を迎え、盛り上がりはさらに勢いを増す。バテそうになる身体を動かし、梓は最後のその一瞬まで気を抜かない。会場の熱量はどんどんと増加し、その一体感は強くなる。ラスト一音。ベルを高く上げる動きは、梓の感情の高まりと深くリンクした。

「ハイッ！」

かけ声とともに、部員たちが一斉に動きを止める。腕を広げるようなポーズのまま、梓はその場に停止した。わっと、観客から盛大な拍手が送られる。梓は乱れた呼吸を整えようと、大きく息を吸い込んだ。その隣で、あみかが安堵したように息を吐く音が聞こえてきた。

その日のハッピーコンサートは無事成功に終わり、保護者の面々も口々に称賛の声をこちらに寄越した。

「やっぱり立華はすごいわねえ」

「ほかの学校と全然違うわ」

中学校の生徒たちも興奮した様子で、互いに顔を見合わせている。そのなかには去年まで梓の後輩だった部員たちの顔もある。もしかすると彼女たちも、来年には杏奈や梓のように北中から立華に進学してくるのかもしれなかった。

演奏会が終わり、一年生部員は会場の片づけを任された。先輩部員たちが今後の会議をしているあいだに、後輩たちは並んだパイプ椅子を次々と片づけていく。ひとつひとつは軽い椅子も、複数持てば重くなる。それをキャスターのついた台に手際よく乗せていけば、あっという間に広い空間が現れる。

「ふうー、疲れた」

先ほどまで黙々とグリーンシートを片づけていたあみかが、ようやくここでひと息ついた。ぐっと腕を伸ばし、彼女はそのまま右に身体を傾ける。部員たちはみな水色の衣装の下にジャージをはいており、スカートの存在など気にした様子もなく動き回っている。グレーのスラックスを身にまとった太一だけが、少し気まずそうに自身の衣装の裾を指先で引っ張っていた。

「お疲れー！」

そう元気よく声をかけてきたのは花音だった。その後ろから、欠伸をしながら美音が近づいてくる。

「もう疲れちゃった。眠たい」

「今日は朝、早かったしなー。うちも結構気ぃ張ってたし、やっと落ち着けるわ」

筋肉の強張りをほぐすよう、梓は肩をぐるぐると回す。その前で、美音はフラッグの布部分をぐるぐるとポールに巻きつけていた。

「来週も本番入ってるし、全然落ち着ける感じじゃないけどね。コンクールの準備期間が始まればしばらくは座奏だし、ちょっとは休めそうだけど」

「あー、コンクールも始まってくんのかー。ここにマーコンの練習まで乗っかってくるとさすがにしんどいなあ」

「まあ、一年生でAに出られる子は限られてるから、コンクールについてはそこまで心配しなくてもよさそうだけど。……でも、梓の場合はスタメンになる可能性高そうだね」

「いやいや。うちの学校ってトロンボーンの人数めっちゃ多いから、さすがに厳しそう。先輩ら優先やろうし」

「それが、先輩らの話によると、がっつり実力勝負になるらしいよ。校内合宿やって、オーディションで熊田先生がメンバーを決めるんだって。マーチングは先輩らでメンバー決めるみたいだけど」

「オーディションかあ」

広々とした体育館を見回し、梓はつぶやく。先ほどまでパイプ椅子を運んでいたせいか、手からは少し鉄のにおいがする。背伸びするように踵を持ち上げ、梓は靴のなかで地面をつかむように足の指先をくるんと丸めた。

ねえねえ、と花音が梓の肩を叩く。

「そういやさあ、ボーンかペット辺りでガードに興味ある子いない？　人数多いし余ってる子いるでしょ。マーコン前に勧誘したいんだけど」

「あれ、まだ人数集まってなかったん？　花音、前に木管の子にもアタックしてたやん」

「みんな無理って言われた。先輩らいわく、あと一人ぐらい一年の子が欲しいらしいんだよね。桃花先輩が一から叩き上げて育てたいとか恐ろしいこと言ってた」

「桃花先輩から指導されるとか、最悪じゃん」

ゲー、と美音が顔をしかめる。桃花先輩とは、副部長を務める小山桃花のことだ。ファゴット担当だが、マーチングの際はカラーガードの仕事を担う。

「何？　美音は桃花先輩のこと嫌いなん？」

梓の問いに、美音はコクコクと首を縦に振った。

「だって、あの人性格キツいんだもん。かなりぶりっ子だし」

それに同意するように、花音が身を乗り出した。

「マジやばいよね。ガードのメンバーは指導されるたびに戦々恐々だし。あんな性格でよく副部長とかやってられるよね。ほかから嫌われないのかな」

「絶対嫌われてるでしょ。でも、怖いからみんな逆らえないんだよ」

どうにもさんざんな言われようである。前々から彼女が恐ろしい性格であるとは聞いていたが、どうやらその影響でガードを引き受けてくれる子がいないようだ。

「ねえねえ、花音ちゃん」

それまで黙っていたあみかが、くいと花音の衣装の袖を引っ張った。ん？　と彼女が首を傾げる。

「その希望ってさ、いつまでとか締め切りあるの？」

「んー？　まあ、コンテ配る前ぐらいでいいんじゃない？　コンクールの京都大会が終わるぐらいまでには締め切ると思うけど」

「そうなんだ」

「何？　あみかってばガードに興味あんの？　来てくれるなら大歓迎だよ」

花音がぱっとその表情を明るくする。あみかはもじもじと恥ずかしそうに自身の指先をこすり合わせていたが、やがて意を決したように梓のほうを見た。ふっくらとした子供のような小さな手のひらが、梓の指をすがるようにつかむ。

「ねえ、梓ちゃんはどう思う？」

「何が？」

「私がガードやったら、どう思う？」

花音と美音が互いに顔を見合わせる。鏡のような左右対称な光景に、梓はつい見惚《みほ》れてしまった。ねえ、とあみかが梓の手を揺する。子供体温というやつだろうか、彼女の手はいつだって少し熱い。

「あみかが興味あるならやってもええと思うけど。吹奏楽自体、この前始めたばっかやし、いろいろと試してみたらあみかに向いてることも見つかるかもしれへんで。今回のステップだって最後にはできるようになってんから、やりたい！　って思うならそれを試すのもありちゃうかな」

「そうかなー」

「あー、でも、あみかの場合、桃花先輩との相性はあんまよくないかも。ほら、トロンボーンの先輩らって結構人間できてる人多いけど、花音らによれば桃花先輩ってかなり性格キツい人なんやろ？　そのせいであみかが吹奏楽嫌いになっちゃったら、ちょっと嫌やなあ。せっかく音楽を好きになったのに、先輩のせいで嫌いになるって悲しすぎひん？」

「あー、確かにそうだね」

「うちもさ、中学のころに周りの子が先輩と揉めちゃってつらい思いをしてるの、結構見てきたから。あみかにはあんまりそういう経験してほしくないねんなあ。ほら、トロンボーンのなかにいるときやったらうちが面倒みれるけど、そっから出たら全部自分でやらなあかんくなるやんか。それがちょっと心配やねん」

　思ったことを素直にぶつけると、あみかは納得したように何度も神妙な面持ちでうなずいた。そのやり取りを見守っていた花音と美音が、こらえ切れないと言わんばかりに吹き出した。あはは、と愉快そうな笑い声を上げ、花音が梓の背を叩く。

「梓って、本当心配性だよね。過保護なお母さんみたい」

「梓ママだね」

　冷やかされ、梓はつい唇をとがらせた。

「えー、うちが過保護なんじゃないって。あみかがぽやーっとしてるから、ついついこうなっちゃうの！」

「まあ、その気持ちは確かにわかる。あみかって、見てるとつい世話を焼きたくなるタイプだよね」

こちらの言葉に同意を示すように、美音がつぶやく。そうかな、とあみかが恥ずかしそうに口ごもった。花音はニッとその口角を持ち上げると、馴れ馴れしくあみかの肩に左腕を回した。

「いいじゃん。梓みたいな優秀なママを持って、あみかは超幸せ者だよ。感謝しなきゃダメだよ」

「ちゃんと感謝してるよ。私、梓ちゃんがいなかったら絶対ここまで続けてこられなかったもん。いつもありがとね、梓ちゃん」

「いいよ、べつにお礼とか。好きでやってることだし」

にこりと邪気のない笑顔を向けられ、梓はつい顔を逸らした。頼られてる自分が好きやねん。あの日志保に告げた言葉は、間違いなく梓の本音だった。

あみかの指が、梓の手首をつかむ。取り逃さぬよう、強く、強く。屈託のない笑みが、梓の自尊心を優しくくすぐる。

「やっぱり、梓ちゃんは優しいね！」

体操服のズボンとTシャツというといういつものスタイルに着替え、梓は電車へと乗り込んだ。あみかは猫の絵が描かれたトートバッグに、今日の衣装をぎゅうぎゅうに詰め込んでいる。ラッシュの時間帯を避けているからか、車内に人影はあまりない。まばらに存在する座席の空白に身体をうずめるように、梓とあみかは並んで座った。

「ふぁー」

口をぽっかりと開けたまま、あみかがため息なのかうめき声なのか判別できない声を漏らす。普段ならば満ちあふれる好奇心できらきらと輝いているその瞳も、今日ばかりは窓の向こう側にある暗闇を映し出すばかりだった。どうやら相当疲れたらしい。梓は足をまっすぐに伸ばすと、その爪先をふらふらと揺すった。早起きしたせいか、やけに眠たかった。あみかがつぶやく。

「あー、明日も部活かー」

「そうやなー」

「毎日毎日、部活だねー」

「そうやなー」

「まあでも、ハピコンが終わってよかったねー」

「そうやなー」

「もー、梓ちゃん、ちゃんと聞いてる？」

「そうやなー」

「全然聞いてなーい」

ひどーい、とあみかが梓の脇腹を軽く小突く。ぼんやりしていた梓は、ゆっくりとした動きで彼女のほうに顔を向けた。

「ごめんごめん、ちょっと疲れてて」

「今日はほんとに疲れたね。私、ステップ間違えそうになって焦ったよ」

「あー、あるある。あれなー、なんか冷静に考えちゃうと負けやねんなあ。次どうだっけって思ったら間違えちゃう」

「そうなんだよー。もう、すっごい変な汗かいちゃった」

「あはは。まあ、間違えへんくてよかったやん。うちさ、小学生のころ、やらかしたよ。右回転のとこ、左に回転しちゃって。あのとき、先輩と目が合って、心臓が止まりそうになったわ。ほんまビックリした」

「へえ、梓ちゃんでも間違えることがあるんだね」

「まあ、昔の話やけどね」

電車が止まる。六地蔵、と車掌のアナウンスの声が響く。そういえば、ここは北宇治高校の最寄り駅だ。見知った子はいないだろうかと扉をチラリと一瞥したとき、梓の視界に見覚えのある顔が映った。ひゅっ、と喉が鳴る。嫌悪にも似た冷たい感覚が、梓の心臓を強くつかんだ。額から流れた汗が、こめかみを伝って輪郭をなぞる。目が合った。少女は一瞬驚いたように目を見開き、それから梓のほうに近づいてきた。その唇が、にっと三日月型にゆがむ。

「あれ、梓やんか」

そう、彼女は言った。聞き慣れた、懐かしい声だった。無意識のうちに、梓は鞄を自身の身体に抱き寄せた。彼女に会うのは、卒業式以来だ。

「……芹菜」

漏らした声に、あみかが無邪気に首を傾げた。

「あれ？　梓ちゃんの知り合い？」

「うん、そうやねん。中学時代の友達」

そう愛想よくあみかに応える彼女の姿は、最初に梓と出会ったときのものと比べると、ずいぶん変化していた。目元を隠すほど長く伸びていた前髪も、いまでは短く切りそろえられ、斜めに分けられている。その髪色は指導を受けない程度に明るく、スカートだって太ももが剥き出しになるくらい短い。にこりと笑う彼女の睫毛はくるんと弧を描いていて、近づいて見てみるとそれがつけまつげであることがわかった。

芹菜はきょろきょろと辺りを見渡していたが、やがて梓の正面に立った。空いている席はいくつもあるのに、彼女はそこに座る気はないようだった。

「わー、梓ちゃんのお友達って、すっごい美人さんだね」

「ふふ、ありがとう。二人は部活？　吹奏楽やってんの？」

「うん。練習が終わって、帰るところなの」

ね、梓ちゃん。そうあみかに返事を促され、梓は曖昧にうなずいた。どうにも居心地が悪かった。この少女の前で、梓は平静を保っていられない。

「私、柊木芹菜。名前、なんていうの？」

「名瀬あみかだよ」

「へえ、あみかちゃんかあ。めっちゃ標準語やけど、もしかして関東の人？」

「うん、東京から引っ越してきたんだ」

「だから標準語やねんな。こっちでは友達できた？」

「うん、いっぱいできたよ。梓ちゃんのおかげ！」

ぐい、と腕を引っ張られ、梓とあみかの距離は自然と近づいた。こちらを見下ろす芹菜の視線が、一瞬冷ややかなものになる。眉根を寄せ、顔をしかめる彼女の表情は、なまじ整っているだけあってすごみがある。昔から、芹菜は笑っているときよりも不機嫌なときのほうが美しかった。

「あみかちゃんって、どれくらい吹奏楽やってんの？」

そう問いを口にしながら、芹菜がそれとなく梓のスニーカーの上に足をかけた。触れるか触れないか、ぎりぎりの距離でローファーとスニーカーが重なり合っている。

彼女の意図を察し、梓はあみかの腕をそっと振りほどく。こちらの対応に満足したのか、芹菜がわずかに口端を釣り上げた。そんな二人のやり取りに、あみかが気づく気配はない。

「うーんとね、今年の春から始めたの。まだ初心者だよ」

「ふうん、そうなんだ」

「あのね、梓ちゃんってばすっごく優しいんだ。私ね、梓ちゃんがいなかったら一人じゃなんにもできないもん」

えへへ、と照れたように笑うあみかの横顔からは、なんの計算も読み取れない。彼女はただ、思ったことを口にしているだけなのだ。そしてその素直さが、芹菜の神経を逆なでする。

ねえ、と芹菜は言った。彼女の舌から紡がれた声は、やけに甘ったるくて重かった。その瞳は最初から、梓だけを映していた。未練と憎悪をない交ぜにした感情が、その双眸にぽっかりと浮かび上がっている。あみかの存在は、彼女の世界から欠落していた。初めから、芹菜は梓にしか興味がないのだ。

手入れの行き届いた白魚のような芹菜の美しい指が、梓の左手を優しく取る。触れるか触れないかの距離で指の股をなぞられ、梓はくすぐったさをこらえるように、ぎゅっと唇を噛み締めた。うつむいた梓の耳元に、芹菜が顔を近づける。吐息が耳にかかった瞬間、梓の背筋にじんわりとしたしびれが走った。

芹菜が愉快げに喉を鳴らす。

「梓って、ちっとも変わってないんやな」

その台詞に込められた感情は、間違いなく侮蔑だった。

三　緊張スライドステップ

夏休みの予定表に最初に書き込まれた文字は、『校内合宿』というなんともシンプルな四文字だった。終業式を迎え、ようやく学校も夏休みの期間に入った。夏休み補習などというはた迷惑な行事も一週間ほどあるが、それが終われば生徒たちは完全な休みを手に入れることができる。といっても、毎日部活の入っている吹奏楽部員たちにとっては、休息などという言葉は程遠い場所にあるのだけれど。

部屋にある全身鏡とにらめっこしながら、梓は身支度に取りかかる。カラーボックスには色とりどりの下着が詰め込まれていて、そのなかのひとつを梓は適当に手に取った。ちゃんと自分の胸の形にあったブラジャーを使いなさい、というのが母親の教えだったが、梓はそういったことにあまり頓着しなかった。中学三年生のときに買ったお気に入りのブラジャーは、すでにサイズがきつくなって使えなくなってしまっている。白のフリルの中央にある、小ぶりの紺色のリボンがお気に入りだったのに。唇をとがらせながら、梓はインナーであるタンクトップに腕を通す。

梓の胸は、ほかの子よりも少しばかり大きい。これは昔からのコンプレックスで、梓は自分自身の体型があまり好きではなかった。胸があると、運動するときに邪魔になる。とくに立華のマーチングで行うような、上下に飛び跳ねる動きとは相性が悪かった。

「久美子はいいよなあ」

思わず脳裏をよぎったのは、中学時代の友人の黄前久美子の顔だった。彼女はスレンダーな体型で、シャツなどを着るときもデザインの崩れを心配する必要がなさそうだった。

ジャージのズボンに左から足を通し、インナーの上から黄色のTシャツを着る。ぐっと上半身だけひねってみると、シャツの丈が短いのか、ちらちらとインナーのピンクが見えている。梓はそのままブラシに手を伸ばし、寝癖の残る髪を乱雑な動きで梳いた。飛び跳ねる髪の毛を指で押さえつけ、くわえていたヘアゴムできつくひとつに縛る。サイドの髪の量が偏っていないかを確認し、黒のヘアピンで残り毛を留めていく。耳の後ろ辺りにピンを差し込み、そこでようやくいつもの梓の完成だ。

「……よし」

右、左と自身の顔を確認し、梓はぱちんとその両頬を叩いた。ベッドの上に転がっているのは、修学旅行のときに使った旅行用の鞄だ。そこには、二泊三日分のお泊まりセットが入っている。

この日から三日間、立華高校吹奏楽部ではコンクールのための校内合宿を行うのだ。

百人を超える部員が一堂に会するには、当然のことながら音楽室はやや狭い。授業時に使用する椅子をぎゅうぎゅうに詰め込み、本番のように並べてみると、人口密度の高さのせいで室内の温度は急激に上昇した。節電を心がけましょう、と注意文句の書かれたポスターを横目に、熊田先生がエアコンのスイッチを入れる。

「今日、めっちゃ暑ない？　こんな日におしくらまんじゅうみたいにぎゅうぎゅうに集まって、みんなしんどいやろ。まあでも、我慢してな」

いまの音楽室は、本番のステージと同じような構造を再現している。木製の巨大な足場を積み、一段、二段と段差を作るのだ。ホルンやユーフォニアムなどが一段目にずらりと並び、トランペット、トロンボーンは二段目に位置する。普段の練習でここまでセットすることは珍しいのだが、夏休みに入ると教室を片づける必要がなくなるため、こうしたフォーメーションが取られる。

「じゃあまず、オーディションに向けてどこらへんに気をつけたらいいか、ちょっと合わせたりしながら解説していこうか思います」

「はい」

「昼からは質問受け付けタイムにします。で、十五時からは個人練習ね。明日のオーディションに向けてみんないろいろとやりたいやろうから」

熊田先生の指揮棒が、譜面台をコッツと叩く。白くしなやかな指揮棒は彼女の愛用品なのだが、指導に熱がこもると、ときおりポキリと折れてしまう。

梓はトロンボーンを構える。オーディション。そう、熊田先生は言った。現在の部員数は百三人。そして、全日本吹奏楽コンクールのA部門に出場できる人数は五十五人。つまり部員の半数はA部門に出られないのだ。

立華高校は全国に名を馳せる強豪校だ。この吹奏楽部に入部するために、各地から高い能力を持つ生徒が集まっている。当然、そのレギュラー争いは過酷なものとなる。先輩だとか後輩だとか、そんなことは一切関係ない。上手いやつが本番に立つ。そんな至極シンプルな競争原理が、この部内には定着していた。

「コンクールってAとかBとか言うけど、何が違うの？」

あみかの問いに、梓は構えていた楽器を下ろした。銀色のマウスピースが陽の光を受けてぱちぱちと輝く。首にかけていたタオルで汗を拭うと、その拍子に楽譜に貼っていた付箋がぱさりと落ちた。

合奏練習を終え、部員たちはそれぞれの練習場所に散っていった。この日、トロンボーンパートに与えられた練習場所は、一年三組の教室前の廊下だった。先輩たちはそこから少し離れた場所で、各々の練習に励んでいる。少しでも気温を下げようと、部員たちは窓ガラスをすべて開け放った。風の通り道を作ると、熱ばかりをため込んでいた空間も心なしか涼しく感じた。そこに椅子を運び、部員たちは持ち運び用の譜面台をずらりと並べる。ファイルに挟まれた楽譜は、課題曲と自由曲のものだった。

「あー、そういや、その説明してへんかったね」

あみかの問いに、梓は楽器をケースに置く。その隣では、バストロンボーンを構えた志保が、課題曲のフレーズを練習していた。もともと、志保は座奏のほうが得意だった。つらつらとよどみなく動くスライドに、梓は感嘆の息を漏らす。バストロになってから、志保の演奏技術は以前よりも格段に上がっていた。

「A部門っていうのは、大編成のこと。定員は五十五人。前に翔子部長も説明してくれてはったけど、府大会、関西大会、全国大会って順に勝ち上がっていくって話したでしょ？　そういうふうに、次の大会につながっていくのがA部門やね。このほかに、地区大会とか都道府県大会によっては中編成のB部門とか小編成のC部門とかがあるよ。ここらへんは全国までの大会につながってるわけちゃうから、金、銀、銅の結果をもらって終わりって感じになるかな。自由曲だけしかないのも特徴やね。立華は毎年AとBの両方に出てて、Aで漏れた子がB部門に出るって感じやな」

「ほえー、B部門は課題曲がないんだね」

「そうそう。まあでも、ほかの学校の子らの場合はかなり早い段階でコンクールの練習してるんちゃうかな。夏休み始まってからこんなふうに練習やりだす学校は、結構珍しいと思うよ。ほら、なんせうちの高校ってマーチングが本命やから。どうにもコンクールのほうは流す感じになってる気ぃするなあ」

「ずーっとマーチングやってたもんね。最近は座奏が多いから、楽でいいね」

「まあ、座奏は座奏で大変なことも多いけどな。この真夏に座ってられるってのは、ほんまにありがたいけど」

椅子の下に置かれたペットボトルに手を伸ばし、梓はそれを一気にあおる。透明な液体がトクトクと体内に注ぎ込まれる音が聞こえる。胃に冷たい感触が届いたころ、梓はようやくボトルから口を離した。夏場になると、飲み物はいくらあっても足りない。飲んでも飲んでもすぐに喉が渇いてしまうため、梓の鞄のなかの大半のスペースは、ペットボトルと水筒で占められている。

梓は楽譜ファイルに手を伸ばすと、そのうちの一ページを開いた。課題曲、『吹奏楽のためのマーチ』は宇郷晴義《うごうはるよし》によって作曲された。明るい曲調と耳に残るフレーズが特徴で、今年の課題曲のなかでもとくに人気のある曲だ。吹奏楽コンクールの課題曲は、五曲のなかからひとつを選ぶという仕組みになっている。当然、同じ曲が連続して演奏されるということも少なくない。今年のコンクール会場では審査員たちは『吹奏楽のためのマーチ』を何度も聞かされることとなるのだろう。

課題曲が発表された日、梓は五曲すべてを試聴した。そのなかで、もっとも気に入ったのがこの曲だった。理由は単純明快、『吹奏楽のためのマーチ』には途中にトロンボーンのソロがあるからだ。

この課題曲のファーストは、魅力のある旋律が多い。高音のフレーズが多いために難度も高いが、そのぶん、吹いていてとても楽しい。テクニックが要求される譜面だが、梓は自分なら余裕を持って吹きこなせると考えている。

そして自由曲の『宇宙の音楽（Music of the Spheres）』もまた、吹奏楽部員にとっては馴染みの音楽だった。コンクールでもよく演奏されているこの曲は、イギリスのフィリップ・スパークによって作曲された。ユーフォニアムの独奏曲である『パントマイム』も彼が作曲したものである。

『宇宙の音楽』はブラスバンドのために作られた作品で、のちに作曲者本人の手により吹奏楽版に編集された。題名のとおり「宇宙」を題材とした内容となっており、「t=0」「ビッグバン」「孤独な惑星」「小惑星帯と流星群」「宇宙の音楽」「ハルモニア」「未知」という七つのテーマが連続して現れる。古代ギリシャの数学者であるピタゴラスの理論を基本に考えられたこの曲は、全体で約十五分三十秒もあり、ボリュームのある大曲だ。コンクールでは時間の関係上、これを編曲して演奏する。

「オーディションって、どんな感じでやるんだろうね」

あみかが窓枠に手をかける。目を凝らすと、グラウンドを駆け回るサッカー部の姿が見えた。立華高校はサッカーの強豪校としても有名なのである。

「一人一人呼ばれるらしい。ほら、指定の部分あったやんか。課題曲のファーストの譜面。それをどれぐらい吹けるかで判断されるみたいよ」

「へえ、なんか怖いな。緊張しちゃう」

「トロンボーンは人数も多いしなあ、一年の番になるまで結構かかると思う。しかも三年生四人、二年生五人、一年生四人やろ？　下手したら、三年生だけでAメンバー埋まるかもなあ」

「トロンボーンって、だいたいどのくらいの人数が選ばれんの？」

「まあ、四、五人ぐらいが普通や思うよ」

「わあ。じゃあオーディションを勝ち抜くだけでひと苦労だね」

あみかが肩をすくめる。その背後で、昼寝をしていた太一がむくりと起き上がった。廊下に転がっていたせいで、その背中は埃まみれだ。

「ぶっちゃけさあ、どうせ俺らにはAのこととか関係ないんやし、手ぇ抜いてBのほうの曲の練習しててもええと思うけど」

「またアンタはそういうこと言って」

それまで黙々と練習していた志保が、呆れた様子で太一を一瞥する。

「ちゃんとやったほうがええに決まってるやん。オーディションなんやもん」

「えー、でも非効率的やと思わん？」

「何が？」

「どうせ無駄になることに時間かけんの」

そのあまりの言い草に、志保は眉間に皺を寄せた。しかし当の本人はそれを暴言とも思っていないようだ。あぐらをかいたまま、彼は顔を上げて梓を見やる。

「いやさ、佐々木が一生懸命やんのはわかる。お前の場合、マジでAに行ける可能性あるし。でも、ぶっちゃけほかのメンツは厳しいやんか。それやったら、早めにBでやる曲の練習するのもひとつの手やないかなーって、そう思っただけ」

「いや、誰がAに行くとかまだ決まってないんやし、オーディションまでにできることはやろうや。いま頑張ったら、的場だってAに行ける可能性はあんねんで」

「あんねんでって言ってもなあ……ほかの先輩に比べてまだまだ下手なことぐらい、俺だってわかってるし。ガチでA行きの可能性あんのって、木管の西条姉妹とか佐々木とかしかおらんやん」

確かに、花音も美音も木管の一年生のなかでは群を抜いて上手かった。吹奏楽推薦で入部してきた生徒の多くは一般的なレベルを上回る実力を持っているが、それでもAメンバーに確実になれるかと問われればかなり怪しい。推薦以外で入部してきた生徒のなかでも高い能力を持つ子はいるが、それでも人数の関係上、大半の一年生部員はAメンバー入りが難しい状況だった。しかし、それが彼の言うように本気を出さなくてもいい理由となるとは、梓にはとうてい思えなかった。やるなら一生懸命やったほうがいい。それでもダメだったら、そのときはそのときだ。

「そんなふうに手ぇ抜いてたら、いつか後悔する日が来るかもしれんで。未来先輩が見たら、アンタが本気か手抜きかぐらい、すぐわかんのやし」

「俺的には佐々木のほうが信じられんけどなあ。ずーっと真面目に一生懸命やってたら、精神もたへんって。な、お前らもそう思うやろ？」

同意を求めるように、太一はあみかと志保の顔を順に見た。志保は呆れたようにため息をつき、あみかは困惑したようにその眉尻を下げている。

志保の手が、音もなくスライドを動かした。バストロンボーンの管は、テナートロンボーンに比べてずいぶんと太い。そこに映り込む彼女の顔は、やけに細長く伸びていた。

「べつに、私はいますぐに評価されたいとは思ってへんし」

「はあ？」

「ここで練習したことが、もしかしたら来年の本番で役立つかもしれへん。何がどう役に立つかなんて、私にはわからん。アンタみたいに要領もよくないし、私にできんのはコツコツやることだけやから。アンタからするとアホみたいかもしれんけど、でも、私はちゃんと与えられたことをひとつひとつ真面目にやってきたい」

淡々と告げられた言葉は、太一に対してというよりは自分自身に向けられたもののように梓には思えた。志保は変わった。バストロンボーンを任せられたあの日から、志保があみかに嫌みを言うこともなくなった。腐ったらあかんよ。そんなシンプルな栞の言葉が、彼女を変えたのかもしれなかった。

真摯な反論を返されるとは思っていなかったのか、太一が気まずそうに頭をかいた。彼の薄い二重瞼が、しゅんとうなだれる気持ちを隠すようにしょぼしょぼと瞬きを繰り返している。彼にはこういうところがある。おちゃらけているように自分を見せたがるくせに、肝心のところで打たれ弱い。

「ねえ、早く練習しようよ」

沈黙のなか、口を開いたのはあみかだった。彼女は普段どおりの無邪気な笑みを浮かべたまま、梓のTシャツの裾を引っ張った。

「私ね、わかんないとこがあるの。梓ちゃん教えてくれる？」

「いいよ、どこ？」

「ここなんだけどね」

彼女の指が、譜面をなぞる。『吹奏楽のためのマーチ』にある、トランペットとのメロディー部分。早いテンポで次々にメロディーの担当楽器が替わるこのフレーズは、確かに難度が高かった。

「まず一回吹いてみて」

「うん、わかった」

メトロノームを規定のリズムにセットする。錘《おもり》がついた振り子の腕が左右に振れるたびに、カチ、カチ、と小気味よい音が辺りに響いた。あみかはまずストレッチがわりにぶるぶると唇を震わせた。その後、ようやく楽器を構える。マウスピースに息を吹き込むと、空気がするりと管を通る。

「よし、大丈夫だよ」

「じゃあいくよ――はい、三《さん》、四《しっ》」

メトロノームのリズムに合わせ、あみかが楽器を吹き鳴らす。Eからのメロディーはファースト、セカンド、サードの譜面でそれぞれやっていることが異なる。オーディションではこのファーストの譜面を熊田先生の前で吹くこととなっていた。そのほかにも指定箇所がいくつか存在し、演奏を聴いたうえで先生がAの出場メンバーを決めるのだ。バストロンボーンを担当する部員は、サードの譜面から吹く箇所を指定されている。

「ぷはー」

指定部分となる十二小節を吹き切り、あみかが楽器を下ろす。梓は腕を組んだまま、その譜面を見下ろした。

「あみかさ、ちゃんとCD聞いた？　お手本のやつ」

「聞いたよ。でも、正直細かいところまで聞き分けられなくて」

トロンボーンは管の長さを奏者が操作できるため、自由な音程を得やすい。しかしそれは裏を返せば、操作によって音程が変化してしまう不安定な楽器でもあるということだ。初心者であるあみかにはその操作がなかなかに難しいらしい。

「まあでも、音程云々《うんぬん》以前にリズム取れてへんから、そこから直さんとね。ちょっと歌ってみて」

「ターー、タタターー、タタンタ、」

「あ、ストップ。そこ。ターー、ンタタターーやから。ちゃんと待つ。毎回最後の音で帳尻合わせしてるからおかしいねん」

「え？　何が違うの？」

「八分休符あるやんか。あみかの場合、フライングしちゃってんねん。ほら、一緒に合わせたげるから」

机を小刻みに叩きながら、梓は鼻歌で音色を再現する。メトロノームのテンポを遅らせ、何度も一緒に旋律を歌うと、ようやくあみかも正しいリズムを呑み込めてきたようだ。

「よし、じゃあ一緒に吹いてみよ。リズム合わせてな」

「うん、わかった」

最初は遅めのテンポで吹けるまで同じ箇所を繰り返し、徐々にそのスピードを速めていく。リラックスしているときのあみかは、とても綺麗な音を出す。芯の通った、穏やかな音だ。しかし合奏時になると音程を気にしすぎるのか、彼女の音色はいつも萎縮してしまう。梓と二人で吹いているときの音を合奏でも出せるようになることが、当面のあみかの目標だ。

「おお、できてるやん」

数回同じフレーズを通すと、徐々にあみかも吹けるようになってきた。思わず称賛の声を漏らした梓に、あみかはほっとしたようにその口元を綻ばせた。

「うん、吹けるようになってきた！　ありがとう、梓ちゃん」

その隣に、不意に志保が椅子を引きずってきた。彼女は梓とあみかの顔を交互に見やり、それから少し気恥ずかしそうに頬をかく。

「私もサードの譜面確認したいから、一緒にやってもいい？」

その言葉に、あみかが瞳をきらめかせる。彼女はニパッと大きく笑みを作ると、もちろん！　と力強くうなずいた。

午後十一時を過ぎると、部員たちは体育館の端から並べるように布団を敷いていった。夜の校舎に泊まるだなんて、初めての経験でワクワクする。そんな気持ちを抱いているのはどうやら梓だけではないらしく、ほかの一年生の面々もどこか浮足立っているように見えた。二年生、三年生の先輩たちは明日に備え、早々に布団に入っている。

「明日はオーディションかあ」

布団に転がっていた花音がつぶやく。ピンクのジャージに白のパーカを羽織った彼女は、やたらと厚みのあるかけ布団に顔をうずめ、じたばたと手足を動かした。

「あー、緊張する！　緊張してまいりました！」

「花音、うるさい」

そのちょうど正面でシーツの皺を律儀に正していた美音が、眉間に皺を寄せて言う。しかしそんな妹の文句も耳に入らないようで、花音はずりずりと匍匐《ほふく》前進しながら梓の布団へと乗り上がってきた。

「ねえねえ、梓は何やってんの？」

「ん？　楽譜の確認してんの。ほら、夜中やし、楽器は吹いたらあかんやん。やから、イメトレ中」

「真面目か」

「真面目なんですぅ」

「えー、つまんないよ。そんなのよりこっちに構ってー」

花音が梓の腰に抱きつき、ぐりぐりと頭を振っている。梓は呆れて、思わず譜面をめくる手を止めた。振り返ると、ため息をつく美音と目が合った。

「うちの姉がゴメイワクおかけしますー」

「いえいえ、いつものことですよー」

真面目ぶった顔をして互いに会釈し合うと、あいだに挟まれていた花音が唇をとがらせた。

「迷惑なんてかけてないもん。梓だってうれしいくせによぉ」

「はいはい、うれしいうれしい」

「うわ、流された。ひどーい」

ごねだすと面倒なのが花音なのだ。梓は苦笑しながら、彼女の髪を指で梳く。絹のような黒髪が指の隙間を滑っていく。その滑らかな感触が心地よくて、ついつい梓は彼女の頭をなで続けていた。

「そういえばさ、あみかは?」

鰍ひとつない布団の上に寝転がり、美音が尋ねる。梓の隣の布団はあみかのものであったが、そこに彼女の姿はない。んー? と花音が顔を上げ、目だけをきょろきょろと動かした。

「あれ、本当だ。いないね」

「どこ行ったんやろ。まあ、すぐ帰ってくると思うけど」

「そういえば栞先輩たちもいなくない? ほら、部長たちもいないし」

「あ、確かにー」

美音の言葉で気づいたのか、花音がむくりと身を起こす。三年生たちが眠るスペースでは、確かに空白の場所も目立っている。

「栞先輩らはあれやと思う。マーチング構成の会議」

「うっわ、こんな時間までやってんの? ヤバ」

「コンテ描くのってホント大変そう」

花音と美音が口々に感想を述べる。眠気が抑え切れず、梓は一度大きく欠伸をした。ヘアゴムを抜き取ると、いままで束ねていた髪がばさりと肩にかかる。長時間縛っていたせいで、半端に髪がうねっていた。

「消灯時間です。各自布団に戻ってください」

二年生のクラリネットの先輩の声が、体育館内に大きく響いた。話し込んでいた一年生部員たちは慌てたように布団に潜り込んだ。花音と美音も自分の布団に戻ってい る。梓はかけ布団のなかに足を滑り込ませると、そのままうつ伏せになるように顔を枕に押しつけた。耳を澄ますと、部員たちの呼吸の音が体育館全体から響いているのが聞こえる。しんしんしん。窓の隙間からはさざめきのように外の空気が流入してくる。非常用出口を示す光がぽつぽつと壁沿いに走っていて、目を凝らすと、それを頼りに暗闇のなかを行き来する生徒の姿も見えた。

そのまま仰向けになり、梓はゆっくりと瞼を閉じる。腹部に手を置き、深呼吸すると、皮膚の下で静かに肺の下部が上下するのがわかった。冷風機がついているとはいえ、夏の夜は寝苦しい。なかなか眠りにつけず、意識がまどろみと覚醒のあいだをさまよっている。

中学生のときにも、合宿練習はあった。和室にみんなで布団を敷いて、恋バナだとかそんな他愛もない話をしていた気がする。たった一年前の出来事のはずなのに、なぜだかとても遠く感じる。重い瞼を持ち上げると、天井だけがこちらを静かに見下ろしていた。立華にいるんだ。そう、漠然と思った。

「梓ちゃん、」

不意に、隣からがさごそと音が聞こえた。顔だけを右に向けると、外から戻ってきたあみかが布団に入っているところだった。柔らかなパイル生地の彼女のパジャマは、桃色と黄色のグラデーションになっている。

「どこ行ってたん？」

周囲を起こさないよう、自然とささやくような声になった。あみかはかけ布団を身体に巻きつけ、こちらを向いたままぱちぱちと瞬きを繰り返した。青白い夜の光が彼女の横顔をなぞる。深い藍色に染まった世界が、穏やかに呼吸を繰り返す。部員たちの息の音が、波の音みたいに引いては寄せてを繰り返した。

「ちょっと、先輩に相談してたんだ」

そう言って、あみかはそこで口をつぐんだ。

「先輩って？」

「桃花先輩」

意外な人物の名前が登場し、梓はやや面食らった。どういう流れで、二人で話すなんてことになったのだろうか。

「何、話したん？」

「なんにも」

そう平然と答え、あみかはくわっと大きく欠伸をした。生理的に流れた涙が、その丸みを帯びた頬を伝う。夜空を駆ける流れ星みたいだ。キラキラと光を反射する水滴に、梓は息を呑んだ。綺麗だと思った。水分をいっぱいに含んだその双眸を、もっと見ていたかった。

「こんな時間まで話してたのに、なんにも話してへんの？」

「うーん、ちょっとは話したけどね。ただ、コレを話したよーって言えるような具体的な話はとくになかった。なんか、ふわふわしてたから」

「会話が？」

「うん、会話が」

えへへ、とあみかが頭をかく。彼女の説明が要領を得ないのはいつものことなので、梓はそれ以上追及することを諦めた。

そう問えば、あみかの密やかな笑い声が聞こえる。

「楽しかった？」

「わかんない。緊張してたから」

「そっか」

「うん」

あみかの手が伸びてきて、梓の布団の端をつかんだ。パーカの袖口からのぞく手首は細く、なんだか頼りない印象を受ける。あみか？　そう名を呼ぶが、彼女は返事を寄越さなかった。その唇が、ぎゅっと横一線に結ばれる。前髪が流れ、彼女の額が剥き出しになる。苦しさをこらえるように、その眉根が寄せられた。布団をつかむ彼女の指先は微かに震えていた。

「梓ちゃんは、あみかのせいで困ってない？」

「いきなりどうしたん？　もしかして、桃花先輩になんか言われた？」

「……違うよ。ただ、ちょっと気になっただけ」

布団から手を離し、あみかはためらいがちに梓の首筋に手を沿わせた。弱点に触れられ、背筋にゾクリと震えが走る。くすぐったさをこらえようと、梓は自身の爪先に力を込めた。あみかは目を逸らさず、じっとこちらを凝視している。

「ねえ。私、梓ちゃんの迷惑になってる？」

梓は一度唾を飲んだ。乾いた唇を舌で舐めると、先端にざらりとした感触が走った。

「迷惑に思ったことなんて一度もないで。あみかがいてくれるから、うち、毎日頑張れてる」

「本当に？」

「ほんまに」

梓は首を縦に振った。髪が布にこすれ、衣ずれの音が周囲に響く。表情を強張らせていたあみかは、そこでようやくその相好を崩した。緊張の糸が切れるように、ぷつりと彼女の口元が緩まる。梓は布団に足を絡めたまま、あみかの手をしっかりと握った。自分の気持ちが伝わるようにと、その手に強く力を込める。

「だから、あみかはそのままでええねんで。うちを頼ってくれたら、それでいいから」

うん、と彼女は言った。浮かべられた笑顔は、なぜだか泣き顔によく似ていた。


朝の世界は、すべて梓のものだった。太陽が空に姿を現す前、早朝の体育館はまっさらな空気で満たされている。右を見ても左を見ても、目を覚ましている生徒はいない。梓は上半身を勢いよく起こすと、そのままぐっと前に身体を倒した。隣を見やると、あみかが枕に顔を押し潰すようにして眠っている。柔らかな髪に指を通すと、彼女はその額をさらに強く布地へと押しつけた。

寝巻姿のまま、梓は体育館をあとにする。太陽が昇る前の時間帯は、空気もどこか澄んでいる気がする。グラウンド付近にある水飲み場の蛇口をひねると、銀色の管から細く水が流れ落ちた。手を洗い、そのまま勢いよく顔も洗う。ひんやりとした感覚が、火照った頬には心地よい。タオルで顔を拭くと、ずいぶんサッパリとした気分になった。

グラウンド前の階段に腰かけ、梓は静かに足を伸ばす。顔を上げると、フェンス越しにゆっくりと太陽が昇ってくるのが見えた。薄暗い夜の空気は朝日によって蹴散らされ、無人のグラウンドにはじわじわとまばゆい光が伸びていく。陽の光によって作られる、朝と夜との境界線。藍色の影は端へ端へと追いやられ、やがて消滅してしまう。

梓は朝が好きだった。誰もいない空間を見ていると、この世界のすべてが手に入ったような気がするから。いくつも並んだ教室も、長く伸びる廊下も、いまばかりは独り占めすることができた。

「うーん」

大きく伸びをし、梓はぶるぶると自身の唇を震わせた。口をパクパクと上下に開き、それから深く息を吸い込む。肺に流れ込んでくる空気は新鮮で、その事実がよりいっそう梓を愉快な気持ちにさせた。ハンカチに包んだマウスピースを手に取り、梓はそれを唇へと押し当てる。力みすぎて唇が変形しないように留意しながら、梓は息を吹き込んだ。低い音を出すときはゆっくりと、逆に高い音を出すときは素早く息を吐くことで、マウスピースの振動数を変化させる。

穏やかな時間だった。聞こえてくるのは、自分のマウスピースから放たれる音ばかりだ。スニーカーの底を階段の表面に押しつけると、じゃり、と砂がこすれる音が響いた。脳内にある譜面をなぞるように、梓はマウスピースだけで課題曲の旋律を再現する。ファースト、セカンド、サード。同じトロンボーン担当といっても、その役割はさまざまだ。それらすべてが音楽に欠かせないものであることはもちろんわかっているし、優劣がつけられないものであることも知っている。だけど、それでも、梓はファーストが吹きたかった。あの華々しいメロディーを自分が担当したいと、強く思った。

「梓って、えらい早起きやな」

不意に背後から声をかけられ、梓はとっさに振り返った。そこに立っていたのは、パートリーダーの未来だった。その前髪に水滴がついているところを見るに、どうやら彼女も顔を洗いに来たようだ。首にかけたタオルで額を拭い、未来はニッと白い歯を見せるように笑った。

「あ、おはようございます」

とっさに立ち上がろうとした梓を手で制し、未来はこちらの隣に腰かけた。彼女はTシャツにショートパンツというずいぶんラフな身なりをしていた。グレーのパンツからは日に焼けた太ももが大胆にさらされている。滑らかな曲線を描くふくらはぎ、きゅっと絞られた足首。くるぶし丈の黒のソックスは、ピンクの糸で小さく編み込みがなされていた。

「こんな時間から練習?」

「楽器吹いちゃいけないんで、マウスピースですけど」

「まだ朝早いもんなあ。いま吹いたら近所迷惑やね」

　未来は可笑しそうに肩を揺すると、太ももを自分の身体に寄せ、体育座りをした。膝小僧に顎をのせ、彼女は欠伸をひとつこぼす。

「前から思ってたけど、梓ってえげつないよな」

「何がです?」

「なんていうか……上昇思考っていうのかな。努力の天才っていうか、こう、頑張ることが苦じゃないタイプ」

「それは未来先輩もじゃないですか。栞先輩が言ってましたよ、未来先輩は人一倍頑張ってたって」

「栞がそんなこと言うてたん?　恥ずかしいやつやなあ」

　梓は横にいる未来の横顔をそっとのぞき込んだ。普段は爽やかな笑顔を浮かべているその横顔も、今日はなぜだか強張っているように思える。こちらの視線から逃れるように、彼女は目を伏せた。薄い瞼の裏側には、いったい何が見えているのだろう。梓には見えない。梓には、彼女の世界が理解できない。

　未来は言った。

「梓が来て、初めて実感した」

「何をです?」

未来は瞼を閉じたままだった。その唇が、自嘲げに小さくゆがむ。

「他人が努力してることとの、怖さってやつ」

その意図がつかみ切れず、梓は首を傾げた。手のなかのマウスピースは体温が移ってしまい、すっかり温くなっている。銀色の表面が傷つかないように、梓は柔らかなハンカチでそれを包む。ピカピカと光を放つマウスピースは、厚い布に隠されてあっという間に見えなくなった。

「私さ、初心者やったの。高校入ってから楽器始めた。……知ってた？」

「はい。栞先輩から聞きました。めっちゃびっくりしました、先輩が初心者やったなんて、信じられへんくて」

「だってさあ、私、この学校がここまで強豪校って全然知らんかってんか。なんとなく吹奏楽部に入ったら、なんじゃこの練習量って感じで。もう、最初はほんまついてけへんかった。キツくてさ」

「でも、いまはうちのエースじゃないですか。すごいですよ、ほんまに」

「エースかあ」

あー、となんとも間の抜けた声を出し、未来はその場に両足を投げ出した。普段はきっちりとしている彼女がここまで隙をさらすのも珍しい。かしこまるのもなんとなくおかしい気がして、梓も足をぐっと前に伸ばす。身長はたいして変わらないのに、未来の足のほうが梓の足よりも少しだけ長かった。

「栞がさあ、初心者の私に教えてくれてん。ちょうど梓とあみかみたいに、一から全部。私ができひんことがあったら、栞はできるまでずっと付き合ってくれた。譜面の読み方も、スライドのポジションも、全部栞に教えてもらった」

やけどさあー、と未来はそこでため息をついた。自棄気味に発せられた声は、いつもの彼女のものよりも子供っぽく聞こえる。

「あれ、二年生の春やったかなあ。栞より、私のほうが上手くなっちゃったのって。先輩から渡された本番用の譜面を見て、へえー、こんな感じかって思いながら私が吹いてたの。そしたら栞が来てさ。あの子、吹けへんかってんなあ。あのときの感じ、忘れられへんわ。栞の顔が、サーッて一気に青くなって。『私、練習してくるわ』って言って、そのままあの子は教室から出ていった」

最初は何が起こったかわからんかったわ。そう苦々しく笑い、未来は言葉を続けた。

「練習するの、めっちゃ好きやった。練習そのものっていうより、自分がグングン伸びて、ほかの子らを抜いていくのが好きやった。ごぼう抜きって感じかな。ほら、なんせ初心者やったから、成長を実感しやすかってんな。音が出た。楽譜を吹けるようになった。ステップを踏める。綺麗にハモれる。そんな感じで、できることがいっぱい増えていくのが楽しかった。みんな上手くなったなって褒めてくれた。それがうれしくて、また練習した。もう、なんていうの？　いい循環がぐるぐる続いてた」

「未来先輩は、やっぱり努力家なんですね」

「努力家っていうか、単純に上手くなるのが好きやってん。努力することを苦痛と思わんかった。……私にとって、ずっとお手本は栞やったの。栞が褒めてくれるのがうれしくて、それでいっぱい練習した。けど、多分、それが栞にとってはキツかったんやと思う」

「キツいとか、そんなことはないと思いますけど、」

「あるよ。そんなことある」

梓の言葉を遮り、未来はそう断言した。きっぱりと言い切るその態度からは、彼女がなんらかの確信を抱いていることがうかがい知れた。

「追い抜いてるときは、全然なんも気づかんかった。追われてるやつの気持ちとか、さっぱりわからへんくて。怖いことなんて何ひとつなかった。前だけ向いて、アホみたいにただ進むだけでよかったから。でも、いまならわかる。栞があのとき、なんであんな顔したのか。多分あの子は、自分より下手やったから、私に優しくできた。メリットもないのにあんなに丁寧に教えてくれたのは、自分を脅かす存在になると思ってへんかったから。でも、あの日、状況は変わった。栞はもう、私に譜面を教えてくれへん。いつの間にか私は立華のトップ奏者って呼ばれるようになったし、みんなもそれを当たり前みたいに受け入れてる。気づいたら、私は追う側から、追われる側になってた」

そこで、未来は両手で目元を覆った。指と指を交差させ、そこに自分の顔をうずめる。短く切りそろえられた彼女の黒髪からは、甘い檸檬のような香りがした。シャンプーの匂いかもしれない。Tシャツの袖からのぞく彼女のほっそりとした二の腕には、指先でつかんだような赤い痕が残っている。

「――怖い」

そう、未来は言った。胃のなかに残った感情の滓《かす》を絞り出したみたいな、そんな掠れた声だった。予想外の彼女の台詞に、梓はズンと心臓を強く突かれたような気がした。足の裏の感覚だけがなぜだかやけに鮮烈で、緊張をほぐそうと、梓はスニーカーのなかで爪先を開いたり閉じたりする。

「先輩でも、怖いと思ったりするんですね」

やっとのことで、梓はそれだけを言った。怖いよ、と彼女はもう一度同じ言葉を繰り返した。

「オーディションが怖い。去年までは、こんなこと思ったことなかったのに。結果を出さなきゃって思うと、急に全部怖くなった」

そうひと息で言い切り、未来は突然身を起こした。吹っ切れたように、ぱちんと自身の両頬を叩く。力を入れすぎたのか、その頬から赤みは引かない。彼女は梓の顔を真正面から見つめ、不意にその眼差しを和らげた。

「情けない先輩やろ？　ごめんなあ、朝から変なこと聞かせて」

「あ、いえ、全然大丈夫です」

気を遣わせまいと、梓は慌てて両手を振った。未来は天へと腕を突き上げると、そのまましなやかに伸びをした。屈伸するように膝を曲げ、彼女はそのまま立ち上がる。梓はそれを傍らでぼんやりと見つめていた。彼女の顔立ちは、一見すると美少年のようにも見えた。さっぱりと短く切られた髪は涼しげで、梓は無意識のうちに自分の黒髪を指先に巻きつける。

「あの、」

口を開いた途端、ぽろりと声が転げ落ちた。ん？　と未来が小首を傾げる。そこにはもう、先ほどの弱々しい先輩の面影は残されていない。

「いまの話、うちやから教えてくれはったんですか？　それとも、うちがたまたまここにいたから、話してくれただけですか？」

その問いに、未来は猫のように目を細めた。ショートパンツについた埃を指で払い、彼女は上半身を斜めにひねった。

「梓には伝えとこうと思ったの」

なんでもないような口調で、未来は答える。その口端が愉快そうに釣り上がった。

「大丈夫そうな顔してる先輩も、意外に弱いところはあるんやでって。……私は、弱いところを見せることが悪いとは思わへん。頼ることがあかんとも思ったことない。それをな、知ってほしかってん。ほら、梓って甘えられてばっかで、甘えるの下手そうやから」

自身の性格を言い当てられ、梓は言葉を詰まらせた。なんというか、気恥ずかしい。こんなふうに気を遣われるほど、自分は危なっかしく見えただろうか。いけない、いけない。もっとちゃんとしないと。先輩たちに心配をかけないように、もっと強くならないと。梓はぎゅっとハンカチを握り締めると、自分のなかでとびきりの笑顔を浮かべる。

「すごい、先輩にはバレバレですね」

「やろ?」

「うち、先輩とお話できてよかったです」

「うん。私も」

未来の手が、梓の背を軽く叩く。彼女の背筋はまっすぐに伸びており、その双眸は正面から梓の姿を捉えていた。怖い。そう不安を吐露したのと同じ唇で、彼女は心底楽しそうに梓に告げる。

「オーディション、頑張ろな」

はい、と梓はうなずいた。未来は踵を返すと、そのままグランドから立ち去った。再び、世界に静寂が戻ってくる。さんさんと輝く太陽の光がまぶしくて、梓は思わず目をすがめた。


食堂で朝食をとったあと、部員たちはそれぞれパート練習の場所に向かった。オーディションはクラリネットから行われ、木管、金管、パーカッションの順に進行することになっている。先にオーディションを受けた生徒が次のパートの子を呼び出すまでは、部員たちは各々の課題の練習に励んでいた。

トロンボーンの番はトランペットの次だった。いまごろは家庭科室でオーディションが行われていると思うと、なんだか少し落ち着かない。梓は座ったまま足だけを浮かせると、腹筋に力を込めた。そのまま大きく膝を上げ下げすると、逸る心も段々と和らいだ。

離れた場所にいる未来が、ソロの旋律を吹き上げる。その隣で、栞もまた同じようにソロのフレーズを練習していた。二年生の先輩も、三年生の先輩も、皆、本気でソロを狙っている。レギュラーに選ばれたい。本番の舞台に立ちたい。そう、確かに思っている。十三人中、選ばれるのはいったいどれだけの人間なのだろうか。そしてそのなかに、自分はいるのか。トクトクと高鳴る心臓を抑え込むように、梓はたっぷりと息を吸い込む。それをマウスピースにぶつければ、朗らかな音色がベルからこぼれた。低音から高音へ、ゆったりとしたロングトーン。大丈夫、先生の前で特別なことをする必要なんてひとつもない。いつもどおりやれば、それだけで上手くいく。

気合いを入れるように、梓は鋭く息を吐き出す。そのとき、教室の扉がガラリと開いた。そこからひょっこりと顔を出したのは、トランペットの一年生だ。

「トランペット終わりました。三年生の方から順に、家庭科室へ来てください」

その指示に従い、先輩たちが次々と立ち上がる。楽譜ファイルを脇に挟む未来の表情は、どこか強張っているようにも見えた。


家庭科室の前の廊下には、木製の椅子が五つほど並んでいた。そこに行儀よく座り、部員たちは自分の番を待つ。二年生の先輩が、扉から顔を出した。次は梓の番だ。開いていた楽譜ファイルを閉じ、梓は立ち上がる。

「梓ちゃん、頑張って」

潜められた声に振り返ると、あみかがぐっと親指を突き立てていた。緊張で強張っていた身体が、どっと脱力するのを感じる。楽器と楽譜。両手はすでに埋まっていたので、梓はあみかに向かってウインクした。

扉の取っ手に手をかけ、そこで一度大きく息を吸い込む。肩を二度ほど上下に揺らし、それから梓は口を開いた。

「失礼します」

どうぞ、となかから顧問の声が聞こえてきたのを確認し、梓はトロンボーンを手に家庭科室へ足を踏み入れた。普段ならば均等に並べられた巨大なテーブルも、今日ばかりは隅へと追いやられている。広い空間の中央に、譜面台と椅子がポツリと置かれている。その正面に、熊田先生は座っていた。

先生は一度手元にある紙に視線を落とし、それからこちらに手を差し出す。

「どうぞ、座って」

「失礼します」

緊張で声がうわずった。梓は空咳をすると、譜面台に楽譜を置いた。椅子に浅く腰かけ、足を開いて座る。チューニングは大丈夫だろうか。いまさらそんなことが気になりだす。

「名前は？」

「佐々木梓です」

「はい、どーも」

老眼鏡をかけた熊田先生は、いつもと違って少し怖く見えた。短い鉛筆を手にしたまま、彼女は静かに楽譜をめくる。乾いた紙はめくられるたびにパラリパラリと音を立てた。

「じゃあ、課題箇所、Eから。好きなタイミングでどうぞ」

「はい」

楽器を構える。支柱を右手でつかみ、梓はマウスピースに唇を触れさせた。靴底越しに、足の指で地面をつかむようにしっかりと踏ん張る。背筋をピンと伸ばし、胸を張る。いちばんリラックスして楽器を吹ける姿勢。それを意識しながら、梓は楽器に息を吹き込んだ。

オーディションはそれから数分に及んだ。指定された箇所の譜面を、梓はトロンボーンの音色でなぞる。高音が続き難度の高い箇所や、トロンボーンが目立つ箇所など、顧問が選んだ場面はどれもトロンボーンにとって重要度が高かった。おそらくすべてのパートで、各々にとってとくに大事な箇所が選ばれているのだろう。

「はい。じゃあ、次、課題曲のソロを吹いてもらおうかな」

鉛筆を机に置き、熊田先生はニコリと笑った。ソロ。その台詞に、梓はゴクリと唾を飲み込む。

「やれる？」

そう、熊田先生は問いかけた。はい、と梓は力強くうなずく。

「じゃあ、聞かせて」

先生の言葉に、梓は大きく息を吸った。唇を震わせ、マウスピースに音を伝える。よく響く、美しい音。それを意識しながら、梓はゆったりとした旋律を紡いだ。ベルから鳴り響く華やかな音が、教室内に充満していく。四小節という短い枠のなかで、梓は自分の持てる力をすべて出し切った。

「――ふぅ」

マウスピースから唇を離し、梓は静かに息を吐き出した。なるほどなあ、と小さくつぶやき、熊田先生は紙面に何やら書き込んでいる。その瞳が、不意にこちらを向いた。

「立って」

唐突に出された指示に、梓は一瞬だけ戸惑った。オーディションで吹かされるのは課題曲の指定箇所だけだと聞いていたのだけれど。もしかして、抜き打ちテストだろうか。

熊田先生は真剣な面持ちのまま、メトロノームに手をかけた。カチ、カチ。ゆっくりとしたペースで、機械的な音が室内に響く。

「立った状態で、下のB《ベー》から順に四拍ずつロングトーンやってみて」

「は、はい」

予想外の言葉に、一拍返事が遅れてしまった。てっきり指定外の箇所を吹かされるのだと思ったのに。先生の意図をつかめないまま、梓は立ち上がった。肩幅に自分の足を開き、リラックスして吹ける姿勢を作る。緊張で引き締めすぎないよう、梓は自身の唇を軽く動かした。

「どうぞ」

その指示に、梓は大きく息を吸い込んだ。速いパッセージではない。難しいリズムでも、高すぎるフレーズでもない。ただの一音が、細長いベルから放たれた。カチ、カチ、カチ、カチ。低いBから順に、音をひとつずつ上げていく。まっすぐに、どこまでも伸びるような音。自分のなかにある理想のイメージを、実際の音色が追いかける。

窓の外からはワシャワシャと蝉《せみ》の鳴き声が聞こえていた。夏の日差しが、窓の隙間から差し込んでくる。過ぎていく時間の動きは遅く、世界はあまりに穏やかだった。空間に満ちる熱をはらんだ空気に、梓のトロンボーンの音色が染み込んでいく。

「はい、ありがとう」

パチン、と先生が両手を合わせた。メトロノームの音が止まり、先ほどまでの空気はあっという間に霧散した。マウスピースから口を離すと、唇の隙間からひゅっと細い息が漏れた。このロングトーンでいったい何を判断されたのだろうか。相手の意図をつかみきれないのは、どうにも不安だ。

「じゃあ、次の子呼んでくれる？」

「はい」

心臓がバクバクと跳ねていた。梓は急いで譜面台からファイルを取ると、一礼して教室をあとにした。廊下に出た途端、ほかの一年生部員の視線が一斉に梓に突き刺さる。梓は表情を崩さないまま、いまだ緊張した面持ちでいる志保の肩を叩いた。

「次、志保の番」

「わかった」

コクリとうなずき、志保は太ももに置いていたバストロを手に立ち上がった。彼女は踵を持ち上げ、バレリーナのように足首から先をピンと伸ばす。

「行ってくる」

背伸びをし、彼女は視線を少しばかり高くした。梓には彼女がそうしたくなる気持ちが理解できた。だから、ただうなずいた。「失礼します」と告げる志保の声とともに、その後ろ姿が家庭科室のなかに呑み込まれていく。窓ガラスを隔てた向こう側から、志保の吹くバストロの、低く凛々しい音が聞こえてきた。その音色から逃れるように、梓はその場をそそくさとあとにする。他人のオーディションの演奏を聞いていられるほどの余裕は、いまの自分にはなかった。

オーディションの結果発表は、その日の夜に行われた。合宿の二日目。風呂上がりの女子部員たちは、湿気を含んだ髪をタオルで丁寧に拭いている。数少ない男子部員である太一は、こうした場面では隅のほうに追いやられている。その周囲に集まっているほかの男子部員たちも、どことなく肩身が狭そうに見えた。

「うわー、そろそろ発表じゃーん」

うちわをあおぎながら、花音が時計を一瞥する。床であぐらをかいている彼女は、一年生だというのにやたら堂々としているように見えた。時刻は二十二時。夕食をとり終え、部員たちは体育館に集まっていた。布団を敷く前の体育館は、いつものように広々としている。

「緊張するよね。あー、どうなるんだろ」

そう告げる美音であるが、表情がいつものすましたものであるせいか、あまり緊張感は感じられない。地べたにあぐらをかいたまま、花音が楽譜ファイルをめくる。フルートパートの譜面はやたらと音符の数が多い。びっしりと並んだオタマジャクシに、梓はその場でたじろいだ。

「それにしてもさ、先生ったらいきなりロングトーンやれって言うんやもん。めっちゃビックリした。杏奈先輩とか、ロングトーンやらされるって言ってへんかったよな？」

　地べたに座り込んだまま、梓は隣で三角座りしているあみかへと問いかけた。こちらの問いの意味がわからないとでも言うように、あみかはぱちぱちと瞬きを繰り返した。

「私はそんなのやらされなかったよ？　普通に課題曲のとこ吹いて、それで終わり」

「ソロのとこは？」

「それもなかった。すっごく早く終わったもん」

　あみかの言葉に、梓は思わず顔をしかめる。しまった、人によってオーディション内容が違うのか。だとすると、その内容からある程度の結果を類推することができてしまう。志保やほかの先輩に突っ込んだ話をすることは避けたほうがよさそうだ。

　トロンボーンパートのなかで、いったい何人の生徒が最後のロングトーンをやらされたのか。その結果によって、熊田先生は何を見極めようとしたのか。浮かんでくる疑問をかき消そうと、梓は意識を別のものに切り替えようとする。

「Aに入れない子って、このあとどうするの？」

　真面目な口調であみかが尋ねる。最初から自分がレギュラーメンバーになることを想定していないような口ぶりだった。

「あー、多分Bで出るか、そのままマーチングの練習に入るんちゃう？」

「そういや、Bの曲ってなんだった？」

「あれじゃん、『バラ肉』」

花音の問いに、間髪を容れずに美音が答える。ああ、とあみかが合点がいったように手を打った。

「バラの謝肉祭だね、前に先輩たちが吹いてたやつ」

「そうそう、よう覚えてたな」

梓はあみかの頭をなでる。飼い主に褒められた犬のように、あみかがエヘンと胸を張った。

『序曲「バラの謝肉祭」』は、イタリア人作曲家ジョセフ・オリヴァドーティによって一九四七年に作曲された、吹奏楽のための序曲である。変化に富んだ吹き応えのある構成で、コンクールの定番曲でもある。

うっとうしそうに前髪を指で持ち上げ、美音がこちらを振り向いた。

「コンクールのA部門ってもうすぐだよね？　Bって何日後だっけ？」

「三日後やで」

ふうん、と美音がスケジュール帳をめくりながらうなずく。

「吹奏楽コンクールの関西大会が八月後半で、マーチングの京都予選が九月最初か。吹奏楽コンクールで関西行けないほうがマーコンに専念できていいかもね」

「それは一理あるなー。関西まで行っちゃうとマーコンのほうが超厳しくなっちゃうよ」

スケジュール的に考えると、美音たちの言葉は正しい。しかしその意見に正面から迎合するのもなんだか嫌で、梓は唇を軽く噛んだ。

「梓ちゃん、」

そばにいたあみかが、不意にこちらに手を伸ばした。その人差し指の先端が、梓の眉間をぐりぐりと押す。

「皺が寄ってるよ。顔が怖くなってる」

「あぁ、ごめんごめん」

どうやら無意識のうちに感情が表に出ていたらしい。自分をコントロールできていない証《あかし》だ。これはいけない、と梓は口元を引き締める。拳を強く握ると、爪が手のひらの肉に突き刺さった。ピリリと走った痛みに、梓は平静を取り戻す。痛みは梓にとって、自分を管理する手段のひとつだった。幼いころから、梓は痛みに強い。注射だって、虫歯の治療だって、逃げたいと思ったことは一度もない。

「あ、翔子部長が来たよ」

体育館の入り口をぼんやりと眺めていた花音がうちわを足元に投げ置き、慌てたように立ち上がった。

「はい、集合」

その指示に先ほどまで雑談に夢中だった部員たちは、一斉に動き出した。それぞれの担当パートに分かれ、列を作る。普段の訓練の賜物《たまもの》か、百人を超える部員たちが隊列を組むのに、ほとんど時間はかからない。

部長である翔子、副部長である桃花、ドラムメジャーである南の三人が、正面で横一列に並んでいる。翔子は部員たちの顔を見渡すと、それからおもむろにその一歩を踏み出した。

「熊田先生より、Ａメンバーの発表があります。発表後、Ａメンバーに選ばれた部員は速やかに音楽室に集まること。それ以外のＢメンバーは、ここの布団を敷いてからミーティングです。明日、Ａメンバーは音楽室で朝から合奏、Ｂメンバーは第一視聴覚室で副顧問の城谷先生に指示を受けてください」

「はい」

「明日からはしばらくコンクール練習に専念することになります。マーチング練習を本格的に始めるのは京都府大会後ですが、それまでに譜面は完全に暗記しておいてください」

「はい」

「あと、明日も気温は高くなります。熱中症に気をつけて、水分をしっかりとるように。ほかの子らも、体調悪い子がおったら先輩後輩関係なく声かけるようにしてな。音楽は身体が資本です。無理したら元も子もないので、無理のない範囲で無理するように」

彼女の矛盾した指示に、周囲から思わずといったように笑い声が漏れる。先ほどまで緊張した面持ちだった部員たちの表情も、少しではあるが和らいだ。

その反応に、翔子が満足げな笑みを見せる。さすがは部長。場を取り仕切るのが上手い。

「それじゃあ、熊田先生が来はるまでその場で待機しててください」

そう翔子が告げ終わる前に、熊田先生はその場に姿を現した。黒のジャージにアイボリーのパーカを着た彼女の首元には、やや大きめのサイズのストップウォッチがかけられている。通称便所スリッパと呼ばれるゴムサンダルを履き、ぺたぺたと間の抜けた音を立て、熊田先生は部員たちの前に立った。その腕に挟まれているバインダーの中身は、聞かされなくとも予想できた。

「はい、こんばんはー」

熊田先生はそう言って、いつものように朗らかな笑顔を見せた。こんばんは、と返す部員たちの声は、普段よりも強張っている。

「長々と引っ張るのも悪いし、さっそくAメンバーを発表します。課題曲、自由曲にそれぞれソロがあるけど、それもいっぺんに言うんでよろしく。それじゃあまずは、パーカッションから」

熊田先生はそう言って、バインダーのなかをのぞき込んだ。皺の刻まれた左手の薬指には、少し黒ずんだシルバーのリングがはめられている。

「神田南」

「はい」

最初に名前を呼ばれたのは、ドラムメジャーの南だった。その後、先生は次々にメンバーの名前を読み上げていく。その声音は淡々としていて、込められた感情は読み取れない。クラリネット、フルート、サックス……木管楽器のメンバーの名を呼び終え、次に発表は金管パートへと移った。読み上げられた名前のほとんどが三年生のものだったが、ときおり一年生や二年生の名前も交じっていた。西条花音。その名が呼ばれたとき、体育館の空気は少しばかりどよめいた。フルートパートである彼女は、ほかの三年生を差し置いて三番目に呼ばれた。オーボエ担当である美音の名は、最後まで呼ばれなかった。

「次、トロンボーン」

トランペットの発表が終わり、ついにトロンボーンパートの順番がやってきた。梓は拳を握り締め、逸る心を落ち着かせようと静かに深呼吸をした。ドッ、ドッ、と一定のリズムで心臓が身体の内側を飛び跳ねる。水中にいるときみたいに、外の音がぼんやりと薄れて聞こえた。自分の忙しない呼吸の音ばかりがうるさくて、それをこらえるように梓は足の裏に力を込めた。

熊田先生がページをめくる。パラリ。乾いた紙の音が静寂のなかに落ちていく。

「ファースト。瀬崎未来」

「はい」

梓から少し離れたところから、未来の凛《りん》とした声音が聞こえた。思わずそちらに視線をやると、その隣に立つ栞の後ろ姿まで視界に入る。硬く結ばれた彼女の拳は、こちらから見てもわかるぐらいにはっきりと震えていた。

「佐々木梓」

その名が熊田先生の口から発せられた瞬間、周囲の空気が大きく揺れたのがわかった。梓は唾を飲むと、はっきりとした声音で応える。

「はい」

込み上げてくる感情は、喜びよりも安堵のほうが勝っていた。三年生、二年生、一年生。部員たちの視線が、一斉にこちらに突き刺さる。にじむ感情はさまざまで、梓はそれらを受け止めきれずにうつむいた。驚愕《きょうがく》、納得、称賛、嫉妬。周囲を渦巻く熱量が、梓の肩にのしかかる。息を止めたそのとき、不意に手に温かいものが増えた。

はたと顔を上げると、あみかがこちらに手の甲を押しつけている。目と目が合う。彼女はこちらの視線に気づくと、静かにまなじりを下げた。その双眸の奥底で、蛍光灯の光が散る。黒曜石のような瞳は、祝福の色であふれていた。

「セカンド。高木栞」

「はい」

「丹波恵《たんばめぐみ》」

「はい」

「サード。尾上《おのうえ》凛音」

「はい」

「以上、五名」

梓以外で名を呼ばれたのは、すべて三年生部員だった。梓はちらりと杏奈の横顔を盗み見る。細い睫毛が、ふるりと震えた。その眼の表面に、ぎりぎりまで水が張っていた。感情を覆い隠すように、薄い瞼が下ろされる。彼女の滑らかな頬にひと筋の涙がこぼれ落ちた。それを視界に捉えた瞬間、梓の心臓がギクリと跳ねた。かわいそうだなと思った。だけどそれ以上に、当然だと思っている自分がいた。杏奈はまだ、Aのレベルに達していない。

熊田先生は紙面から視線を剥がすと、こちらを見やった。南を見ているのか、それとも、その後ろの列にいる自分のことを見ているのか。どうにも判断ができず、梓はごくりと喉を鳴らす。やけに口内が渇いていた。

先生は言った。

「課題曲ソロ、瀬崎未来」

はい、という未来の声が前方から聞こえた。芯のある、自信にあふれた声だった。梓は短く息を吐き出す。手が小刻みに震えていた。指先の感覚がどうにも感じられず、梓は自身のズボンをつかんだ。乾いた皮の上を、見えない膜のようなものが覆っている気がする。世界と自分が切り離されていくような、そんな感覚。

――ソロは、未来先輩か。

唇が、音もなく言葉を紡ぐ。指先からじわじわと熱が引いていくような、そんな気がした。鼻の奥にツンと痛みが走り、梓は慌てて顔を伏せた。目元が燃えるように熱い。悔しい。浮かんだ感情は、ただそれだけだった。悔しい。悔しい。悔しい！　いますぐにでも叫び出したい衝動を押し潰すように、梓は拳をきつく握り締める。爪が皮膚に食い込み、三日月型の痕が残った。

「次、ホルン」

熊田先生の発表は続く。ホルンパートで最初に呼ばれたのは、部長の翔子だった。ホルン、四名。チューバ、四名。コントラバス、二名。挙げられた名前はどれも実力のある人ばかりで、選抜に対して不満を示す生徒はいなかった。列の端で、声もなく誰かがすすり泣く音が聞こえる。後輩のせいで選ばれなかった三年生か、それとも結果の伴わなかった二年生か。感情を露わにする先輩たちとは対照的に、一年生部員の何人かは他人事のような顔をしていた。

「以上、五十五名がAメンバーになります。本番まではあんま時間ないけど、明日からはコンクールモードでやるんで頑張ろう。とくに三年は最後のコンクールやから、悔いのないよう全力を尽くそう」

「はい！」

「じゃあ、Aメンバーは十五分後から音楽室でミーティングやります。それ終わったら就寝タイムなんで、みんな最後や思って気張《きば》ってな」

「はい」

「じゃあ、ひとまず解散」

先生がパンと手を打ち鳴らした瞬間、部員たちはその場でそれぞれの友人たちと集まり話し始めた。先ほどまでしんと静まり返っていた体育館が、一気に賑やかになる。立ち尽くしていた梓の背中を、駆け寄ってきた志保が叩いた。

「おめでとう」

開口一番にそう告げられ、梓はやや面食らった。その隣にいた太一が目を細める。

「初めからお前はA行くと思ってたわ」

「梓ちゃんってば、やっぱりすごいね！」

にこにこと笑うあみかはとても誇らしげで、梓のオーディションの結果を純粋に喜んでくれているのだと容易に察することができた。

「えー、そう言われると、ほんま照れるわ。たまたま受かったってだけやろうけど、コンクールの舞台に出られるってのはほんまにうれしい」

優等生のようなセリフが、勝手に口から紡がれる。頭をかき、気恥ずかしそうな顔を作る。運がよかったから選ばれた、それ以外に理由はないんですよ。そういう、遠回しなアピールだ。称賛の言葉を寄越す一年生部員の肩越しに見える、複雑そうな表情の二年生の先輩たち。今年、Aメンバーに選ばれたのは、三年生四人と、梓だけ。彼女たちは梓のせいで、一枠を奪われた。自分に対していい感情を抱くわけがない。だから、梓は謙遜する。違うんですよ、先輩たちに敵意はないんです。もちろん、そんな言葉を実際に口にするわけではない。ただ、そうした感情を暗に相手へほのめかす。

「あーずさ！」

ガバ、と後ろから勢いよく肩をつかまれ、梓はとっさに振り返った。案の定、そこにいたのは花音だった。

「お互いAだったね、頑張ろー」

彼女についてきた美音が、不服げに唇をとがらせる。

「ま、私もオーボエじゃなかったら選ばれてただろうけど。ほら、やっぱオーボエって枠少ないし。定員が一人だけじゃ、なかなか選ばれないよね」

その言葉に、花音は愉快そうに喉を鳴らした。

「あー、美音ってばまたそうやって負け惜しみ。選ばれなかったのが悔しいならそう言えばいいのに」

「はあ？　私、絶対花音には負けてると思わないもん。花音がAだったら私もAじゃないと納得できない」

「ほっほっほ。よく言うでしょ？　姉より優れている妹などいないって」

「双子だし、姉とか妹とか関係ないし」

「でも私がAなのは事実だしぃ？」

「あー、その上から目線がムカつく。来年は私がAで出るから吠《ほ》え面《づら》かくことになるよ」

「そのときは私もAで出ますぅー」

べーと舌を突き出した花音の頬を、美音が思い切り引っ張っている。いつもはクールな美音も、このときばかりは年相応の表情を見せていた。わいわいと騒ぐ双子を、周囲の部員たちが可笑しそうに見つめている。悔しさを露骨に示す美音と、自身の手柄をあっけらかんと見せびらかす花音。もしも梓が花音と同じ立場に置かれたら、きっと彼女のようには振る舞えない。美音に気を遣って、何か当たり障りのないことを言っていたと思う。しかし、花音はそうはしなかった。その無遠慮なやり取りにこそ、梓は二人の深い絆《きずな》を感じた。きっと花音は、何を言っても美音が自分のことを受け入れてくれると信じているのだ。梓には真似できない。梓は、そこまで他人を信用していない。

「ね、そろそろ音楽室に行こ。先輩ばっかで、多分私らアウェイだよ」

少し釣り目がちな花音の眼が、弓なりにゆがめられた。そのほっそりとした指が、梓の手首をつかむ。

「さあさ、レッツゴー」

体育館の出口をまっすぐに指差し、花音はずんずんと前へ進んでいく。待ってよ、と笑いながら、梓は慌てて足を動かす。ふと後ろを振り返ると、こちらへの興味はすでに失せたのか、部員たちは別の話題で盛り上がっていた。志保に何か言われたらしいあみかが、はにかむような笑みを浮かべている。

梓が体育館を出るまで、その視線がこちらを追いかけてくることは、一度もなかった。

「うっへー、これは相当気まずい」

音楽室に足を踏み入れるなり、花音がぼそりとつぶやいた。五十五人分の椅子が並んだ音楽室は、普段よりもがらんとしている。それも当然だ。立華の吹奏楽部員は全員で百三人。そのうちの五十五人しかここにいないということは、部員の約半数がいなくなったということになる。教室を埋め尽くす部員の大半は三年生で、二年生ですら少し居心地の悪そうな顔をしている。これが人数の少ない一年生となると、なおさらだ。

「梓ー、こっちこっち」

入り口前で立ち尽くす梓の斜め前方から、よく通る声がかけられた。見やると、未来がこちらに向かって手招きしていた。彼女の左手が隣の空席の表面を軽く叩く。そこは、ファーストのポジションだった。未来と栞のあいだに存在する、たったひとつの空席。

ほかのトロンボーンの先輩たちが、一斉にこちらを見る。向けられた視線に気圧されたように、梓は一歩後ずさった。その背を、花音が強く叩く。

「じゃ、お互いしばらく頑張りましょ」

「うん。それはもちろん、頑張ろう」

花音の鼓舞に応えるよう、梓は力強くうなずいた。その反応に満足したのか、花音はにやりと口角を持ち上げた。そのまま彼女はフルートパートの席へと向かう。

梓は息を吸い込み、気合いを入れるように自身の両頬を叩いた。パン、と乾いた音が周囲に響く。

「お、気合い入ってんな」

未来が茶化すように笑った。木製のステージに足をかけ、梓も笑う。

「はい、本気なんで」

「それはよかった」

座り慣れている椅子も、今日ばかりはなんだか特別なものに感じる。膝に手を置き周囲を見回すと、右端のほうで花音が先輩と何やら話しているのが視界に入った。どうやらちゃんと先輩たちに馴染めているようだ。

梓がほかの部員たちの様子を観察しているあいだに、後方の扉が勢いよく開け放たれる音がした。こんなドアの開け方をする人間は、この部には一人しかいない。顧問の熊田先生だ。

「はいはい、ミーティング始めます」

ざわめきをかき消すように手を叩き、先生は正面の席へと腰かける。その途端、室内は一気に静まり返った。完全にコントロールされる場の空気に、梓は少しだけ恐怖を覚える。熊田先生は優れた指導者だ。部員たちの手綱を握り、きちんとひとつの方向に進ませることができる。だけど、彼女が選ぶ道が正しいものという保証はどこにもない。部員たちは全力で彼女のあとに付き従う。梓だって、先生の選んだ道ならどこまでもついていこうと思う。だけどその盲目さが、ときおり自分でも恐ろしく感じるのだ。

「えー、ここに集まってんのはAの子らでええんよね？　えーと、三年が三十人、二年が十八人、一年が七人ね。なるほど、今年は一年の子らも健闘してたね。ソロを選ぶときも悩むことが多かった。でも、三年の子らが先輩らしく練習の成果を見せてくれてて、それはよかったと思うわ」

先生が手のなかにあるバインダーを机に置く。

「夏休みに入って、コンクールまであと二週間ぐらいしかない。残された時間でどれだけやれるかが重要になってくる。せやからみんな、たるんでる気持ちをガッと引き締めて、本気でやろ」

「はい」

「忘れんといてほしいことは、ここにいる五十五人は百三人のなかから選ばれたってこと。アンタら以外にも、出たいと思ってるやつはいっぱいおる。そいつらがアンタらの演奏聞いて、ちゃんと納得できるようにしたらなあかん。腑《ふ》抜《ぬ》けた音楽聞かせて、なんであいつらやねんって思わせんように、全力でやること。わかった？」

「はい！」

息の合った声が、夜の音楽室に響いた。先生は周囲をぐるりと見回すと、満足そうに笑みを深めた。

「それじゃあ、明日は九時から合奏始めます。校内合宿、最終日です。明日に備えて、ちゃんと睡眠取るように」


合宿三日目の朝は、雨の音とともに目が覚めた。目をこすり、ぼさぼさになった髪の毛を自分の指で梳く。時計を見ると、時針は四の数字を指している。まだ朝と呼ぶには早すぎるのか、起きている部員はいない。

梓はその場で立ち上がると、そのまま体育館の重い扉を開いた。屋根がついている階段部分に腰かけ、滴る雨粒をただ意味もなく見つめる。ぴちゃん、ぴちゃん。落ちる滴がコンクリート製の床に黒い染みを作っている。

「はあ」

ため息が漏れたのは、息苦しさを感じたからだ。低気圧のせいかもしれない。なんだか心臓がどきどきする。梓は雨の日が嫌いだ。嫌なことばかりを思い出す。

「おはよう」

頭上から声が降ってきて、梓は顔を上げた。厚みのある扉を閉め、栞がこちらに微笑みかけていた。普段は額の上で留められている前髪も、このときばかりは下ろされている。長い前髪を耳にかけ、栞は梓の隣にしゃがみ込んだ。

「おはようございます、先輩」

梓が立ち上がろうとしたのを、栞は手のひらを見せることで制した。細く刻まれた皺が、うっすらと汗に濡れて光っている。

「梓、朝早いんやな」

「勝手に目が覚めちゃうんです」

「昨日もさ、朝早くから未来とグラウンド前で話してたやろ」

「聞いてたんですか？　話しかけてくれたらよかったのに」

「いや、たまたま見かけただけ。何話してたかまでは聞いてへん」

栞がふるりと首を横に振った。場所が狭いせいだろう、二人のあいだにある距離は、普段よりもずっと近い。その横顔の輪郭を視線だけでなぞっていると、ぼんやりと前だけを見つめていた栞が急にこちらに顔を向けた。睫毛に縁取られた眼が、柔らかに細められる。

「ファーストやったね。おめでとう」

そう言われ、梓は反応に困ってしまった。

「あ、いえ……ありがとうございます。先輩も、その、おめでとうございます」

「ふふ、ありがとう。Aで出られて、正直ホッとしてる」

栞の指が、ぎゅっと自身の膝小僧をつかんでいる。やすりで丁寧に磨かれた、彼女の薄桃色の爪。その皮膚と爪のあいだの皮が、少しばかりめくれていた。

「でも、正直悔しい。私じゃなくて、梓がファーストの席に座ってんの。私も、ファーストやりたかったから」

「先輩は、未来先輩の隣で吹きたかったんですか？」

「は？」

彼女の眉間に皺が寄った。その低い声音に、梓は頬の筋肉を引きつらせた。しまった、失敗した。梓は慌てて言葉を付け加える。

「いや、あの、うちが横を取っちゃったからまずかったのかなぁとか思っちゃって」

「そんなわけないやん。っていうか、そんなんで怒るとか、私、どんだけ未来好きやねん」

「好きじゃないんですか？」

「いや、もちろん好きやけど。でも、それだけじゃないって」

指と指とを交差させるように組み、栞が腕を伸ばす。その手は屋根で守られた空間を越え、一瞬にして雨に濡れた。降り注ぐ水滴が、ぴちゃぴちゃと彼女の皮膚を弾く。

しかし、栞にそれを気にする様子はない。

「私はさ、未来になりたいの」

なるほど、と梓は曖昧な顔をしてうなずいた。正直に言うと、その言葉の意味はあまり理解できなかった。栞が呆れたような顔でこちらを見る。

「わかってないやろ？」

あっさりと内心を見抜かれ、梓はすぐに白旗を上げた。

「スミマセン、さっぱりです」

「まあ、梓はそうやろな。梓って、同い年の子に負けたって思ったことなさそうやもん」

「そんなことないですよ」

思わず否定の言葉を口にしたのは、中学時代の友人の顔が脳裏をよぎったからだった。高坂麗奈《れいな》。北中のトランペット奏者。父親がプロのトランペット吹きらしく、彼女もまた幼少のころから音楽のレッスンを受けていたらしい。彼女が鳴らした音を最初に耳にしたとき、梓はガンと頭をブロックで殴られたような、そんな衝撃を受けたのをよく覚えている。

「へえ、意外やな」

本気で驚いたのか、栞が目を見開いた。彼女の目に、自分はどんなふうに見えているのだろうか。できるだけ殊勝な後輩を演じているというのに。

「私にとっては、負けたって思う子が未来やってん。ここだけの話ね、私は未来になりたい。あの子みたいになりたいねん」

「へえ、なるほど」

真面目な顔をして相槌《あいづち》を打ったつもりだったのに、栞は不服そうに目を細めた。唇をとがらせ、彼女は梓の額をピンと指で弾く。おそらく弾き方が下手なのだろう、音の割にほとんど痛みはなかった。

「梓、ちゃんと話聞いてへんやろ？」

「聞いてますよ。でも、やっぱりわからんくて」

「えー、なんでーな。梓ならわかると思って話したのに」

「だって、うちはあんまり他人みたいになりたいと思ったことないですもん。うちはうちのまま、未来先輩に勝ちたいなって思うし。べつに未来先輩になりたいと思ったことは一度もないです」

するりと漏れた言葉たちは、間違いなく梓の本音だった。普段のような世辞にまみれた台詞ではない。胃の奥からふらりと湧き立つような、なんの意図も含まない純粋な気持ち。

ぐっ、と栞が息を呑んだ。襟ぐりからはっきりとのぞく白い喉が、小さく上下するのが見える。二人のあいだに静寂が落ちる。雨足は激しさを増し、地面をうがつ勢いで雨粒が地面を打つ。ザアザアと鳴り続ける雨の音が、なぜだかいまだけは心地よく感じた。

「何この子、無理ぃ」

両手で顔を覆い、栞がぶんぶんと顔を横に振る。彼女の予想外の反応に面食らい、梓はビクリと肩を震わした。

「え、何がですか」

「いや、だってさ、梓ってマジ意識高い。強い」

「えっ、べつに高くないですよ。普通ですよ、普通」

「いやいやいや、すげぇなあ。そっかあ。自分のまま未来に勝つのか。はあ、すげえ」

「先輩、私のこと馬鹿にしてます？」

先輩が相手だからと思って気を遣っていたが、ここまでくると苛立ちが顔に出てしまう。思わず頬を膨らませた梓に、栞はなぜか笑みを浮かべた。

「アンタのことは馬鹿にしてないよ。自分のことを、馬鹿だなって思っただけ」

「いや、先輩のほうが絶対意味わかんないですよ」

「いやね、単純に感心したの。自分のまま勝ちたいって言えるの、なんかいいなって思って」

栞の言葉に、梓が首を傾げる。何を遠慮する必要があるのだろう。彼女は三年生、最高学年だ。同い年である未来をライバルだと言い張っても、誰かから疎まれる恐れはない。

「言ったらいいじゃないですか。べつに普通やと思いますよ？　上手い子に勝ちたいって思うの」

「うん。でも、私ってこう見えて臆病やから。コイツ、このレベルのくせに未来に勝ちたがってんのかよって思われるのが怖いねん」

「先輩、そんなこと思ってはるんですか？」

「思ってるんよねー、それが」

自意識過剰やねん、と彼女は肩をすくめる。遠慮するのもおかしな気がして、梓は素直にうなずいた。

「それは……なんというかアレですね」

「そうやねん、アレやねん」

はたしてアレとはなんなのか。具体的に思い浮かぶものはなかったが、梓の言葉に同意を示すように栞はコクリと首を縦に振った。最初は神妙な面持ちを浮かべていた梓だったが、自分たちの会話のあまりのテキトーさに、つい噴き出してしまった。それに釣られたように、栞もまた笑い出す。

「私ら、めっちゃアホみたいな会話してんな」

「ですね」

栞が立ち上がる。梓はその動きを、視線だけで追いかけた。彼女の黒色のジャージが、膝の辺りでくしゃりと深い皺を作る。まっすぐに伸びる二本の白いラインが、彼女の動きに合わせて大きくゆがんだ。

「私も大概やけど、梓も相当や思うで」

「何がです？」

「アンタも、結構自意識過剰やんか」

彼女の目が、三日月型にゆるりとゆがむ。その声音は冗談めいていたけれど、彼女がなんらかの確信を抱いていることが端々からうかがい知れた。梓は意味もなく自身の髪に指を滑らせる。長くて、硬い。融通の利かない、まっすぐな髪。

「先輩より上手いって、相当キツい立場や思うけど。でも、少なくともいまの時点やと私は梓を憎いとか思ってへんから。もう少し、力抜いてええと思うよ。音楽以外のことですり減るの、なんかもったいないやん」

「すり減るって、何がですか」

「さあ？　わからんけど。なんか、梓見てたらそう思った」

そう言って眉尻を下げる栞の顔を見上げていると、梓はなぜだか昨日の未来の言葉を思い出した。

——私は、弱いところを見せることが悪いとは思わへん。

もしかすると、この二人の先輩は互いに違ったアプローチで、しかしまったく同じ内容のメッセージを梓に送ろうと思っているのかもしれなかった。未来も栞も、後輩のことをよく見ている先輩だ。あみかのことだって、志保のことだって、二人はきちんとフォローしていた。もしかすると彼女たちにとって、梓もまた庇護《ひご》すべき後輩の一人なのかもしれなかった。

梓はニコリと笑みを浮かべる。

「大丈夫ですよ、うちは。ほかの子らと違いますから」

唇から吐き出された声は、いつものようにハキハキとしていた。そっか、と栞が目を伏せる。その口元が一度、何かを告げたがるように小さく震えた。雨音が、彼女の声をかき消す。その胸中に渦巻く感情がいかばかりか、梓には最後まで推し量ることができなかった。

合宿を終え、いよいよ練習はコンクールに向けたものとなった。練習時間は延長され、朝の六時から夜の十時までびっしりと予定が埋まっている。梓と花音は、先輩たちに交じってコンクールに向けた合奏練習に勤しんだ。そのあいだ、ほかの生徒たちはB部門の本番に向けた練習や、マーチングの楽曲に取り組んでいる。『We love music! We are Rikka!』と題された今年のマーチング演技は、四曲の吹奏楽曲によって構成されていた。すでに譜面は部員全員に配られており、マーチング練習が始まるまでにそれらを暗譜することが練習に参加するための前提条件となっている。当然、梓は配られたその日に暗譜を終えていた。梓は昔から暗譜を得意としていたためそこまで苦労することもなかったのだが、あみかや太一は楽譜を暗記するのにかなりの労力を費やした。楽譜をそのまま頭に叩き込むという作業は、苦手な部員にとっては苦痛以外の何ものでもないのだろう。うーうーとうなりながら楽譜とにらめっこするあみかの姿を、梓は微笑ましく思いながら見守っていた。

この日は珍しくパート練習の日だった。夏休みだということもあり、ほかの生徒に気兼ねすることなく校内で音を出すことができる。普段ならば中庭や校舎裏など外で練習しなければいけないことも多いのだが、長期休暇のあいだだけは教室を借りて練習することが許可された。気温が高くなると楽器のピッチが上がって厄介なので、屋外での練習を避けられるというのは本当にありがたい。

「梓ちゃん、教えてほしいとこがあるんだけど」

一年生だけで練習していると、いつものようにあみかが譜面を持ってこちらへと歩み寄ってきた。そのクリアファイルのなかには、『バラの謝肉祭』のサードの譜面も含まれていた。合奏中に注意された箇所だろうか、譜面の隙間にはシャープペンシルでこまごまと書き込みがなされている。筆圧が弱いせいで、その文字は読みにくかった。

「ん？　どこ？」

「あのね、『インサイドブルー』なんやけど」

あみかが指差したのは、マーチングの三曲目の途中部分だった。ジャズの楽曲を吹奏楽用にアレンジしたもので、トロンボーンソロがある。彼女が見せてきたのはそのサードの譜面だった。立華高校ではマーチングの際、出場するメンバーを先輩たちが決定する。ファースト、セカンド、サードの役割も、すべて先輩部員が判断して割り振るのだ。梓に手渡されたのはファーストの譜面で、これは未来、栞の持っているものと同じものだった。

「あー、確かに難しいなあ。ちょっと待って、一緒に確認しよ」

課題曲の練習の手を止め、梓はいつものようにマーチング用のファイルを開く。入学と同時に買ったこのクリアファイルだが、すでに吹き終わった楽譜でぱんぱんに膨れ上がっている。そろそろ不要な譜面は別の場所に移さなければなるまい。家にでも置いておこうか、と梓が逡巡しているあいだに、あみかはちゃっかりと梓の正面の席に座った。

「ここね、リズムが上手く取れないんだ」

「メトロノームでやってみた？」

「うん。梓ちゃんが前言ってたみたいに、ちゃんと遅いテンポからやったよ。でも、どうにもついていけないみたいで」

「わかった。とりあえず吹いてみようか」

「うん」

　梓の指示に、あみかがこくりと首を縦に振る。彼女は楽器を構えると、真剣な面持ちで息を吸い込んだ。その拍子に、頬がふくりと膨れる。その癖、早く直せって言ったのに。そんなことを考えながら、梓は彼女の音色に合わせて視線だけで譜面を追う。そういえば、AとBで練習メニューが分かれていたせいで、最近はあまりあみかの練習を見てやれていなかった。悪いことしたな、と自身の行動を顧みながら、梓は指先で譜面をコツコツと叩く。

「ここ、もう一回」

「ありゃ、変だった？」

「うん。三連符苦手？」

「三連符っていうか、タンギングが苦手。ゆっくりめだとね、上手くできないの。速いときはまだできるんだけど」

タンギングというのは管楽器の奏法のひとつだ。演奏する際に舌を使って空気の流れを制し、音の区切りや立ち上がりを明瞭にする。管楽器奏者に求められる基本的技術のひとつであるが、使いこなすのはなかなかに難しい。

「タンギングってさ、いっぱい種類があるやんか。いま、どんな感じ？」

「どんな感じって、どんな感じ？」

眉根に皺を寄せ、あみかが首を斜めに傾ける。その仕草が可笑しくて、梓はつい笑ってしまった。

「タタタって吹くのがシングルタンギングやん。で、トゥクトゥクって感じで吹くのがダブルタンギング」

「あ、それそれ。私、トゥクトゥクトゥクトゥクって吹いてるよ。前、梓ちゃんが教えてくれたやつ！」

「ダブルができてるなら大丈夫。三連符のときはトリプルタンギングってのを使えばいいよ。トゥクトゥ、トゥクトゥって感じ」

マウスピースに口をつけ、梓は実際に吹いてみる。歯の裏についた舌を軽く離したり触れさせたりを繰り返すというイメージだ。

「ほうほう、なるほど」

梓の実演に、あみかが感心した様子でうなずいている。

「さ、あみかもやってみて」

「うん」

こちらの指示に、あみかが素直に従った。楽器を構え、あみかがくぐもった音をベルから放つ。

「あみかさ、『ク』ができてへんよ。『トゥ』の勢いが強いのに『ク』が不明瞭やから、変なバランスに聞こえんねん。ほら、マウスピースだけにしてみ？」

あみかはマウスピースを引き抜くと、トロンボーンの本体を梓へと手渡した。そのまま、彼女は銀色のパーツを唇に押し当てる。

「『バナナ』とか『タヌキ』とか言いながらやってみるのも手かな。要は真ん中の音のときに舌がどうやって動いてるのかを意識してみんのが重要やねん。最初はゆっくりでええから、とりあえず音を鳴らしてみて」

こちらの指示に従い、あみかがトゥクトゥとマウスピースを振動させる。そうそう、と梓は大きくうなずいてみせた。

「それがばっちりできるようになったら、楽譜のところでやってみたらええよ。基本的にやってることは同じやから」

「わかった、梓ちゃんありがとう！」

満面の笑みで礼を言われると、なんだか悪い気はしない。どういたしまして、照れ交じりに応えていると、その背後から志保が歩み寄ってきた。なぜか太一も一緒だ。この二人がそろって行動することは滅多にない。首を傾げた梓に釣られてか、あみかもまた首を傾げた。

「どうしたん？　二人そろって」

「いやさ、話しておきたいことがあんねんけど」

そう言って、太一はそこで口ごもった。志保は細いフレームを指先で持ち上げ、落ち着きなさそうに瞬きを繰り返している。まるで、これから言うことを躊躇しているようだった。四人のあいだに気まずい空気が流れる。ぎこちない沈黙が嫌で、梓はわざと明るい声を発した。

「何？　どうしたん？」

太一と志保が顔を見合わせる。普段は喧嘩《けんか》ばかりしているくせに、どうして今日に限って息が合っているのか。なんだか嫌な予感がして、梓は眉間に皺を寄せた。その両手は、梓とあみかのトロンボーンで塞がっていた。

「いやな、前から言わなあかんと思ってたんやけどさ」

太一の手が、気まずそうに自身の髪をかき混ぜている。わざわざ練習時間に告げなければいけないこととはなんだろう。まさか、交際の宣言ではないだろうな。太一の心情を読み取ろうと、梓はざっとその全身を流し見る。彼の身に着けているTシャツ上では、有名なネズミのキャラクターがこちらに向かって無邪気に手を振っていた。

　太一が息を吸い込む。

「名瀬さ、いい加減に佐々木に頼んの、やめたほうがええと思う」

　予想外の言葉に、梓はぴたりと硬直した。え、とその正面であみかが目を見開く。

梓は慌てて反論した。

「なんで？　うち、全然迷惑に思ってへんで？」

「そうは言うけどさ、佐々木もAメンバーなわけやし、やっぱ自分の練習に集中したほうがええと思うねん。名瀬もさあ、サードの譜面やったら戸川と一緒やろ？　戸川に聞いたほうが絶対ええやん」

「いや、そうは言うけどさ、べつにうちが問題ないって言ってんねんからよくない？初心者の子に教えることで、わかることもあるし」

　まくし立てた梓の言葉を、太一の仰々しいため息が遮る。

「佐々木さあ、いつまで名瀬のこと初心者扱いしてんの？　もう七月やぞ。初心者扱いする時期はとっくに終わっとるやろ」

「でも、」

「ほんまに佐々木の手を借りなあかんときはちゃんと借りる。でも、いまはそうやないやろ。お前はAのファーストやねんから、ちゃんとコンクールで結果出すよう頑張るのが義務や思う。ほかの先輩らがAに出られへんのやから、お前はそのぶん頑張らんとあかんやろ」

「うちが頑張ってへんっていうわけ？」

知らず知らずのうちに、発した声が低くなる。ひどく不愉快な気分だった。太一にだけは、その台詞を言われたくない。梓はいつだって、他人よりも頑張っている。そしてその成果を、きちんと出し続けているはずだ。

ええ加減にせえよ、と太一がうなるように言った。

「お前が名瀬に教えたいっていうのはわかる。お前らは友達同士やし、互いに気兼ねせずにいろいろやれるんかもしれへん。でも、お前はAのメンバーなんや。名瀬に教えるのは、俺だってできる。戸川だって、杏奈先輩だってやってくれる。お前は名瀬に時間を割く暇があったら、自分の練習すべきやろ」

「だから、やってるやんか。うちはちゃんと自分のやるべきことやってからあみかに教えてる。文句言われる筋合いなんかない！」

カッと頬に熱が走る。込み上げてきた感情は、怒りというよりは苛立ちだった。声を荒らげた梓に、あみかがビクリと身体を震わせる。その目が、太一を捉えた。普段ならば柔和な笑みを浮かべているその唇も、いまはすっかり青ざめている。

「私、梓ちゃんの迷惑かな？」

「あみか、なんで的場に聞くん？　うちは迷惑ちゃうって言ってるやん」

　立ち上がりかけた梓の肩を、志保が強くつかんだ。なだめるように手のひらで肩をなでられ、振り払う気力も起こらず、梓は浮かした腰を静かに落とした。両手はいまだトロンボーンで塞がれているのだ。乱暴な動きをするわけにはいかない。

　あみかの問いに、太一は首を横に振った。

「佐々木にとっては迷惑やないかもしれん。でも、俺らにとっては迷惑や」

「どうして？」

「このままやと、名瀬は佐々木なしではやっていけへんようになるから」

　それのどこがいけないことなのだろうか。だって、梓はあみかから離れるつもりはない。このままでなんの問題もないじゃないか。

「あみか、ほんまに気にせんでいいからね。うちならいつだって、あみかのために協力してあげるから」

　相手に言い聞かせるように、梓は一文字一文字をはっきりと発音した。あみかは志保と太一の顔を交互に見やっていたが、やがてコクリと首を縦に振った。

「……うん、わかった。梓ちゃん」

　太一と志保が肩をすくめる。志保は無言で首を横に振ると、意味ありげに太一の腕を引く。その眉間には、はっきりとした皺が刻まれていた。

「あかんわ」

そう、志保は言った。その冷ややかな声音からは、落胆の感情がにじんでいた。

「今日はびっくりしちゃったね」

練習を終え、ようやく帰宅の時間がやってきた。座りっぱなしで何時間も合奏を続けたため、全身が痛かった。外灯の周囲には小さな羽虫が集まっている。それをさりげなく避けながら、梓とあみかは並んで夜の街を歩いた。

「二人とも、きっと梓ちゃんのことを思ってああ言ってくれたんだろうね。ほら、やっぱり梓ちゃんってAだし。あんまり私にばっかり時間割いてもらうのも悪いもんね」

「べつに、うちは気にせえへんけど」

「でも、あの二人は気にしてくれたんだよ」

入学時は梓のほうが大きかった歩幅も、いまでは自然とそろったものになった。五メートル八歩。マーチングの基本の歩幅に、あみかもいつの間にか慣れたようだ。前に進むフォワードマーチのときのように、踵から着地して爪先に至るまで足の裏で半円を描くように滑らかに一歩を踏み出す。普段からマーチングみたいに歩いてしまうのが、昔からの梓の癖だった。

「志保ちゃんも的場くんも、言わなきゃだめだって思ったからきっと言ってくれたんだよ」

「それはわかるけどさ。ぶっちゃけありがた迷惑やし」

「梓ちゃんはそう思うんだ？」

「あみかはそうは思わへんの？」

梓の問いに応えず、あみかはその場で足を止めた。靴底がアスファルトにこすれ、ざらりと不愉快な音を立てる。通り過ぎていくヘッドライトの光は白く、むやみやたらに目の前を照らし出していた。

「あみか？」

振り返り、梓は彼女の名を口にした。生ぬるい夏の夜の空気が、するりと梓のうなじをなでる。その場に立ち尽していたあみかは、自身のハーフパンツの裾を握り締めるように左右に引っ張っていた。大きめのズボンからは、あまり肉のついていない膝小僧がのぞいている。くるぶしの上を覆う薄桃色の靴下の先端部分には、カラフルな糸が縫いつけられていた。黄色のスニーカーの上には、やや丸みを帯びた星のイラストが描かれている。

「梓ちゃん、」

舌足らずな声で紡がれた自分の名には、甘えるような響きが含まれていた。まるでそれ以上の言葉を封じるように、あみかが一歩足を踏み出す。彼女のスニーカーの紐は真っ白で、そこだけ新品みたいだった。新しく買い直したのかもしれない。

「ねえ、一緒に行きたい場所があるの。今日、時間ある？」

「いまから？　もう十一時前やで」

「大丈夫。ちょっとだけだから。遅くなったらお父さんが家まで送ってくれるよ」

さりげなく帰ることを促したが、あみかは暗にその提案を拒否した。そのうえ、父親の送迎つきとまで言われたら、断るのも難しい。

「わかった。ちょっとだけね」

「やった」

柔らかそうな頬を両手で挟み、あみかはうれしそうに笑った。その屈託のない表情を眺めていると、気づいたら肩の力が抜けていた。あみかは嘘がつけない。人間同士の駆け引きもできない。そんな裏表のない少女だからこそ、梓は彼女を好いていた。

「ほら、こっちこっち」

そんなあみかの言葉に従って二人が降り立ったのは、京阪宇治駅のホームだった。普段のあみかの下車駅である。彼女はここから北に進んだところにあるアパートに住んでいた。

「あー、お腹空いた」

「じゃあコンビニで買い物しよ」

　駅の階段を駆け上がり、あみかは併設されたコンビニエンスストアへ足を踏み入れた。いらっしゃいませー、という眠そうな店員の声を聞き流し、梓はデザート売り場に向かう。シュークリーム。クレープ。プリン。すべてが美味しそうに見えるが、いまはもう少しがっつりとしたものを胃袋に入れたい。

「ねえねえ梓ちゃん、決まった？」

思案していると、横からひょっこりとあみかが顔を出した。

「いや、まだやけど」

「私ね、何食べたいか悩んでるの。梓ちゃんが決めてくれない？」

梓の腕を引き、あみかはレジの前へとやってくる。

「肉まんか、ピザまんか、あんまんか……どれにしようかな」

「自分で決めたほうがいいんちゃう？」

「いいの。梓ちゃんが決めて」

「えー」

レジには肉まんがなかに入ったスチームマシーンのほかにも、唐揚げやポテトなどが並ぶホットショーケースが置かれている。夏だからか、そのラインナップは冬のときに比べていささか少ない。

梓は悩んだ末、店員に声をかけた。

「すみません、肉まんとピザまんひとつずつ」

「はい。少々お待ちください」

梓ちゃんも食べるの？　と、隣であみかが首を傾げている。梓は店員に小銭を支払うと、小さなビニール袋を受け取った。

クーラーの効いた店内から一歩足を踏み出すと、むっと熱を含んだ空気が押し寄せてきた。風を取り込もうと、Tシャツの裾をぱたぱたと動かす。そのあいだ、あみかの視線はビニール袋に固定されたままだった。

「梓ちゃん、お金払うよ」

「べつにええって。おごり」

「でも、悪いよ。私が食べたいって言ったのに」

「じゃあ、帰りのタクシー代ってことで。あみかのお父さんが送ってくれるんやろ？」

「うん。そうだけど……」

あみかはいまだ申し訳なさそうな顔をしている。百二十円くらい、べつに気にしないのに。何か言いたげなあみかの様子に、梓は強引に話題を変えた。

「それよりさ、あみかが行きたかった場所って、どこ?」

「あ、こっちだよ。塔の島《とうしま》!」

「あぁ、あの石の塔があるとこ」

「そう! 梓ちゃんも来たことあるの?」

「ま、ここらへんには結構友達が住んでるから」

何げなく答えた台詞に、あみかは興味深そうに目を輝かせた。梓の鞄にしがみついたまま、コテンと彼女は首を傾げる。見上げるような視線が、梓の横顔に刺さった。

「その友達って、あの子?」

「あの子って?」

「ほら、この前電車であった美人な……えっと、柊木さん」

「あぁ、芹菜のことか」

梓の言葉に、あみかが大きく首を縦に振った。夜遅いせいか、周囲に人影はまったくない。ぽつぽつと立ち並んだ外灯の隙間を縫うように、先ほどから何台も自販機が立ち並んでいる。宇治茶と大きく書かれたペットボトルに、梓は少しだけ心惹《ひ》かれた。こういう限定もののパッケージに弱いのだ。

「柊木さんね、宇治駅なんだって。うちの近くに住んでるって言ってた」

「うちが黄檗で降りたあと、二人でそんな話してたん?」

「うん。別れ際にね、『梓をよろしく』って言われた。でも、」

言葉は不自然に途切れた。何か考えているのか、あみかの眉間に皺が寄る。

「でも？」

梓は続きを促した。静まり返った空間には、宇治川の流れる音が粛々と響いている。多くある茶屋はすでに閉まっており、木製のベンチもいまは無人だ。振り返ると、宇治橋につながる道路を数台の車が走り去っていくのが見えた。朝になると、出社する人々によってあの道は混雑する。車が自由に動き回れるのはいまの時間ぐらいだ。

でもね、とあみかがためらいがちに言葉を続けた。

「なんか、梓ちゃんと柊木さんって、一緒にいるとき変な感じだったから。だから、なんか、ヤだった」

「変な感じって？」

「わかんないけど。でも、柊木さんと話してる梓ちゃん、いままで見たことない顔してたから。そしたら、胃がキリキリーってなって、柊木さんのことまでヤだなって思うようになっちゃった」

だめだよね、梓ちゃんの友達なのに。そう言って、あみかはスキップするかのように大きく一歩踏み出した。タッタッと軽快な音を立てて、靴底が地面を蹴る。しなびた雑草を無遠慮に踏みつけ、彼女は顔だけをこちらに向けた。

「柊木さんと梓ちゃんって、どういう関係だったの？」

　梓が目を伏せる。指先に引っかかっているビニール袋が、風にあおられガサガサと音を立てる。あみかはふわふわの長い髪を耳にかけると、再び梓の一歩先を歩き出した。

「冷戦中やねん、あの子とは」

「喧嘩してるの？　そうは見えなかったけど」

「まあ、いろいろあったから」

「いろいろって？」

　橋の階段を、あみかは一気に駆け上がる。銀色の手すりに指を滑らせ、彼女は一段飛ばしで前へと進む。朱色に塗られたこの橋の名は、朝霧橋《あさぎりばし》という。中の島と宇治神社前をつないでいて、下流側に身体を向ければ愛宕山《あたごやま》を一望できる。陽が昇っているタイミングであれば、絶景だっただろう。

　欄干の朱色と、闇の黒。その境界線を目で追いながら、梓は何げない口調で告げる。

「いろいろは、いろいろ」

「そうなんだ」

「うん」

　あみかの問いに対し、こうしてごまかすような言葉を返したのはこれが初めてのことだった。いつだって、梓はあみかに対して誠実でいたいと思っていたから。だけど、芹菜との過去についてはあまり他人に口外したくはなかった。彼女と過ごした時間は、梓にとってよくも悪くも特別だったから。

「そっかあ」

あみかは肩をすくめた。その薄い唇が、何か言いたげにもごもごと動いた。梓は彼女の言葉を待った。しかし、あみかはニコッといつもの笑顔を浮かべただけで、それ以上の追及をしなかった。

「あ、鵜《う》だよ」

そう言って彼女が人差し指を向けたのは、鵜を飼育しているケージだった。

鵜飼いの鵜は渡り鳥で、ウミウという種類である。鵜匠は捕獲された野生のウミウを訓練し、風折烏帽子《かざおりえぼし》に腰蓑《こしみの》姿の伝統的な装束で鵜飼いを行う。宇治川では平安時代にすでに鵜飼いが行われていたが、後期になると仏教の教えの影響を受けて次第に殺生が戒められるようになっていった。西大寺《さいだいじ》の僧である叡尊《えいそん》は、宇治川における殺生の全面的禁断を命じる太政官符により、浮島の辺りに漁具・漁舟を埋め、日本最大の十三重石塔《じゅうさんじゅうせきとう》を建立し魚霊を供養したのである。現在の鵜飼いは大正十五年に再興されたもので、いまでは宇治川の夏の風物詩として定着している。

「あみかさ、生で鵜飼い見たことある?」

「この前、家族で見たよ。そこの船に乗ったんだ。鵜匠さんって、女の人もいるんだね」

「そうそう。結構有名やねんで」

「テレビでは一回見たことあったけど、でも、生ではあれが初めてだったな。綺麗だったなー。火がね、川にぱちぱちって反射してて」

かがり火を再現しているのか、あみかが両手をうねうねと動かしている。その間の抜けた動きに、梓はふと笑みをこぼした。

鵜は非常に愛くるしい見た目をしているけれど、魚を獲るための鋭い爪とくちばしを備えている。鵜飼いの際には鵜の首の付け根を紐でくくることにより、鵜が魚を捕っても飲み込めなくさせるのだ。こうして喉元でとどまっている魚を鵜匠が吐き出させるというのが、鵜飼いという伝統的な漁法である。首のくくりがきついと鵜が息をすることができなくなってしまい、また逆に緩いと獲ってきた魚が喉元でとどまらずに、腹まで入ってしまう。満腹になった鵜は漁をすることをやめてしまうので、紐のくくり方のさじ加減が非常に重要となってくる。

梓はちらりと隣にいるあみかを見下ろす。よっぽどケージのなかに興味があるのか、彼女は鼻っ先が柵に触れるか触れないかの距離で鵜の様子を観察していた。髪を前に流しているために、その細い首筋が露わになっている。とくに意味もなく、梓はその皮膚の表面を指先でなぞった。途端、あみかが身をのけ反らす。

「もう！　何するの梓ちゃん」

顔を真っ赤にして首筋を両手で押さえるあみかに、梓は澄ました顔で応えた。

「いや、そこにあったから」

「何、その理由。暇だからってからかわないでよね」

そう言って、あみかは再び歩き出した。その耳が赤いところを見るに、相当恥ずかしかったのかもしれない。ごめんごめん、と口だけの謝罪をしながら、梓はその背を追う。あみかはまだご立腹なのか、大股で砂利道を進んでいく。その歩幅に合わせることは、梓にとって造作もないことだった。

川の端には鵜飼い用の遊覧船が停められている。あみかにはああして話したけれど、梓は生まれてから一度も鵜飼いを生で見たことはない。テレビのドキュメンタリーで得た知識がすべてだ。液晶画面のなかで、女性の鵜匠が鵜に紐を巻いていた姿を思い出す。きつすぎてもダメ。緩すぎてもダメ。適切な縛り方を理解するというのは、どうにも自分には難しかった。

「はい、座って」

彼女が指差したのは、島の端にある木製のベンチだった。日中はここでくつろいでいる人の姿をよく目にするが、さすがに夜中までこんなところにいる者はいない。

「まさか、あみかってばここに来たかったの？」

「うん」

「まー、なんでわざわざ」

「ここ、お気に入りだから」

あみかが腰を下ろす。その隣に、梓もまた座った。彼女の小さな手が、こちらに向かって差し出される。その視線の先にあるものは、梓の手首にかかった小さなビニール袋だった。

「肉まん食べよ」

「そうやったなあ、すっかり忘れてた」

あみかに促され、梓は買っていた肉まんを取り出した。それを半分に割り、大きいほうをあみかに差し出す。

「はんぶんこしよ。うち、どっちの味も食べたいから」

「さっすが梓ちゃん、頭いいね」

「やろ？」

よっぽど空腹だったのか。肉まんを受け取った途端、あみかの腹が大きく鳴った。それに気づかないふりをして、梓も肉まんにかじりつく。白いパンのなかにはたっぷりと具が入っている。噛んだ途端になかからじゅっと肉汁があふれ、舌の上に旨みが広がった。

「梓ちゃん、ピザまんも」

「えっ、もう食べたん？　早すぎちゃう？　あんま急いで食べたら豚になんで」

「ならないよ。毎日ちゃんと部活してるから」

「確かに、あの練習メニューやってたら太るってことはなさそうやな」

ピザまんの表面はうっすらと赤く色づいていた。割ってみると、なかからチーズが糸を引くように伸びる。片割れを受け取ったあみかは、一度にそれを口のなかに放り込んだ。両頰をいっぱいにして咀嚼している彼女の姿は、種をため込むハムスターに似ていた。

「あみかはさ、ここがお気に入りなん？」

視界を上げると、黒々とした水面が見える。梓は夜の水辺があまり好きではない。真っ暗で底が見えないから。なんだか不気味だ。

「夜の川って綺麗でしょ？　私ね、よく夜中にこうして散歩するんだ」

「えー、やめといたほうがええって。夜に一人で歩くなんて危ないやん」

「でも、ここらへんって結構楽しいこと多いよ。夕方とかだったら、ほかの学校の子らが楽器の練習してることも多いし」

「じゃあ夕方に散歩したらええやん」

「うーん、そうなんだけどね。人がいっぱいいるの、あんまり好きじゃないから」

あみかはそう言って、靴を脱いだ。スニーカーをそろえ、そのまま椅子に足を乗せる。ベンチの上で体育座りをし、彼女は膝小僧の上に自身の顎を乗せた。きゅっと身を縮める彼女を横目に、梓はピザまんを口に運ぶ。ケチャップとチーズがない交ぜになった味は、なんだか懐かしかった。

「前ね、私言ったでしょう？　中学のころはテキトーに生きてたって。なんにも覚えてないって」

「そういや、そんなこと言ってたな。でも、科学部やったんやろ？　そこでいろいろあったんちゃうの」

「……なんにもなかったよ。だって、幽霊部員だったから」

そう言って、あみかが顔だけをこちらに向ける。膝小僧に片頬を押しつけ、彼女は強く自分の太ももを引き寄せた。

「私ね、学校が嫌いだったの。友達もいなかった。昔からね、駄目だったの。人見知りだし、あんまり他人と話さないし。どんくさくて、周りに迷惑ばっかりかけちゃう」

その瞳が、後ろめたそうに下を向く。記憶から過去をさらうように、彼女は音もなく瞼を上下させた。

「中学二年生のときにね、運動会でクラス対抗の大ムカデ競走があったの。知ってる？　ムカデ競走って」

「あー、あれやろ？　みんなで縦に並んで、つながれた輪っかに足通して進むやつ。縦版の三十人三十一脚みたいな」

「そうそう。それで私、すっごくみんなの足引っ張っちゃって。何回もコケて……みんな直接はなんにも言わなかったけど、私がいなくなればいいのにって裏で話してたのは知ってた。だって、私のせいで怪我するかもしれないんだもん。そりゃあ嫌だよね。それからね、私、他の人の目が怖くなったの。他人に嫌われるのが怖くて、一人で逃げてた」

なんと言っていいかわからず、梓は黙ってピザまんをひと口かじる。あみかはこちらの反応など求めていないのか、ただ訥々《とつとつ》と言葉を漏らした。

「朝起きて、学校に行って、授業を受けて、帰る。本当に、ただそれだけの繰り返し。思い出なんてなんにもなかった。気配を消して、教室の隅で、一日が終わるのをじっと待ってた。いい思い出なんてね、全然ない」

自嘲するように、その唇が小さくゆがむ。大人びた横顔に、梓は一瞬呆気《あっけ》に取られた。そんな顔もできたのか。あみかのことを知り尽くしていたと思い込んでいたことが滑稽だった。頬が熱い。恥ずかしいと思った。思い上がっていた、いままでの自分が。

「お父さんの京都転勤が決まったのは、そのタイミングだったの。チャンスだって思った。私ね、変わりたかったの。新しい自分になりたかった。教室の隅でじっとしている自分が、嫌だった。だからね、キャラを作ったの。教室でみんなに好かれてた子の真似して、活発で明るい子のふりをした。その子が吹奏楽部員だったから、だから私もこの部に入ろうって決めたの」

「これまでの、演技だったの？」

口のなかが渇いていた。尋ねた声が震えていて、梓は自分がひどく動揺していることに気づいた。あみかが自分の膝に唇をうずめる。その目元が、柔和にゆがんだ。

「最初は演技だった。明るくなろうって、そればっかり思ってた。けどね、いまじゃもう、昔みたいに振る舞うほうが無理になっちゃった。本当の自分って、どんなだったんだろう。わかんない。もう、思い出せないの。これが普通になっちゃった」

えへへ、とあみかがはにかむような笑みを見せる。いつものあみかだ。無邪気で屈託のない、いつもどおりの笑顔。

「吹奏楽部に入ったときね、失敗したかもって思った。だってね、立華の吹奏楽部ってすっごいんだもん。でもね、梓ちゃんがいてくれたから、ちょっとずつ好きになった。マーチングのステップのときだってね、不安で仕方なかったけど、でも、本番でちゃんとみんなと同じ動きができたときね、私、自分が変われたんだと思った。私ね、梓ちゃんがいてくれて本当によかった」

　その顔が、くしゃりとゆがんだ。苦しそうに、彼女は短く息を吐き出す。かきむしるように、あみかは自身の胸元を爪の先で引っかいた。スニーカーの先端が小さく上に持ち上がる。その喉から、嗚咽《おえつ》が漏れた。

「初めて、本当の友達ができたんだって思った。だけど私、志保ちゃんたちの言うように、梓ちゃんの迷惑になってるのかな。やっぱり、私なんていないほうがいいのかな」

　思わず、梓は目の前の華奢な肩を引き寄せた。バサリと、ビニール袋が地面に落ちた音がする。

「そんなわけない。ほかの子の話なんて、なんも聞かんでいいねん。うちは迷惑なんて思ってへんねんから。ずっと一緒におればええやんか」

「でも、」

「なんでそうやって周りの声を気にすんの。うちがいいって言ってるんやから、それでいいやん。うちはあみかのこと迷惑だなんて思ったことない。できひんことがあるなら、できるまで手伝ってあげる。うちが代わりにやってあげる。あみかが困ることなんて、何ひとつない」

「でも、駄目なの。怖いんだもん」

「何が」

「梓ちゃんが、いなくなるのが」

ヒュッ、と喉が鳴った。じわじわと熱が体内を侵食していく。そのくせ胃のなかだけは氷水を流し込まれたかのように冷え切っていた。揺らぐ感情が気道を塞ぐ。腕のなかにある彼女のつむじに視線を落とし、梓は静かに目を伏せた。両手で顔を覆ったまま、あみかが言葉を続けた。

「このままじゃ、自分の足で立てなくなっちゃう。家に帰って布団に入ったときにね、思うの。梓ちゃんがいまいなくなったら、私、生きていけないいんじゃないかって。それが、怖いんだよ。迷惑をかけすぎて、いつか梓ちゃんに愛想尽かされちゃうんじゃないかって。そしたら、どうしたらいいんだろうって。そればっかり思うの。だって私、なんにも返せない。梓ちゃんは私にいろんなものをくれたのに、私は梓ちゃんになんにもあげられない」

「べつに、なんにも返さなくてええねんて。見返りなんて求めてへんから」

与えた言葉は正解だったのか。あみかはそこで黙り込んだ。その後頭部をなでると、彼女はおずおずと顔を上げた。泣いたせいか、その目は赤く充血している。黒い睫毛に縁取られた双眸は、ガラス玉をはめ込んだみたいにキラキラしていた。泣いているあみかの顔が、梓は好きだ。すがるように梓の腕をつかむ、その頼りない手が好き。か弱い彼女は梓を心の底から必要としてくれている。その事実があるだけで、梓は救われる。だから、あみかはこのままでいい。自分の足で立つ必要なんて、これっぽっちもない。

「うちら、友達やろ？　じゃあ、遠慮なんて必要ないって。いままでどおりで大丈夫」

な？　と、梓は彼女に笑いかけた。安心させるように、その髪をくしゃくしゃとなで回す。ぐすんとあみかが鼻をすする音がした。

あみかの父親に車で送ってもらい、梓が家に着いたのは、十二時を少し過ぎたころだった。彼女の父親はあみかによく似ていて、穏やかな雰囲気をしていた。白い軽自動車内はキャラクターもののクッションがあるせいで少し狭かった。ごめんね、と気恥ずかしそうにしながらあみかがそれをトランクに投げ込む。年季の入ったクッションは、どうやら父親の趣味らしかった。

「ただいまー」

声をかけるが、家には人の気配はない。母親が帰宅するのは、たいてい深夜だった。風呂にお湯をためているあいだに、梓は食器を洗っておく。薄桃色のゴム手袋をつけると、なんだってさわれるようになる。生ごみを指先でつまみ上げ、梓は無言で三角コーナーへと落とす。

あみかと父親は、あまり会話をしなかった。しかしそこに漂う雰囲気から、彼女たちの関係が良好であることがうかがえた。梓には父親がいないので、家のなかに異性がいるという感覚がよく理解できない。母親と自分。梓にとっての家族とは、たった二人だけの関係のことを指す。

「お母さん、まだ帰ってこおへんのかな」

落としたつぶやきが、シンクにぴちゃんと落ちていく。薄い膜のように張った水面に、静かに波紋が広がった。


コンクールの本番が近づいてくるに従って、練習の過酷さは増していった。Aの部とBの部のメンバーの行動はまったく別物となり、梓が練習中にほかの一年生と会う機会も減った。パート練習も同じAメンバーの三年生部員と一緒にすることが多く、花音や梓が友人と時間をともにできるのは学年ごとにとることが恒例となっている昼食の時間ぐらいだった。

「あー……」

疲労がたまっているのか、花音が不明瞭な声を上げている。先ほどから彼女は箸を口のなかに運んでいるものの、弁当の中身をつかめていない。

「花音さ、さっきから空気食べてんの？　エア食い？」

「うっわ、気づかなかった」

そう言って、花音がミニトマトを箸の先端で突き刺す。もはやつかむことは諦めたらしい。梓はバッグからペットボトルを取り出すと、それを額に押し当てた。半分だけ凍らしたボトルはキンキンに冷えていて、表面からはひっきりなしに結露が流れ落ちていた。

「梓ちゃん、大丈夫？」

あみかの問いかけに、梓は笑って答える。

「あー、全然大丈夫。マーチングの練習に比べたら、座奏のほうがキツさはマシやし」

「確かにー。あー、コンクール終わったらついに地獄のマーチングかあ。死ぬ」

そうげんなりとつぶやく花音に、いつもの元気はない。横で焼きそばをすすっていた美音が、意地悪くニヤリと口端を釣り上げる。

「花音、夏バテなんじゃない？　食欲ないなら私が代わりに食べたげる」

「結構ですぅー」

「遠慮しなくていいのに。妹の優しさを素直に受け取りなよ」

「こんなときだけ妹面しちゃってさ。単純に私の唐揚げ食べたいだけじゃん」

「だってお母さんの唐揚げ美味しいんだもん」

わちゃわちゃと二人で盛り上がっている双子の向こう側から、ツキリと首筋を刺すような視線を感じた。顔を向けると、志保がこちらを見ているのがわかった。目が合うか合わないかというタイミングで、彼女はふいと顔を逸らす。あみかへの対応を巡って口論したあの日から、どうにも志保は梓のことを避けている。

「あみかさ、志保にあれからなんか言われた？」

右隣にいるあみかに尋ねると、彼女は首を横に振った。フローリングの床の上で、あみかはわざわざ正座している。

「でも、志保ちゃんと的場くん、梓ちゃんのことといろいろと考えてくれてるみたいだよ」

「的場もなんか企んでんの？」

「企んでるんじゃないよ。どうしたらいちばんいいのか、心配してくれてるの」

「ふうん」

二人の肩を持つような言い方が、少しだけ癪《しゃく》に障る。べつに、それに文句をつけるほど自分は子供ではないけれど。

「困ったことがあったら、いつでもうちに言ってくれたらいいから」

「うん、ありがとう梓ちゃん」

　梓の言葉に、あみかはへにゃりと眉尻を下げた。その表情は喜んでいるようにも、途方に暮れているようにも見えた。

「じゃあ、課題曲Cから」

　この日の合奏は、もっぱら課題曲の練習に専念することとなった。梓の右隣にはパートリーダーの未来が、左隣には副パートリーダーの栞が座っている。隣に来て改めて実感したけれども、未来の音はまっすぐでよく通る。正統派の美しい音色はもちろんのこと、とくにジャズの演奏となるとその馬力はすさまじく、割れたようなスカした音を出すことも彼女は得意としていた。表現の振り幅が大きいのが、未来がエースと呼ばれる所以なのだろう。

「そこ、木管だけでもう一回」

「はい」

　熊田先生の指揮棒が、コツコツと譜面台を叩く。この部分を演奏するのはすでに五回目だった。どうやら音のバランスに納得できないらしい。先生の頭のなかにある曲のイメージと、実際に聞こえてくる音色が乖離《かいり》しているのだろう。

「サックス音でかい。フルートはもっと前出て」

「はい」

「バリサクはもうちょい欲しいわ。クラは……一回音量控えめでやってくれる？」

「はい」

「じゃ、もう一回。コンバスも入って」

先生の指がフルスコアをめくる。あの分厚い冊子のような紙面には、各楽器の動きがすべて書かれている。自由曲とは違い、課題曲は指揮者の判断で譜面をアレンジすることはできない。与えられた枠のなかで、いかに完成度の高い演奏を見せることができるか。それが課題曲に求められるものだった。

「あー、クラの子ら、やっぱりさっきの指示なし。音量戻して」

「はい」

「じゃ、全員でいこ」

その指示に、教室の左端でチューバが楽器を構えた。ロータリーチューバが四台。コントラバスが二台。大型の楽器が並んでいるせいか、あの空間だけやけにごみごみしているように見える。

「三、四、」

先生の指揮棒に合わせ、柔らかな旋律が室内に流れた。課題曲のＣパートは木管が中心で、低音以外の金管にはあまり仕事がない。梓の前ではユーフォニアムの部員がゆったりとした裏メロを吹いている。その隙間を縫うように、梓はトロンボーンのスライドを動かした。トロンボーンは前に長く伸びる楽器のために、他人にぶつからないように配慮しなければならないのだ。

「あー、ストップ。金管入るとこ、もう一回やって」

「はい」

「金管だけでええよ」

その指示に、手前に座る木管担当の部員たちが楽器を下ろした。肩に金色のトロンボーンを乗せ、梓は息を吹き込む。ホルン、トランペット、トロンボーン。三つの楽器から、一斉に華やかな音色が前へと押し出される。ストップ、と熊田先生は手を横に振った。

「トロンボーンだけでもう一回」

「はい」

名指しされ、梓はふうと息を吸い込む。ポンプのように、膨らんだ腹部から一気に息を吐き出した。

「あー、セカンドやわ。セカンドの音、合ってへん」

その言葉に、三年生二人組が短く返事を寄越す。

「トロンボーンで音程合ってへんのは絶対あかん。ちゃんと合わせて」

「ファーストとサードの音、ちゃんと聞いて、それでやろう。はい、じゃあ、もう一回」

「はい」

通しの練習を除くと、合奏練習というのは本当に地道な作業の連続だ。細かい指摘を積み重ね、五十五人でひとつの音楽を作り上げていく。部員一人一人の膨大な時間が、本番で奏でるたった十二分に凝縮されるのである。

「よし、じゃあみんなでもう一回、Cから」

熊田先生の言葉に、部員たちは「はい！」とハッキリとした声音で応えた。

練習を終えても、基本的に梓は残って自主練習することにしていた。これは中学時代からの癖のようなもので、ほかの人間よりも練習量をこなしていないと不安になるのだ。梓はもっと上に行きたい。未来にだって、負けたくない。

三年生部員のなかには、音楽室に残って練習している者も多い。しかし、梓は先輩に交じって練習することを避けるようにしていた。やりたい箇所を気ままに吹いているると、あらぬ誤解を生むことが多々あるからだ。中学時代の経験から、梓は吹奏楽部という場所の怖さを正しく理解していた。これだけの人数が集まる集団となると、いさかいが起こるのは当然だ。騒動に巻き込まれることも、往々にしてあるだろう。それを少しでも防ぐために配慮することは、団体生活において当たり前だ。音楽だけに集中したいなどといって他者への気遣いを見せないのは単なるわがままでしかない。そう梓は昔から考えているし、その考えを実践してきた。そのおかげか、いままで大きな騒動に直接巻き込まれたことは一度もない。

折り畳み式の譜面台を脇に挟み、梓は校舎奥にある非常扉へと向かう。この場所はほとんど人も通らないため、練習するにはもってこいの場所だった。電気をつけると、窓ガラスにぼんやりとした白い灯りが映り込む。外から見ると、校舎の一角だけに光が灯っているように見えるだろう。

譜面台に楽譜を置き、梓は肩幅に足を開いた。マウスピースに唇をつけ、そのまま音色の美しさも気にせず目いっぱい息を吹き込んだ。うなるような音がベルを震わす。バリバリとした気品のない音に、梓は自分のなかにため込んであったもやもやとした感情がスッと晴れていくのを感じた。ストレスがたまったとき、梓はいつもこうして大音量の音を出す。酸欠になりそうなくらいに息を吐き出せば、それだけで気分はいささかすっきりした。

ピアノからフォルテへ、ゆっくりと音量を変化させながら、梓はロングトーンの練習に移行する。先ほどの乱暴な音ではなく、美しい音色を意識する。脳内に浮かぶのは、未来の出すあの芯の通った音だった。出せる音と、使いものになる音とは全然違う。いくら大きな音を出せたとしても、その音色が汚ければ、本番では使いものにならない。

「——ふぅ、」

八拍ずつのロングトーンを終え、梓はようやく楽器を下ろす。基礎練習は好きだ。楽曲の演奏も好き。トロンボーンに関わるすべてのことが、梓は好きだった。

課題曲の譜面をめくると、Eからのソロパートが鉛筆で大きくバツと書かれている。この場所は吹かないという、そういう意味の書き込みだ。オーディションの結果発表があった日に、梓が自分の手で書いた。ソロは、未来だ。それはわかっている。理解はしているが、それでも練習することはやめられなかった。だって、こうして練習していればいつかはチャンスが回ってくるかもしれない。その可能性はゼロではないから。

四小節のソロを、梓はその場で吹き上げる。スローテンポの、美しいフレーズだった。フルートとクラリネットの旋律のあいだをすり抜けるように、トロンボーンの朗々とした音が響く。CDの音源なら何度も聞いた。脳内での再現は完璧だった。

課題曲から自由曲へ。頭から最後まで、自分一人で通してみる。できない箇所を確認し、気をつけなければならない部分を反復する。ここ最近の梓の毎日は、これの繰り返しだった。カレンダーの日付を斜めに消していくたびに、本番の日が近づいていくのを感じる。じわじわと迫る期日に、梓は唾を飲み込む。ドキドキと胸が高鳴るのは、抑えられない高揚感のせいだった。

「あれー、今日は瀬崎休みかー」

ずらりと並ぶ部員を見渡し、熊田先生が落胆したように肩を落とした。本番の日が差し迫ったこのタイミングで未来が欠席したのは、受験に必要な説明会があるからだった。

先生の指が、フルスコアの紙面をなでる。その視線がトロンボーンパートの部員たちの顔をひとなでし、それからぴたりと梓の顔の前で止まった。

「佐々木、代理のソロやれるな」

「はい」

梓はハッキリとうなずいた。初めからそのつもりだった。未来の次に上手いのは、間違いなく自分だという自負があったから。

その返事に気をよくしたのか、熊田先生がにこりと目を細めた。その目が教室の後方に立つ副顧問の山田先生に向けられる。今日は通し練習での時間を測るためにここに来てくれているのだ。ちなみに、彼女の担当教科は数学である。

「じゃあ、初めから。スタンバイよろしく」

「はい」

ウォータ―キィを押し、管のなかに残る水分をバケツに抜く。スライドに指をかけたまま、梓は大きく息を吸い込んだ。

課題曲である『吹奏楽のためのマーチ』は、金管と木管のハーモニーから始まる。スティックによって叩かれたシンバルが華やかな音を紡ぐ。チューバのうなるような低音がリズムを刻み、それに乗るようにしてホルンのメロディーが流れ出す。トロンボーンのソロは曲の後半に存在し、そのタイミングだけアップテンポだった曲が一気にゆっくりとしたものとなる。

クラリネットの音に溶け込むように、梓はトロンボーンのソロを奏でた。木管だけで築かれた柔らかな旋律に、トロンボーンの音が乗る。音のひとつひとつを丁寧に、美しく。それを意識すると、自然に音色は未来のものに近づいた。

課題曲を終え、そのまま自由曲も吹き切る。熊田先生の指揮棒が動きを止めたところで、副顧問の指がストップウォッチのボタンを押した。

「十一分二十三秒です」

「いつもより十一秒短いな。あそこ走ってたしなあ」

先生が険しい表情でバインダーに何か書き込んでいる。あそことはおそらく課題曲のGの部分だ。盛り上がりを見せる箇所で、毎回リズムが早くなりがちである。先生は頭をかくと、それからちらりと時計を見た。

「気になった箇所、挙げていくな。じゃあ、まず課題曲の最初から。しょっぱなのシンバルやねんけど――」


合奏練習を終え、梓はマウスピースを洗うべく手洗い場へ向かった。蛇口をひねると、勢いよく水が流れ出す。この手洗い場の水圧は少し強い。マウスピースが弾いた水滴が、梓のTシャツの裾にかかった。

「あー、最悪」

黒のTシャツには染みができている。それを乾燥させるように、梓はTシャツの裾をばたばたと動かした。

「お疲れ」

手洗い場の一角を占領していると、横から声をかけられた。顔を上げると、琹が隣でマウスピースを洗っている。その視線はこちらに一切向けられておらず、梓は少しばかりの居心地の悪さを感じた。

「お疲れ様です」

軽く頭を下げた梓をよそに、琹の指がマウスピースの表面をさらった。流れる水が透明な膜を張り、琹の長い人差し指がそれをなでるように左右に揺れる。

「今日さ、未来のソロの代理やったやんか」

「あ、はい」

「アレ、当然やと思わんといてな」

ゴクリと、無意識のうちに喉が鳴った。まさか栞にそのようなことを言われるとは、微塵も思っていなかった。タオルに包まれたマウスピースを、梓は布越しに強く握る。

「未来が本番当日に休むことになったら、きっと梓がソロを吹く。梓が二番目に上手いってこと、みんな認めてる。でも、ほかの三年もソロをやりたいと思ってることは忘れんといて」

「先輩、」

「悔しいって思ってるよ、みんな。カッコ悪いから言わへんだけで」

そう言って、彼女はマウスピースをハンカチで拭った。水がこれ以上こぼれないように、彼女はきつく蛇口のハンドルを閉める。

「それだけ」

栞は顔を上げ、そこでようやく梓の目を見た。その瞳の奥にある感情は、嫉妬によく似た色をしていた。眼差しに気圧され、梓は一歩後ずさりする。栞はそれ以上何も言わずに梓の隣を通り過ぎると、そのまま楽器室へと進んでいった。かける言葉が見つからず、梓は無言でその背中を見送った。

立華高校に入学して以来、あんなにも露骨に先輩から負の感情をぶつけられたのは初めてだった。栞は確かに梓のことを認めると言った。立華のトロンボーンの二番手は梓だと、そう彼女ははっきりと口にした。それなのに、あんなにぎらついた目をするのか。認めたくないと言わんばかりの、烈しい視線を寄越すのか。

「あーあ、」

誰を恨むこともできない人間関係は、ただただ厄介で面倒だ。栞は多分、ちゃんと現実を受け入れている。それでもなお、後輩に嫌みを言わずにはいられなかっただけなのだ。梓の脳味噌の冷静な部分は、栞の置かれた立ち位置をきちんと理解していた。明日の練習では、きっといつもの栞に戻っている。自分に言い聞かせるように、楽観的な予測を脳内で反芻する。それでも不安を拭うことはできず、梓は目的もなくその場にただ立ち尽くしていた。

この日、栞が梓に笑顔を見せることは最後までなかった。

夢を見た。梓はまだ小学生で、校庭で同級生たちと遊んでいた。

「鬼ごっこしようや」

そう、友達の一人が言った。その顔は見えない。ぼやけた輪郭のなかで、小さな口だけがニカッと楽しそうに笑っているのが見えた。梓は昔からかけっこが得意だった。だから、鬼ごっこだって強かった。

「やろうやろう」

「誰が鬼する？」

「じゃんけんで決めようや」

最初はグー、というかけ声とともに皆がじゃんけんを始める。鬼になったのは、友達のうちの誰かだった。わー、と子供たちが逃げ出す。周囲の様子をうかがいながら、梓も逃げた。

鬼は次々に交代した。だけど、梓を追いかける子供はいなかった。梓は足がとても速いので、捕まえられると誰も思っていないのだ。梓は退屈だった。だから、走るスピードを少し緩めた。意図的に足をゆっくりと動かし、ほかの子たちに合わせようとした。

世界がゆがむ。

子供たちはいつの間にか大きくなっていた。その顔は中学時代の友人のものにぐにゃりと変わった。あ、と梓が呆気に取られているうちに、その顔が再び変わる。仲のよかった同級生の顔から、立華の先輩の顔へと変化した。鬼になった先輩が、梓の背を追いかける。梓は逃げようとした。しかし梓が本気で走ったら、先輩たちは梓のことを捕まえられない。梓は捕まりたくなかった。だけどその一方で、捕まえてもらえたら楽になれるだろうという気もしていた。

「進まへんの？」

不意に、前方から声をかけられる。長い黒髪が視界をよぎった。高坂麗奈だ、と梓は思った。中学時代の、吹奏楽部の知り合い。特別仲がよかったわけではない。ただ、梓は彼女に一目置いていた。麗奈は不思議そうな表情でこちらを見ている。

「早く逃げへんと捕まるよ」

「知ってる。でも、逃げ切ったら先輩らに悪いやん」

「なんで？」

不可解そうに、麗奈が眉間に皺を寄せた。

「なんでって、だって先輩らは私を捕まえたがってるのに」

「そんなん、捕まえられへん人らが悪いんやん。アタシはただ、できる限り全力で走ってるだけやから」

そう言い切り、麗奈は再び駆け出した。走りながら、彼女はこちらを振り返る。

「梓はどうすんの」

その問いに、梓は一度後ろを見やった。先輩たちの姿は、もうどこにも見えない。鬼はいなかった。前にも後ろにも、いるのは梓一人だけ。麗奈の姿すら消えていた。

「全力で走るしかないんやろうなあ」

つぶやいた声が、空っぽのグラウンドに吸い込まれる。梓は靴を脱ぐと、そのまま裸足になった。何もつけられていない足で、まっさらな地面を駆ける。足の裏には何度も鈍い痛みが走った。それでも、一度腹を決めてしまえば、どこまでも進んでいけるような気がした。先へ、先へ。いまより、もっと進んだ場所へ。鬼なんて、もうどうでもよかった。梓はただ、前に進むことに決めたのだ。

――PPPPPPP

携帯電話のアラームが鳴っている。手を伸ばし、いつものように止めようとしたら、なぜだか手が空を切った。重い瞼を片目だけ持ち上げると、自分がベッドではなくソファーで眠っていたことに気がついた。どうやら帰ってきたときに寝転がって、そのまま寝ついてしまったらしい。よっぽど疲れていたのか、部屋着にすら着替えておらず、部活のときに着ていたジャージ姿のままだった。妙な夢を見ていた気がするが、よほど熟睡していたのか、その内容まで思い出せはしなかった。身体を起こすと、胸元からブランケットがパサリと落ちた。

「おはよう。そんなとこで寝てたら疲れ取れへんで」

キッチンに目をやると、すでにスーツに着替えた母親が料理を作っていたところだった。梓は目元をこすり、彼女の顔をまじまじと見つめた。普段とは様子の違う梓に、母親が首をひねる。

「どうしたん？　そんなとこでぼさっとして」

「なんでもないよ。それよりお母さん、いつ帰ってきたの？」

「確か一時ぐらいやったかな。帰ってきたらアンタそこに寝てたから、起こすのも悪いなあって思って」

「でも、邪魔だったでしょ？」

「邪魔やなんて、可愛い娘に思いませーン」

ちゅっ、とリップ音を立てて母親が投げキッスを寄越す。それを露骨によけ、梓は彼女の隣に立った。キッチンには玉子焼きの焼ける香ばしい香りが充満している。それを胸いっぱいに吸い込むと、なんだか幸せな気持ちになった。

「あら、梓ってば疲れてる？　くま、ひどいことなってるやん。あかんでー、睡眠不足は美容の大敵なんやから」

顔をのぞき込んできた母親が、思わずという具合に顔をしかめた。クリームによって潤いの保たれた親指が、そっと梓の目の下をなでる。

「寝不足やないから安心して。ちょっと、いろいろ考えてた」

「悩みすぎひんようにね。梓って、ただでさえ無理しがちなんやから」

「わかってるって」

小さい子供じゃないんだからと唇をとがらせた梓に、彼女はふふと可笑しそうに笑みをこぼす。その拍子に、目尻にくしゃりと皺が寄った。

「コンクール、もう少しなんやろ？　どうなん、調子は」

「まあ、ぼちぼちって感じかなあ」

「なんやその煮え切らへん答えは」

「いや、まあ……なんというか、部活って難しいなあって思って」

「梓らしくない答えやね」

「そ？」

「うん。でもまあ、そのくらい悩むほうが健全な気もするわ」

そう言って、母親が菜箸で切った玉子焼きをつまみ上げる。口をぱかりと開けると、そのなかに黄色の塊が放り込まれた。海苔《のり》が入っているのか、噛んだ瞬間にふわりと潮の香りがする。無言で咀嚼していると、母親が弁当箱を取り出しながらこちらに尋ねた。

「お風呂はどうする？」

「いや、もう朝やし、シャワーだけ浴びて部活行く」

「そう。まあ、本番まであと少しやねんから、体調管理には気をつけなさいね。お腹出して寝て、当日風邪ひいたら大変やん」

「うん、気をつける。ありがと」

そう言ってキッチンから出ていこうとした梓に、母親が冗談めかした口調で言った。

「あらまあ、素直に礼を言えるだなんてウチの子はなんて可愛いんでショ」

「はいはい」

適当にあしらい、梓は浴室へと向かった。靴下を脱ぎ、フローリングを裸足で歩くと、ひんやりとした感触が足の裏に貼りついた。その感覚が心地よくて、梓は自身の足の指を意味もなく閉じたり開いたりした。いまなら、なんでもやれる。そんな気がした。


「昨日はごめんなあ、迷惑かけちゃって」

音楽室に入るなり、かけられた第一声がそれだった。顔を上げると、椅子に座ったままの未来がこちらに手を合わせている。練習が始まるまでは、まだずいぶんと時間があった。朝早いせいで、周囲にはほとんど人けがない。このタイミングで未来が来ているのは珍しいことだった。

「それは大丈夫ですけど……先輩、どうしたんですか？　こんな早い時間に来るなんて」

「昨日休んだから、腕が鈍ってると思って。だから、勘を取り戻すべく早めに来てん。

梓はいっつもこの時間？」

「だいたいこの時間に来ることが多いですね」

「あみかは？」

「え？」

唐突に出された名に、梓は首をひねる。未来はそのすらりとした脚を見せつけるように、右足だけをぴんと伸ばした。彼女が台に乗っているため、梓は自然とこの先輩の顔を見上げなければならなかった。目が合うと、未来は口端を小さく持ち上げた。短い黒髪からは少し大きめの耳がのぞいている。

「あみかと一緒に来てんの？」

「いや、コンクールの練習が始まってからは一緒には来てないですけど」

「そりゃそうか。AとBやったら練習内容全然違うし」

座らへんの？　と、未来が自身の隣の席を軽く叩く。促されるように、梓はひとつ目の台に足をかけた。普段ならホルンとユーフォニアムの子らが座っている場所だ。その隙間を縫うようにして、ようやく梓は自分の席へとたどり着いた。

「そういえばさ、昨日って通しで練習しててんやろ？　誰やったん、ソロ」

「いちおう、うちがやりました」

「そっか。やっぱ梓か」

そう告げる未来の声は、どこか揶揄《やゆ》を含んでいるようにも聞こえた。彼女は背筋をぴんとまっすぐに伸ばすと、下げていた楽器を肩に乗せた。席に座ると、高さのおかげで音楽室のすべてを視界に収めることができる。だけど隣にいる先輩の横顔は、これだけ近くても楽器に阻まれてよく見えない。

なんだか気まずくなって、梓は意味もなく楽譜ファイルをめくった。視界に入る、課題曲のソロ部分に入るバツ印。梓はそれを指の腹でさらりとなぞる。

「一緒にやる？　練習」

投げかけられた言葉に、梓はぱちりと瞬きをひとつ落とした。

「はい」

素直に首を縦に振ると、彼女は満足げに目を細めた。


「明日の本番は、みんな遅刻しいひんように気をつけて。楽器は朝にトラックに積み込むんで、遅れんように」

熊田先生の指示に、部員たちが元気よく返事する。立華高校吹奏楽部では経費節減のため、本番はたいてい現地集合となっていた。送迎を担ってくれている保護者の協力により、このやり方は成立している。ちなみに、トラックの運転は顧問である熊田先生が行っていた。彼女は大型免許を取得しているのだ。

「ついに明日かー。なんか、あっという間だったね」

解散して早々、フルートをケースにしまった花音がこちらに話しかけてきた。ジャージの裾の部分を思い切りまくっている彼女は、眠気を隠そうともせずに大きく欠伸をした。

「関西、行けると思う？」

「立華的には吹奏楽コンクールはどっちでもいいんじゃない？　本命はマーコンだろうし」

「そうやんなあ」

楽器ケースにトロンボーンをしまっているあいだも、花音が梓のそばを離れる様子はなかった。何がおもしろいのか。実験を見つめる子供みたいに、花音は興味津々な様子で梓が楽器を片づけているところを観察していた。

「でも、行きたいよ」

その言葉に、梓は楽器を磨く手を止めた。柔らかなクロスで金色の表面をなでると、それだけで楽器は最初の輝きを取り戻した。

「関西、行きたいと思ってる」

珍しく真面目な顔をしている花音に、梓は大きく目を見開いた。こちらの視線に気づいたのか、彼女はへらりと気恥ずかしそうな笑みを浮かべた。

「梓もそうでしょ？」

「そりゃそうやん。行けるなら、どこまでだって行きたいって思ってるよ」

「お、さっすが梓。オトコマエ！」

花音がぱちぱちと拍手する。その顔がにやけているせいか、なんだか馬鹿にされているような気もした。梓は苦笑し、ケースの蓋を閉じる。パタン、と乾いた音が廊下に響き、金色の楽器は見えなくなった。

「梓、忘れ物」

伸びた影が、急に梓の全身を呑み込んだ。唐突に訪れた闇に、梓は目を瞬かせる。あ、先輩、と花音がなんとも間の抜けた声を上げる。そこに立っていたのは、チューナーを手にした栞だった。

「椅子に置きっぱなしやったで。忘れたらあかんやん」

彼女が差し出したピンク色のチューナーは、確かに梓のものだった。べつに忘れていたわけではなく、あとで取りに行けばいいと思って放置していただけだったのだが。しかし真実を口にするのもはばかられ、梓はニコリと意識的に笑顔を作った。

「ありがとうございます」

「いや、べつにええねんけどさ」

そう言って、栞は頰をかく。用は済んだはずなのに、彼女がここから立ち去る気配はない。内心の困惑が伝わったのか、花音がちらりとこちらを見た。

栞が額に手をやる。流れた汗が輪郭を伝い、ジャージの上に染みを作った。彼女は一度口を開き、しかしそこで躊躇したように唇をぎゅっと横一線に結んだ。形よく整えられた細い眉が、ひくりと揺れる。

「明日、頑張ろ」

そう、彼女は言った。梓は呆気に取られて、ただコクリとうなずくことしかできなかった。嫌みでも言われるのではないかと気構えていたから、なんだか拍子抜けしてしまった。栞がその相好を崩す。照れたような笑顔は、梓が見慣れたものだった。

「それだけ。ちゃんと、私の口で言いたかったから」

そう言って、彼女はバタバタと駆けていった。梓は一度花音と目を合わせ、どちらからともなく息を漏らした。ふは、と吐息のなかに笑い声が混じる。花音はにやりと口端を釣り上げると、梓の肩に腕を回した。

「何？　もしかして栞先輩って、梓のこと好きなの？」

「いや、むしろその逆」

「えー、嫌いな後輩にわざわざあんなこと言いに来るわけなくない？」

「いまのはそういうんやないって。なんというか……仲直り、的な？」

その言葉に、花音が首をひねる。

「何それ。梓ってば、栞先輩と喧嘩してたの？」

「そんな感じ」

説明するのも面倒で、梓は曖昧に言葉を濁した。首をすくめた梓に、花音はますます笑みを深める。目を細めた彼女の姿は、どことなく駅前にいる野良猫によく似ていた。

「ま、喧嘩するほど仲がいいって言うしね」

「うち的には先輩と喧嘩したいと思ったことは一度もないけどな。それやのにたまに上手くいかないのはなんでなんやろ」

「それはしゃあない。上手な後輩は疎まれるものなのさ」

軽い口調でそう告げ、花音はするりと梓の肩から腕を離した。廊下の向こう側からは、練習を終えたらしいB部門の生徒たちが歩いてくる。そのなかにはもちろん、あみかや美音の姿もあった。仲のいい生徒を見つけ、花音がひらひらと手を振っている。その背中に、梓は問いかけた。

「花音は美音に申し訳ないって思うこと、ある？」

「いや、まったく」

けろりとした顔で、花音は言い放つ。その答えのあまりの清々しさに、梓は思わず噴き出した。

「ま、花音はそういう子やんなー」

「何？　私にますます惚れちゃった？」

「またそんな、アホみたいなことばっか言うて」

肩をすくめた梓をからかうように、花音はケラケラと愉快げな笑い声を上げた。

＊

吹奏楽コンクールの本番当日。部員たちは朝から学校に集まると、熊田先生の借りてきたトラックに楽器を積み込んだ。その作業が終わると、部員たちは各自で本番の会場へと向かう。

「今日はよろしくお願いします」

「いいのいいの、気にしないで」

梓を会場まで運んでくれることとなったのは、あみかの両親だった。あみか自身は今日の本番に出ないのだが、応援に熱心な彼女の両親は、コンクールのＡの部もＢの部も見に行く予定だそうだ。

軽自動車の後ろの座席に乗り込む。楽器ケースを膝に乗せ、梓は小さく息を漏らした。拳をぐっと握り込み、深呼吸を繰り返す。そうでもしないと、高揚感を抑えられそうになかった。

「梓ちゃんは一年生なのにAなのよね？　スゴいわね」

「そうなの、梓ちゃんがすごいんだよ」

「あみかがね、こんなふうに家で毎日梓ちゃん梓ちゃんって言ってるの。毎日部活も楽しそうでね。母親としてはうれしい限りよ」

「中学のころは部活の本番がどうとかいう話もしてなかったしな。高校になってから明るくなって、本当によかったと父さんも思ってるぞ」

「二人とも話しすぎだって。あんまり梓ちゃんの前でみっともないところ見せないでよね」

あみかの家族は仲がいいようで、会話が途切れることはなかった。他人の家族同士が交わす会話というのが新鮮で、梓は飽きもせずに彼らの話に耳を傾けていた。おしゃべりな両親が恥ずかしいのか、あみかは何度も顔を赤くしていた。

「梓ちゃん、今日は頑張ってね。ちゃんとうちの両親が帰りも送るからね」

「めっちゃありがたいけど、ほんまにええの？」

「いいの、いいの。お父さんもお母さんも、梓ちゃんにはすっごく感謝してるから」

興奮しているのか、あみかは鼻息を荒くしている。彼女が与えてくれる裏のない感謝の言葉が、いまの梓にはくすぐったかった。あのね、とあみかは恥ずかしそうに自身のポケットに手を突っ込んだ。その指がすくい上げたのは、濃い青色のミサンガだった。

「これ、作ったの。梓ちゃんの本番が上手くいくように。お守りなの」

あみかの手のひらの上にあるそれは、細い糸が複雑に何本も編み込まれていた。綺麗な、海の色みたいな青だ。あみかは顔を真っ赤にしたまま、それをこちらに突き出した。

「あのね、私はAの本番に立てないから。だから、これ。私が一緒にいると思って、それで頑張ってほしいなって」

まくし立てられた台詞に、梓はツンと鼻の奥が痛くなるのを感じた。込み上げてくる感傷を抑え込むように、梓はにこりと目を弧に細める。

「ありがとう、あみか」

「これ、私がつけていい？」

「うん、もちろん」

シャツの袖をまくり、梓は手首を彼女の前にさらした。あみかは真剣な面持ちで、ミサンガを梓の腕に巻きつける。その小さな指が、器用に紐の先を結ぶ。余った糸を手芸用のハサミで切り落とし、あみかは満足そうに笑った。

「はい、これで大丈夫」

彼女がぱっと手を離す。少し日に焼けた自身の手首に、鮮やかな青色が存在している。シャツの袖をもとに戻すと、それはあっという間に布の下に隠れてしまった。

「見えなくなるけど、大丈夫？」

「うん。袖から見えたら本番に支障が出るから、だからきつめにつけたの」

「あみかってば、ちゃんと考えてんねんなあ」

「そうだよ。こう見えて、私って意外と考えてるの」

そう誇らしげに言って胸を張るあみかの髪を、梓はくしゃくしゃとなでてやった。

「ふふ、めっちゃうれしい」

シャツの上から手首を押さえると、糸の感触を確かに感じた。それをたどるように、梓がぐるりと手首をつかむ。

「ありがとう、あみか」

その言葉に、彼女は満面の笑みを浮かべた。

駐車場から集合場所へ向かうと、ほかの部員たちがすでに集まり始めていた。電車で会場まで向かっていた生徒たちとも合流し、そこからようやく楽器の運搬が始まる。

B部門に出場する部員たちは、パーカッションの運び出しで大忙しだ。その間、梓たちは自分たちの楽器を取り出し、最後の調整を始める。

「ここで十分間、音出しです」

「はい」

部長である翔子の指示のもと、部員たちが一斉に音を鳴らし始める。梓はブレザーのポケットからチューナーを取り出すと、それを耳に当ててチューニング音を確認した。

コンクール時の服装に関してとくに規定はないのだけれど、立華高校の場合は冬用の制服を着用することになっていた。水色のブレザーに、濃い灰色のスカート。短すぎては演奏に支障が出るので、その丈は膝下と決まっている。紺色の靴下に黒のローファーというのも、部内で決められたものだった。首につけた黒のリボンタイがゆがんでいないことを確認し、梓はぎゅっと唇を引き締める。音を出そうと足を開いたそのとき、少し離れた場所から黄色い歓声が聞こえてきた。

「なんの騒ぎ?」

未来が首をひねる。その問いに、栞が苦笑しながら答えた。

「なんか、北宇治の顧問がいるみたいやで」

「あぁ、あのイケメンって噂の?」

「吹奏楽部の顧問で若い人って珍しいしなあ。結構人気らしい」

「へえ。まあ、うちの熊田先生のほうが絶対いい先生やけど」

唇をとがらせる未来に、ほかの三年生がどっと笑い声を上げた。何張り合ってんの。そんなの当たり前やん。熊田先生がいちばんに決まってる。口々に告げられる台詞からは、先輩たちがいかに熊田先生に心酔しているのかがうかがえた。

「……北宇治か」

北宇治高校といえば、梓の友人である黄前久美子や高坂麗奈が進学した学校だ。そういえば、どうして麗奈が立華の推薦を蹴ってまで北宇治高校に進んだのかという謎は、いまだに解明されていない。サンフェスのときに久美子と交わした会話を脳内でたどると、ずるずると中学時代の嫌な記憶まであふれ出しそうになる。危ない危ない。意識的に、梓はその過去に蓋をする。忘れたほうがいい過去を掘り起こそうとするほど、自分はマゾではないはずだ。

「梓、もう音出しやった？」

その場に突っ立っていた梓を不審に思ったのか、栞がこちらに歩み寄ってきた。梓は慌てて首を横に振ると、普段どおりの笑顔を浮かべた。

「すみません、まだです。いまからやります」

「チューナー持っててあげようか？」

「いいんですか？」

「うん」

栞の手が、黒色のチューナーを梓のベルの前に掲げる。梓は先ほど自分のチューナーで出したチューニング音を思い出しながら、まっすぐに息を吹き込んだ。気温が高いせいで、ピッチは少し高かった。


外での楽器の音出しを終え、部員たちはリハーサル室へと移動した。数回の音出しを経て、この場所が本番までに最後の音を出せる空間だった。いつもはジャージ姿の熊田先生も、今日ばかりはスーツを身にまとっていた。その胸ポケットには、白いバラのブローチが突き刺さっている。彼女は腰に手を当てると、並ぶ部員たちをぐるりと見回した。

「みんなチューニング完璧？」

「はい」

「準備できてる？」

「はい」

「よっしゃ、それじゃああとは本番でぶっぱなすだけやな」

熊田先生が、愉快そうに身を揺する。生徒の前で話す彼女の口ぶりは普段どおりで、そのことが部員たちの緊張を和らげた。珍しくマスカラが塗られている睫毛が、ばちりと音を立てそうな勢いで上下する。赤い口紅の塗られた唇が、ニッと不敵にゆがんだ。

「立華高校吹奏楽部の部員は、いまここにいる子らが全員やない。楽器の運搬を手伝ってくれたBの子らも、アンタらが最高の演奏をするのを待ってる。だから、今日は気張ってこう」

「はい！」

「いい返事やな。先生自身も、今日の本番を楽しみにしてる。絶対、笑顔で帰ろう」

「はい！」

そう返事したところで、スタッフの女性が扉の取っ手に手をかけた。

「立華高校の皆さん、お時間です」

彼女の言葉に、部員たちの表情にぴりりと緊張が走った。スタッフの手が扉を押すと、ぬっと冷えた空気が扉の隙間から入り込んできた。部員たちは合奏体形にスムーズにつけるよう、列を作ってリハーサル室をあとにした。大ホールとリハーサル室は薄暗い通路でつながっており、その横幅はかなり狭い。梓はトロンボーンのスライドが壁にぶつからないように苦心しながら、未来の背を追いかけた。

舞台袖に着くと、前の学校の演奏が暗幕の向こう側から聞こえてくる。興奮を抑えようと、梓は息を吸い込んだ。楽器を持つ手首に視線を落とすと、水色のブレザーの隙間から白いシャツの袖がのぞいている。その下には、先ほどあみかからもらったミサンガがほどけないようにきつく巻かれていた。

梓がコンクールに出るのは、これで四度目だ。小学生のころは演奏会に出演していただけで、コンクールに出場する機会はなかった。中学進学とともに母親から買ってもらったこのトロンボーンとも、ずいぶん長い付き合いとなる。金色の相棒は、どんなときだって平然とした様子で梓の手のなかに存在していた。

立華高校の演技を見たあの日から、もう何年が立ったのだろうか。自分はいま、幼いころの夢を実現している。自分の選択は間違いじゃなかった。それを証明したかった。

「――続いての演奏は、プログラム三十二番、立華高等学校です」

灯りが消え、アナウンスの声が響く。行くで、というささやき声が聞こえる。無言でうなずき、梓はそのあとを追った。

ステージに座ると、客席がよく見える。大勢の人間がこちらに顔を向けている。そのなかには、すでに出番を終えた学校の生徒たちも交じっていた。梓は、彼女たちには負けたくないと思った。いや、本当のことを言うと、ここにいるすべての人間に負けたくない。

「演奏曲は、フィリップ・スパーク作曲『宇宙の音楽』、指揮は熊田祥江です」

アナウンスの声とともに、舞台に光が差し込んだ。烈しい光が梓の目を貫く。未来が息を吸い込む音が聞こえる。梓は足を開くと、踏ん張るように足裏で地面をぐっとつかんだ。観客の目が、こちらを向く。熊田先生が一礼すると、騒々しい拍手の音が会場内に響いた。先生が指揮者台に上がる。その手が、その眼差しが、部員たちを強く惹きつける。緊張はしなかった。身体を駆け巡る熱は、きっと興奮に近かった。先生の唇が弧を描く。そのささくれだった指が、小さく動いた。部員たちが一斉に楽器を構える。梓も楽器を構え、息を吸い込んだ。マウスピース越しに、呼吸の音が深く響いた。

熊田先生が指揮棒を振り下ろす。ぴたりと同じタイミングで、チューバの太いベルからどっしりとした低音が流れた。そこに、金管と木管の音が重なる。完璧な、調和の取れたハーモニー。裏を走るティンパニが徐々に勢いを増していき、そこから陽気なホルンのメロディーが流れ出す。金管が刻むメロディーの隙間を、フルートとクラリネットが素早い動きで駆け抜けた。

低音が一定のリズムを刻み、その上をクラリネットのきらきらとした旋律が飛び跳ねる。トランペットの軽快なメロディーをはやしたてるような、木管たちのオブリガード。曲は徐々に音量を増し、ユーフォとファゴットの作り出す音の流れにトロンボーンが合流する。指揮棒が大きく上下に振られ、それに呼応するかのように音量もどんどんと膨らんでいく。そして、唐突に落ちる静寂。ピアニシモの世界で、オーボエがゆったりとした音色を奏でた。金管は鳴りを潜め、代わりに木管が跳ねるように音の塊を落としていく。それを突き破る、トランペットのけたたましい騒ぎ声。チューバがうなりを上げ、そこにホルンのユニゾンが重なる。ティンパニの刻むリズムに沿うように、梓はメロディーを吹き上げる。けたたましいグリッサンド。スライドを動かした先には、高音の全音符が待ち構えている。腹筋に力を入れ、唇を締めすぎないように注意しながら、梓は強く息を吐き出す。ベルから吐き出されたのは、意図したものと寸分狂わない音だった。

後半に差しかかり、速足だった曲調は急にスローテンポなものになる。フォルテシモからの、急激なデクレッシェンド。サックスとフルートの柔らかな音色のなかを泳ぐように、未来のトロンボーンのソロは鳴り響いた。梓は自身の楽器を下ろし、じっと譜面を凝視する。四小節。譜面に書かれたこの美しいメロディーを奏でているのは、梓ではない。未来だ。その事実が、いまさらになって梓の胸をかき乱す。彼女の音色はいつだって澄んでいて、気高い。その一音一音が、聴衆たちを魅了する。これが、立華の絶対的エース。熱をはらんだ会場の空気に、甘い音色が溶けていく。穏やかな旋律はやがて収束を迎え、その空気を突き刺すように低音がうなりを上げる。コントラバスが弦を弾くたびに、会場の空気がぞくりと震えた。

ソロを吹き上げた未来が、マウスピースから唇を離す。ふっと漏れた息の音が、傍らから聞こえてくる。彼女の目が、一瞬だけこちらを向いた。楽器を構える合図だ。唇を軽く噛み、梓は彼女の動きにそろえてトロンボーンを肩にかける。

盛大なシンバルの音のあと、木管の連続的なパッセージが続く。曲は再び勢いを取り戻し、トランペットとトロンボーンのメロディーが前へ前へと突き進む。それに追随するかのように、低音が激しくリズムを刻む。音量はどんどんと増していき、ついには極限に到達する。行進曲にふさわしい軽快な音色が、会場内を圧倒した。熊田先生が指揮棒を振り上げる。その動きに合わせ、最後の一音は吐き出された。

しん、と場内が静まり返る。課題曲を終え、皆が一斉に譜面をめくった。パーカッションの生徒が移動し、別の楽器の前に立つ。部長である翔子が、ぐっと息を吸い込んだのが見えた。自由曲である『宇宙の音楽』は、彼女のホルンソロから始まる。

まったくの無音。そこに、バスドラムの音が微かに混じる。風のささやきのなかで、ただホルンの音だけが響いていた。孤独を感じる旋律に寄り添うように、ウインドチャイムのキラキラとした音が流れていく。翔子の感情豊かなホルンの音色が、場内に充満していく。そこにあったのは、静寂だった。

出だしに備え、梓はベルのなかにミュートを差し込んだ。ホルンのソロを引き継ぐように、各楽器の音が重なり合う。それは急激に膨張し、大爆発を引き起こす。木管の急激なアレグロ。部員たちの指が楽器の上を素早く這い回り、適切なキイを押さえていく。トランペットとトロンボーンは素早くベルからミュートを取り出し、譜面の音を追っていく。ティンパニがビリビリと空気を震わせ、そこにシンバルの迫力のある音が加わる。難解なメロディー。技術を要求される、高難度の譜面。それらひとつひとつをこなしながら、部員たちはひとつの音楽を作り上げる。ホルンのグリッサンドが波のように押し寄せるなか、つかみどころのない不規則なリズムが辺りを飛び交っている。それらを一掃する、トロンボーンの堂々としたメロディー。多くの情報量を含んだこの曲は、一度聞いただけではその全容をつかめない。それぞれのパートが与えられた役割を完璧に果たすことで、一見無秩序にも思える音楽は成立しているのだ。

　中低音が紡ぎ出す壮大なメロディーに、木管のきらきらとした合いの手が送られる。どっしりとした音色と軽やかな旋律のかけ合いは徐々にそのスケールを拡大させ、やがては激しい音楽の爆発を導き出す。スライドを動かすたびに音がしなり、会場内の熱は、波のように寄せては引くを繰り返す。やがてそれは再び静寂を生み出し、しんと沈黙を辺りに充満させた。そこに溶け込むようにして、クラリネットが甘い調べを紡ぎ出す。そのあとを、ゆったりとしたファゴットの音色が追いかける。そこにじわりじわりと加わっていく、雄大なハーモニー。輝かしい旋律はやがて消失し、そこにグロッケンのキラキラとした音の粒が落ちてくる。息をそろえ、トロンボーンはひとつひとつの音を生み落とす。神秘さを感じさせるメロディーは次第に移り変わっていき、やがては優雅で壮大なフレーズを招き入れる。指揮棒の動きは熱を帯びていき、その興奮に呼応するかのように音楽も盛り上がりを見せる。皆で作り上げていく、華々しいファンファーレ。終盤に差しかかるころには、部員たちの気力も尽き始める。その苦しさに、梓は思わず顔をしかめた。あと少し。もう少し。ゴールはもう、そこまで見えている。

空気は一転し、冒頭の不穏な曲調に戻る。無秩序にすら思えるその旋律を、木管楽器が狂いなく積み上げる。トロンボーンの重要な見せ場。梓は胸を張り、大きく息を吸い込む。トロンボーンのすべてのパートが音の層を積み重ね、堂々とメロディーを牽引していく。いちばん、ここがカッコいい。梓のお気に入りの箇所だ。

バスドラムが鼓舞するように空気を震わせ、そこから音楽は終曲へと向かっていく。次々と現れる連符。それらを裂くような、スラップスティックの破裂音。トロンボーンとホルンが、うなるようにグリッサンドを繰り返す。難解な旋律が会場内を駆け巡り、そしてついに終わりを迎えた。指揮棒がぴたりと止まる。それをにらみつけたまま、梓は息を止めた。

熊田先生が指揮棒を下ろす。その動きを見届けたあと、観客から盛大な拍手が送られた。彼女の皺の多い手が、すっとこちらに差し出される。部員たちは楽器を下ろし、そのまま席から立ち上がった。先生が一礼すると、再び拍手の音は大きくなった。乱れた呼吸を整えるように、梓は深呼吸を繰り返す。その隣で、未来が短く息を漏らす音が聞こえた。ライトが落ち、梓たちは次の出番の生徒のためにその場から移動する。ファイルを脇に挟みながら、梓は暗幕の向こう側の様子を想像した。次は、北宇治高校の番だ。彼女たちがどんな演奏をするのか、それを確認する術を梓は持ち得てはいない。

「頑張れ、久美子」

声にならない程度の音量で、しかし梓ははっきりとその言葉を唇で紡いだ。終わった。そう実感した瞬間、胸に爽やかな風が吹き込んだ。清々しい気持ちだった。これだから、吹奏楽はやめられない。本番を終えたあとの高揚感に勝る感覚を、梓はいまだ経験したことがなかった。

＊

「立華高校集合です。二列で整列してください」

「はい！」

吹奏楽コンクールの京都府大会は、張り出しの形式で発表が行われる。会場から発表の仕方まで中学時代とまったく同じなため、梓はどことなく既視感を覚えた。制服のスカートの裾を正し、梓は手首を強く握った。あみかからもらったミサンガは、気を落ち着けるのに役立った。

前方では翔子が部員の人数を確認している。学校ごとに列を作って待機しているなか、梓は少し離れた場所にいる集団にそっと視線を送る。紺色のセーラー服は、おそらく北宇治高校のものだろう。

「やっぱあの顧問イケメンだね」

「まあ、確かに否定はできない」

前に並ぶトランペットの先輩たちが、ひそひそとささやき合っている。噂のイケメン顧問についてだろうか。梓はサンフェスのときにちらりとそのご尊顔を見たことがあったけれども、わざわざ騒ぎ立てようとまでは思わなかった。まあ、確かにイケメンだったことは認めるけれど。

思考にふけっていた梓の意識を取り戻すように、ツンと肩を指で突かれた。顔を上げると、隣にいた未来がニヤニヤと口元を緩めながらこちらを見ている。

「発表、緊張すんな」

「緊張しますね。どうにもこう、待ってる時間って苦手なんですよね」

「わかるわー。もうさ、ちゃっちゃと言ってほしいよな。結果決まってんねんから、引っ張らんといてほしい。あー、心臓痛い」

ブレザーを脱ぎ、未来はシャツの上から自身の心臓のある部分を鷲《わし》づかみにした。スラッとした彼女の身体には、どこもかしこも肉がない。無駄なものをそぎ落とすと、こうなるのかもしれない。

「あ、来ましたよ」

視界の端に、大きな紙を抱えた男たちの姿を捉える。とっさに梓が漏らした声に、未来はぐっと唇を噛み締めた。不安が拭えず、梓は自身の手首をつかむ。心臓がトクトクと早鐘を打っている。たまった唾を飲み込むと、ゴクリと大きく喉が鳴った。

男たちの手で、ゆっくりと紙が広げられる。発表順に並んだ高校名。三十一。その数字を目で追いかけ、やがて梓はこれまでの練習の成果を知る。


――三十二番　立華高等学校　金賞　京都府代表

鼓膜を震わせたのは、自分自身の歓声だった。

「梓！　関西やって！」

興奮を抑え切れないのか、隣にいた未来が飛びつくような勢いで梓に抱きついてくる。さすがに先輩の背中に手を回すなどという恐れ多いことはできず、梓はあわあわと腕を上下に動かした。その間も、未来はぎゅうぎゅうと梓を抱く腕に力を込めている。

「ほんまよかった！」

「私も、めっちゃうれしいです」

「な！　うれしい！　今日はマジで最高！」

未来の手が、梓の髪をくしゃくしゃとかき回す。セットされていたポニーテールは乱れてしまったが、梓にそれを気にする余裕はなかった。白いシャツ越しに、未来の心臓の音が聞こえる。トクトクと早鐘を打つ鼓動に、梓は少しだけほっとした。先輩も不安だったのか。そう思った。

「はい。注目！」

前方で、翔子がパンと手を打ち鳴らす。破裂音にも似たその音に、はしゃいでいた部員たちは慌てたように姿勢を正した。

真剣な面持ちで、翔子が部員たちの顔を見回す。その眼力の強さに、梓は少したじろいだ。皆が自分に注目したのを確認し、翔子は一度顔を伏せるとそこで大きく深呼吸した。

次に彼女が顔を上げたとき、その唇はにんまりと愉快そうに弧を描いていた。

「関西、決まりました！　やってやりました！」

彼女の台詞に、部員たちがわっと歓声を上げる。その周りで、B部門の部員や保護者たちが誇らしげに拍手している。

「とはいうものの、明日からはついに本格的なマーチング練習が始まります。Bの子らの本番終わったら、地獄のマーチング合宿も待ってます。我々の本当の戦いはこれからです。立華がナンバーワンだってこと、全国に証明しに行きましょう！」

部長の言葉が、部員たちの心を激しく鼓舞する。その気持ちに応えるよう、部員たちは腹から威勢のいい声を出す。

「はい！」

熱を帯びる空気に、梓はゴクリと喉を鳴らした。コンクールの京都大会は終わった。しかし、立華高校の本命はここではない。水色の悪魔が、もっとも輝くことのできる場所。それは、

「マーチングコンテスト、絶対勝とう」

傍らの未来が、ぼそりとつぶやく。その言葉に、梓は力強くうなずいた。そう、ついに始まるのだ。

――立華高校の、全国を懸けた戦いが。

エピローグ

「いやあ、すごかったわねえ。吹奏楽ってあんまり見たことがなかったんだけど、生だとやっぱり音の迫力が違ったわ」

「確かに、普段は演奏会なんて行かないしな。あみかがいなかったら、こんなところに来ることもなかったよ」

「ほんとほんと。あみかが吹奏楽部に入ってくれてよかったわ。私たちも楽しみが増えたもの」

　自動車の前部座席では、先ほどからあみかの両親が興奮した様子で会話を続けている。梓は楽器ケースを膝の上に乗せると、窓の外に視線を送った。すでに辺りは暗く、空には三日月が浮かんでいる。高速道路の反対車線は混雑しているようで、長い車の列が動く気配はない。ブレーキランプが点灯し、道路中で赤い光が瞬きを繰り返している。

「でも、本当によかったね。関西行けて」

　隣に座るあみかが、にこりと目を細める。その素直な祝福の言葉に、梓は照れくさくなって頭をかいた。

「まさか座奏のほうで関西行けるとは思ってへんかったけどね。でも、結果が出たっていうのは素直にうれしい」

「すっごい上手だったよ。みんな、今年の立華は上手いねって言ってたもん」

「それやったらよかったわ。演奏してるときは必死やから、客観的に見てどのくらいのレベルに達してるのか、あんまわからんねんな」

「だってあの曲難しいもんね。私、楽譜見て頭おかしくなっちゃうかと思ったよ」

そう言って顔をしかめるあみかに、梓はくすりと笑みをこぼす。あみかと話していると、なんだか気分が楽になる。それは彼女が自分に対して一切の敵対心を持っていないからかもしれない。優しい先輩も、仲のいい同級生も、梓に対して少なからず嫉妬の感情を抱いている。普段は厳重に包み隠されている敵意が、ふとした瞬間にこちらに牙を剥くなんてことは、特段珍しいことではない。だけど、あみかは違う。初心者である彼女は、梓をライバル視したりはしない。口を開いて出てくる言葉は、裏表のない、心からの称賛だ。だから、梓はあみかが好きだ。気を遣う必要がないから。

「明日からね、マーチングの練習が始まるでしょ？　私ね、梓ちゃんと一緒の本番に出られるかもって思うとうれしいの」

「うちもうれしいよ。でも、トロンボーンって人数多いから、初心者でレギュラーに入るのは結構難しいかもなあ。志保も的場もレギュラー入りを狙ってるんやし」

マーチングコンテストには人数制限が設けられており、その上限は八十人だ。百人を超える部員の数から考えても、補欠メンバーが生まれるのは当然のことだった。

あみかがシートベルトをつかむ。それを強く握り締め、彼女は重々しく口を開く。

「あのね、梓ちゃん」

「ん?」

「私ね、梓ちゃんに言わないといけないことがあるの」

なんだか嫌な予感がした。自動車に取りつけられたカーナビから、アナウンスの音が聞こえる。あみかの両親はこちらの会話を気にしていないのか、反対車線を指差しながら何やら話し込んでいた。カーナビの画面には、インターチェンジの文字が表示されている。道はふたつ存在しており、まっすぐに伸びる太い道路と、出口につながる細い道路に分かれている。ナビの赤い矢印は出口の方角を指しており、これから予測される困難を避けるように伝えていた。

「あら、渋滞みたいね」

あみかの母親が困ったようにつぶやいた。しかし、車が進行方向を変えることはない。周囲の車が減速を始め、次第にその動きを止める。これは長いぞ、というあみかの父親のため息が、梓の鼓膜を刺激した。

外の様子をうかがっていた梓の気を引くように、あみかはそっと腕を伸ばした。その指が、梓のシャツを引っ張る。

「ずっと悩んでたの、私。いまの自分のままでいいのかって」

彼女は言った。思わず、梓は眉間に皺を寄せる。

「前からうち言ってるやん。あみかはあみかのままでいいって」

話していると、キーンと耳の奥で金属をこするような音が響いた。こんなときに耳鳴りだなんて、と梓はますます顔をしかめる。空気の膜が張ったように、左耳がよく聞こえない。自分のくぐもった声が耳のなかで反響し、それがなんとも不快だった。

しかし、決意を告げるあみかには、そんな梓の異変も目に入らないようだった。言葉を絞り出すように、あみかはたどたどしく声を紡ぐ。

「それは梓ちゃんが優しいから。だから、そう言ってくれてるんでしょう？　でも、私、やっぱり迷惑ばかりかける自分は嫌なの。だからね、決めたんだ」

「決めたって、何を？」

耳鳴りはますますうるさくなる。聞こえない。もう、なんにも聞こえない。そう言って、耳を塞ぐことができたらどれほど幸福だっただろう。しかし、梓がそれを実行することはない。そんなふうに駄々をこねる自分は、もはや自分ではないからだ。だから、梓は平静を装ってまっすぐにあみかを見つめる。その右耳が、車内に落ちる彼女の声を、ひとつ残らずすくい上げた。

「私、カラーガードを希望することにしたの」

息を呑む。衝撃が全身を支配し、梓から思考する時間を取り上げた。

あみかは梓の手を取ると、指と指を絡ませるようにその手のひらを強く握った。皮膚越しに、彼女の体温が伝わってくる。その手は、燃えるように熱かった。

「私、一人で頑張ってみるよ」

こちらを安心させるように、あみかが笑う。屈託のないその笑みが、梓の心臓を締め上げた。あみかの柔らかな唇が、梓に現実を突きつける。

彼女は言った。

「だからね、もう梓ちゃんがいなくても大丈夫だよ」

この物語はフィクションです。作中に同一の名称があった場合でも、
実在する人物、団体とは一切関係ありません。

本書は書き下ろしです。

Special Thanks　京都橘高等学校吹奏楽部の皆様

武田綾乃（たけだ・あやの）

1992年、京都府生まれ。
2013年、第8回日本ラブストーリー大賞 隠し玉作品『今日、きみと息をする。』（宝島社文庫）でデビュー。他の著書に『響け！ ユーフォニアム　北宇治高校吹奏楽部へようこそ』『響け！ ユーフォニアム2　北宇治高校吹奏楽部のいちばん熱い夏』『響け！ ユーフォニアム3　北宇治高校吹奏楽部、最大の危機』『響け！ ユーフォニアム　北宇治高校吹奏楽部のヒミツの話』（以上、宝島社文庫）がある。

宝島社
文庫

響け！ ユーフォニアムシリーズ
立華高校マーチングバンドへようこそ
前編
（ひびけ！ ゆーふぉにあむしりーず　りっかこうこうまーちんぐばんどへようこそ　ぜんぺん）

2016年8月18日　第1刷発行

著　者　武田綾乃
発行人　蓮見清一
発行所　株式会社 宝島社
〒102-8388　東京都千代田区一番町25番地
電話：営業 03(3234)4621 ／編集 03(3239)0599
http://tkj.jp
振替：00170-1-170829（株）宝島社
印刷・製本　株式会社廣済堂

ISBN978-4-8002-5872-4